Elogios a María Amparo Escandón

Incluso cuando aún no había salido publicada su primera novela, *Santitos,* ya podía considerarse a María Amparo Escandón un fenómeno de la literatura hispana en Estados Unidos. Ahora...esta autora de origen mexicano puede, definitivamente, saborear su éxito literario. —Marcia Facundo, *El Nuevo Herald*

El cielo está muy bien provisto...en esta gira de picaresco realismo mágico. —*The New York Times*

¡Exuberante! —*Los Angeles Times*

Una novela dulce y entretenida por una escritora ingeniosa.
—Oscar Hijuelos, autor de
Los Reyes del Mambo tocan canciones de amor

Un divertido y romántico viaje por carretera que explora la sórdida cultura fronteriza de México y el sur de California.
—*Newsweek*

Parece que la exitosa autora de [*Santitos*] tuvo toda la ayuda celestial...Para Escandón no hay barreras. Crecida en Ciudad de México, llegó a este país en 1983 sin dominar el inglés. Sin embargo, acabó por aprenderlo a la perfección. —*People en Español*

También de María Amparo Escandón

Santitos

Transportes González e Hija

Transportes González e Hija

* ✳ *

María Amparo Escandón

Vintage Español
Una División de Random House, Inc.
Nueva York

PRIMERA EDICIÓN VINTAGE ESPAÑOL, JUNIO 2005

Biblioteca del Congreso de los Estados Unidos
Información de catalogación de publicaciones
Escandón, María Amparo.
Transportes González e Hija / María Amparo Escandón.
p. cm.
ISBN 1-4000-9650-2 (trade paper)
1. Women prisoners—Fiction. 2. Fathers and daughters—Fiction.
3. Trucking—Fiction. 4. Mexico—Fiction. I. Title.
PS3555.S264 G66 2005b
813'.54—dc22
2005042249

Diseño del libro de Mia Risberg

www.vintagebooks.com

Impreso en los Estados Unidos de América

Para Julio Escandón, mi papá

Transportes
González e Hija

"Devolverle la vida a toda la gente que maté es el deseo número uno de mi lista". ¿Habrá dicho esas palabras en voz alta? Libertad levantó la cabeza y miró alrededor para confirmar que nadie la había oído.

La Maciza trataba de acomodarse en su litera a unos centímetros de donde Libertad murmuraba bajo las sábanas, y como ya se había acostumbrado a detectar los pasos de las ratas que por las noches se adueñaban de la prisión, le fue fácil escuchar el deseo imposible que se le escapó a su compañera de celda.

—¿Así que mataste a más de uno? ¿Quiénes fueron los suertudos?

—Deja de meter las narices en lo que no te importa.

—¿De verdad te quebraste a alguien?

Libertad no conseguía confesar nada. Abrió su cuaderno en la oscuridad y buscó su pluma entre los dobleces de su cobija.

Una de sus compañeras, la de la esquina, al fondo, roncaba. Otra, en una de las literas de atrás, gritó un "¡Cállense!" genérico. Como eran ocho las mujeres que dormían en esa celda tan pequeña, era difícil saber dónde terminaba un cuerpo y dónde empezaba otro, y casi imposible identificarse a una misma como persona individual.

—Yo digo que no mataste a nadie, Libertad. Nomás andas diciendo eso para impresionarme. ¿Estabas vendiendo chocolate en Tijuana?

—¿Chocolate?

—Lodo, Tootsie Roll, heroína. ¿O te secuestraste al hijo de algún millonetas? Ándale, Libertad, ¿cuándo vas a confiar en mí? Llevas casi un año metida en este agujero. Ya te llegó la hora de compartir con tus amiguitas.

—Te digo que no te metas.

—Ya sé: te enamoraste de un narco. ¿O fue un fraude? ¿O una estafa? Apuesto que te enredaste en uno de esos crímenes de gente educada.

—No voy a hablar del tema. Punto.

—Siquiera dime qué demonios haces encerrada en una cárcel mexicana. Tu gobierno debería estarte sacando de aquí. ¿No es eso lo que hacen los gringos en sus películas?

—Ya párale, ¿sí? Yo no me la paso tratando de averiguar por qué estás aquí.

—Es que ya lo sabes.

—Lo único que sé es que mataste a tu esposo. No es ningún secreto. Se lo has dicho a todo el mundo.

—Sí, es cierto, pero por qué lo hice, eso no lo comento con cualquiera. Sólo con quien sé que me entendería, o sea tú y nadie más en este pinche tambo.

—A ver, pues, ándale, dime, ¿por qué lo mataste?

—Por amor.

Libertad envidió la contundente certeza de la Maciza sobre los motivos de su crimen. En cambio, en su memoria sólo había confusión y caos. Tendría que darse a la tarea de limpiar y organizar, barrer y trapear, dejar su mente en orden. Nada le daba más miedo.

Durante sus primeros días de reclusión en el Centro Penal Femenil de Rehabilitación Social de Mexicali (CEPEFERESOMEX), Libertad había intentado evitar cualquier tipo de conversación con las demás internas; pero entre más se apartaba de ellas, más la buscaban y la acosaban con preguntas. En los pasillos, en los baños, en la cocina. De vez en cuando sentía ánimos de confesarles por qué estaba presa; pero al tratar de dar una explicación, la abandonaba su vocabulario. Cierta vez, cuando se lo preguntaron directamente, logró balbucear un feto de palabra, algo así como "Iaaggrhh". Y como estaba en la cafetería, la mujer a su lado pensó que se ahogaba y le pegó en la espalda con todas sus fuerzas, tirando al suelo la charola con la cena de Libertad. Por más que ésta trató, no pudo rescatar sus chilaquiles rojos sin queso ni crema ni, por supuesto, pollo, y se tuvo que ir a dormir con el estómago vacío.

Libertad no estaba cumpliendo la regla no escrita que obligaba a toda interna de nuevo ingreso a declarar y hacer pública la razón de su encarcelamiento. La comunidad entera debía saber quién le había hecho qué a quién y por qué la acusada insistía en que era inocente. Y claro, se esperaba que contara los hechos con todo detalle. De otro modo, ¿de qué hablarían durante los interminables días del desierto mexicalense?

Debido al comportamiento de Libertad, nunca antes visto en esos sitios, entre las demás internas se desató un incómodo ambiente de desesperada curiosidad. Libertad sentía la distancia que esto provocaba e intentaba integrarse de otras maneras. Le enseñó a la Diva, una de sus siete compañeras de celda, famosa por su autoridad en el tema de lo último en moda de prisión, cómo calcular la hora colocando los dedos de la mano derecha en ángulo perpendicular a la palma de la mano izquierda.

—Es el reloj de sol que traemos en el cuerpo.

—Muy útil aquí encerradas —dijo la Diva, casi quemándose las pupilas al tratar de ver en dirección al cenit, parada en medio del patio de ejercicios.

Libertad también le ayudaba a la Maciza a entrenar para un maratón imaginario cronometrándole mentalmente los tiempos cuando corría por los pasillos de la prisión, y compartía sus tamales pellizcados con la Culebra, la mujer con las uñas más largas de la comunidad.

Pero aún después de pasar lista, luego de apagadas las luces y de que todas las internas se acurrucaban en sus camas para dar por terminado un día más de condena, una pregunta cruzaba la oscuridad de la celda hasta Libertad: "¿Te entambaron por homicidio?"

No habían pasado ni dos meses desde la llegada de Libertad a la cárcel cuando sus compañeras de celda no pudieron más y decidieron aplicar todo tipo de técnicas para exprimirle la información, incluso las extremas y de rigor que las autoridades habían empleado con ellas al interrogarlas. Pero justo antes de recurrir a la tortura, la Maciza les puso el alto. Sabía que Libertad confesaría tarde o temprano, y para lograrlo tenía maneras más psicológicas.

—Está bien si no quieres hablar del asunto. Tengo todo el tiempo del mundo. Ya te darás vuelo con tu historia cuando estés lista —le decía la Maciza—. Es lo único que hacemos aquí: darnos vuelo con nuestras historias.

—No es que no quiera hablar, Maciza. Es que no puedo. No me sale.

—No te preocupes, ya te saldrá. Yo te puedo ayudar.

Un libro lo cambió todo. Cuál libro, Libertad no recordaba. Sólo sabía que unos meses después de haber llegado al Centro Penal Femenil de Rehabilitación Social de Mexicali fue a la biblioteca, bajó del estante un libro manoseado y empezó a leer en voz alta, como su padre le había enseñado, ya que no sabía hacerlo de otro modo. Y sentada en ese salón oscuro se dio cuenta de que las palabras impresas eran diferentes a las que salían de su boca.

Se preguntó si sus pensamientos se estaban enredando con la trama. A veces le ocurría, cuando estaba cansada. Trató de leer de nuevo, esta vez poniendo más atención al texto, pero no le funcionó. De pronto alzó la mirada y vio que un pequeño grupo de internas se habían sentado a su alrededor y la escuchaban atentamente. A partir de entonces iba a la biblioteca en sus ratos libres, elegía un libro cualquiera y leía de viva voz. Entre los capítulos de aquellos libros viejos y deshojados y las historias atrapadas en su memoria, las palabras se convertían de alguna manera en el relato de los hechos que la habían llevado a la cárcel.

Cuando les leía a sus compañeras, sentía que la presión que llevaba en el pecho se le aligeraba. Imaginaba sus pulmones atascados de palabras y su voz empujándolas hacia fuera para que la dejaran respirar. Limpiar su alma de remordimiento había resultado ser una tarea lenta y angustiante, pero era la única manera en que podía aliviar su dolor.

Empezamos el negocio juntos, mi padre y yo, cuando nací. El letrero en la puerta de nuestro troque decía TRANSPORTES GONZÁLEZ E HIJA. Antes de subirme a la cabina y sentarme en el asiento del copiloto, siempre tocaba esas palabras. Este ritual me daba paz. Era parte de mi rutina diaria. Sentir la textura de las letras rosas con su borde morado y con los mismos dedos hacer la señal de la cruz. Luego, abrir el portón del pequeño altarcito de plástico pegado al tablero y darle un beso a la Virgen de Guadalupe. Todo eso tenía que ocurrir antes de meter la llave a la marcha.

Libertad miró a los ojos a las internas que la escuchaban y se quitó una gota de sudor que le escurría por la frente.

Cada vez que leía en voz alta tenía público; y como lo que leía no estaba en los libros, sino en su cabeza, decidió buscar la forma de convertir esas lecturas en su manera de confesar su crimen. Sólo de ese modo saldría la verdad. Así que en una larga carta que escribió en la parte de atrás de un permiso de visita al que no le había encontrado uso, le sugirió a la directora Guzmán crear un club de lectura, sin costo para el gobierno. Su propuesta fue aprobada de inmediato.

Aquel día caliente y árido fingía leer *Los tres mosqueteros.* El papel del viejo libro estaba tan seco y quebradizo que, desesperado, calmaba su sed absorbiendo la saliva de Libertad cada vez que ella se lamía el dedo para dar vuelta a la página.

También el aire estaba preso en el CEPEFERESOMEX. No había corrientes ni brisa. Sólo calor, del que daña las fosas nasales. Esta cárcel era el sitio más caliente de Mexicali, ciudad famosa por ser la más caliente del mundo. Pero la atención de las internas no cedía. La Maciza, sentada en la segunda fila, se soplaba ventisquitas en el escote de su camisa para secar el sudor que se le encharcaba entre sus pechos acolchonados.

Al igual que millones de mexicanos, yo nací en Los Ángeles, California. Pero nunca viví ahí. Anduve siempre en los caminos, viajando con mi papá. Atravesábamos el país de costa a costa—cuarenta y ocho estados americanos sin contar Alaska y Hawai—en nuestro flamante troque, recorriendo autopistas, carreteras de uno, dos, tres carriles y hasta pequeñas veredas de tierra que jamás aparecerían en los mapas. Pero nunca cruzamos a México. Nunca. Ese país vecino del sur, no importaba cuánto lo amara, me estaba prohibido. Fue en Estados Unidos donde llegué a ser conocida como la hija de González.

Todo lo que sé lo aprendí de mi padre. Hacíamos una escala en cada destino para buscar libros, en inglés o en español, particularmente en aquellas librerías caóticas y atiborradas del centro de la ciudad, casi siempre ubicadas en avenidas principales donde era imposible maniobrar, y menos aún estacionar nuestro troque. Pero el operativo era parte de la aventura. Sin importarnos adónde íbamos, qué tipo de carretera recorríamos o qué tan pesada era nuestra carga, nos leíamos en voz alta uno al otro sobre el constante ronroneo del motor. Nunca fui a la escuela. Aprendí en los caminos.

De pequeña yo leía y mi padre manejaba. Cuando por fin me adueñé del volante, él me leía a mí. Después nos intercambiábamos. Y como no teníamos donde guardar nuestros libros en la minúscula cabina del troque, los tirábamos por la ventana, dejando los caminos salpicados de cultura. *Rayuela* debe estar tumbado junto al esqueleto de un zorrillo en la cuneta de la autopista interestatal I-10, en las afueras de Indio. Las páginas sueltas de *Hamlet,* enredadas entre las varas de arbustos desérticos, seguramente andan revoloteando en la carretera 86, allá por Salton Sea. Las dunas de arena camino a Palm Springs, donde los molinos atrapan el viento seco y lo convierten en electricidad, han de estar digiriendo la edición de lujo de *Don Quijote.* Si pudiera hacer una tira continua con todos los renglones que he leído viajando de un lugar a otro, podría anudar un listón de palabras alrededor del mundo.

Libertad detuvo su lectura para ver la hora en el reloj de pared que colgaba en la biblioteca. Una vez más, como sucedía desde su inicio un par de meses antes, la hora semanal asignada al Club de Lectura se había terminado demasiado pronto. Devolvió *Los tres mosqueteros* a su lugar en la estantería, al lado de *Crimen y castigo,* y anunció a su público:

—Eso es todo por hoy. Continuamos el miércoles que entra.

—¿Dónde está la mamá? —preguntó la Maciza al salir—. ¿Dónde fregados está la mamá?

—Viene en uno de los capítulos siguientes.

—¿Por qué no está en el troque con su hija?

—Ya te enterarás.

Chaquiras, ¿me copias?

¡Ey!, Frito Burrito. Pensé que andabas en Rosarito con esa chamaca que levantaste en Sacramento.

¡Qué va! La muy putita. Me botó más rápido de lo que piso los frenos. Se me hace que extrañó su burdel. ¿Dónde andas?

Estoy atorado en el 5, voy pa'l sur, pasandito Norwalk. Voy a diez millas por hora.

¿Qué diablos haces en el bulevar a estas horas, Chaquiras? Tú que eres tan chingón, ya debías de saber.

Me iba a ir más temprano, pero se me perdió mi mentiroso con todos los datos del viaje en la oficina del dispatcher. Ahora me toca soportar a todos estos cuatritos, Hondas, vochos, Toyotas, SUVs, minivans. Nomás andan queriendo llegar a su casa a tiempo para cenar y hacen puras tonterías en la carretera. ¿Y tú pa' dónde vas?

Llevo esta carga de mierda a Long Beach, pero el 710 no está tan atascado. Oye, ¿a quién crees que me encontré en el Mercury Café?

Escúpelo, pues.

A González y a su niña. Es cierto lo que andan diciendo de ellos.

¿Lo de los libros?

¡Todo! Estaban estudiando. Él le andaba enseñando matemáticas o algo. Y luego que saca un cepillo y que le hace una trenza. Es una chulada la niña. Y viven en el troque. Se han acomodado bien en el sleeper en la parte de atrás de la cabina. Parece que nomás tiene una cama. No sé cómo le hagan. Ése es su domicilio. Bueno, ái te veo.

Cuidado con esas güeras. Más bien pégatele a tu media naranja.

Okey, compa, buen camino.

Mientras Libertad recibía las tortillas calientes que la tortilladora escupía una tras otra en la cocina un jueves por la tarde, un grupo de internas formaban un círculo en el centro del patio y gritaban y se empujaban como si fueran hormigas sobre una araña muerta. Una de ellas, Rarotonga, pasada de peso y con un chonguito de rizos apretados que semejaba un nido de golondrinas, blandía un palo y arremetía contra quien fuera, librando apenas cabezas de internas y custodias. Vendados los ojos con una pañoleta, le daba una furiosa paliza a una piñata.

Cuando una de las custodias contrabandeó la piñata el día anterior, ésta todavía tenía forma de estrella. Ahora era una masa de papel que trataba de sostener el contenido de su tripa hasta que por fin, de un golpe seco, Rarotonga logró romperla. De inmediato las asaltabancos, ladronas, saboteadoras, drogadictas, falsificadoras de billetes, malasmadres, chivos expiatorios, asesinas, guardias, capos, custodias y comandantes se aventaron unas sobre otras formando un democrático montículo para apoderarse de los dulces y la fruta que cayeron de la piñata y rodaron por el suelo. Manzanas, plátanos, guayabas, chicles, caña, paletas de chile y cajetillas de cigarros medio vacías fueron hábilmente recogidos y guardados en bolsillos, brasieres, calzones, calcetines y en la ocasional bolsa de papel. Alguien perdió un zapato. Otra interna se raspó la rodilla. Rarotonga, la del cumpleaños, se lastimó un codo y sin darse cuenta ensució de sangre la playera de la Maciza. Después de un par de minutos, sólo quedaban trozos de piñata y jirones de papel de colores esparcidos por el patio. La mayoría de las mujeres invitadas al festejo se fueron rápidamente con su botín, como perros callejeros que acaban de robar un hueso de entre la basura de algún restaurante. Otras se quedaron para darle un abrazo a Rarotonga, y una de ellas incluso le regaló un plátano medio aplastado.

Como de costumbre, la interna festejada se tenía que quedar después de la fiesta a barrer el patio. La Maciza empuñó la escoba y se puso a ayudarla.

—No es justo —dijo la Maciza—. Libertad siempre nos deja picadas.

—De eso se trata. Si no nos dejara preguntándonos qué demonios va a suceder después, no iríamos al Club de Lectura —contestó Rarotonga mientras masticaba una caña de azúcar—. Está aplicando la técnica de la telenovela, ¿qué no te das cuenta?

La Maciza sabía que no le quedaba otra opción que esperar a que Libertad decidiera revelar el paradero de la mamá. Podían pasar capítulos enteros antes de darles siquiera una pista. A menos que salieran libres, nadie se iría de ahí. “Somos un pinche público cautivo”, murmuró frustrada.

A las diez de la noche las internas ya estaban en sus celdas y las luces habían sido apagadas. En realidad las luces dejaban de funcionar desde las cinco. Los apagones eran comunes en Mexicali, y aunque las instalaciones tenían un sistema de iluminación de emergencia, la directora Guzmán lo había cancelado definitivamente para evitar costos de operación adicionales.

La celda de Libertad estaba ubicada en medio del segundo piso. Para identificarla tenía que contar cuarenta y dos pasos desde la escalera, ya que los números de las placas de metal de cada celda se habían borrado mucho tiempo atrás, y entrar en la celda equivocada podía ser peligroso. A las metiches se les castigaba con silencio, y el silencio en una cárcel de mujeres dolía tanto como una ampolla en el dedo del pie un día de mercado. Libertad ocupaba la litera de arriba justo al lado de la única ventana que daba al pasillo. Ésa no siempre había sido su cama. La Rata dormía ahí desde que regresó al reclusorio por tercera ocasión, esta vez por robar en una tienda departamental. Pero Libertad la había convencido de intercambiar camas. En la difícil negociación, la Rata, que habría cedido su lugar por nada, se dio cuenta del interés de Libertad y comenzó a pedir más cosas a cambio. Al final Libertad tuvo que darle un paliacate de poliéster, un juego de broches para el pelo y dos peinetas con joyas de fantasía incrustadas, además de su propia cama con un colchón más nuevo.

—No te entiendo —le dijo la Maciza—. Le das a esta cabrona tu cama al fondo de la celda, donde es más privado y la escalerita tiene todos los escalones, y por si fuera poco le regalas accesorios en buen estado.

—Es la luna —explicó Libertad—. Cae justo en la almohada.

Precisamente cuatro noches de cada mes, cuando la luna pasaba encima del tragaluz del pasillo, Libertad podía gozar de un par de horas más para escribir en su cuaderno, alumbrada por los rayos que se colaban entre las barras de la celda.

Esta noche buscó una página en blanco, pero no anotó la fecha. Nunca lo hacía. No tenía caso torturarse de esa forma. El tiempo en la cárcel era tan caprichoso como en la carretera. Desde temprana edad había aprendido a no preguntarle a su papá: "¿Cuánto falta para llegar?" Entre más anticipaba su llegada a cualquier destino, más largo parecía hacerse el trayecto. Su paciencia, fortalecida por años de andar en los caminos de todo el país, ahora estaba a prueba en la prisión, y le sorprendía darse cuenta de que no reaccionaba tan mal. Tarde o temprano saldría libre; llevar la cuenta de los días sólo los estiraría, convirtiéndolos en meses y años eternos. Así que en lugar de escribir la fecha al inicio de cada página, registraba el comportamiento de las nubes:

> Unas nubes tercas se colgaron sobre la prisión casi toda la mañana. Finalmente, después del almuerzo y aburridas del paisaje urbano, se fueron a evaporar al desierto.

> Veo al enano, su expresión de horror. El hombrecito grita y gira sin destino, como trompo de juguete. No lo maté. Por ahí, en algún sitio, cuenta su historia. Y yo, aquí, sé por qué vivió para contarla.

Su caligrafía era minúscula y cubría toda la página. Su cuaderno le había costado una fortuna, como todo lo que se vendía en la tiendita de la cárcel, y no estaba dispuesta a desperdiciar un solo centímetro de papel en márgenes.

Había ingresado al reclusorio sin dinero. Nadie fuera de la prisión la protegía. Nadie le enviaba una mensualidad. No poseía nada de valor. La Matriarca, una dama de sociedad que cumplía su condena por haber incendiado la fábrica de su padre (con su padre dentro) para cobrar el seguro, la empleó como su sirvienta. Su trabajo consistía en limpiar diariamente la celda privada de la Matriarca, tenderle la cama, lavarle las sábanas y toallas, planchar, cocinarle el desayuno, la comida y la cena y hacerle mandados. Le había llevado siete meses ahorrar lo suficiente para comprar el cuaderno.

"Sólo sentir la punta de la pluma deslizarse por el papel hace que haya valido la pena todo el trabajo", le confesó a la Maciza, quien no podía entender las cosas que hacían retumbar el corazón de Libertad.

Quince minutos después de haber pasado lista, las ocho mujeres de la celda de Libertad se habían metido a sus camas, habían rezado y se disponían a dormir. El CEPEFERESOMEX estaba diseñado para alojar a dos internas por celda, pero la guerra contra el narcotráfico lo había sobrepoblado con mujeres y amantes de los narcos. El crimen de casi todas ellas consistía en haberse enamorado del hombre equivocado, así que ahora, por culpa del amor, el reclusorio estaba tan rebosante de humanidad como un vagón del Metro de la ciudad de México.

Las compañeras de celda de Libertad se durmieron de inmediato. Dos de ellas roncaban al unísono. Las literas estaban tan juntas que las internas sólo podían llegar a sus camas brincando por la piecera. Libertad enderezó su cuaderno para recibir mejor el reflejo de la luna. Esa noche escribiría sobre su primer día en el penal. Pero cuando empuñó el bolígrafo, pareció que la luna hubiera patinado por el tragaluz a toda velocidad. Un momento estaba ahí, dadivosa, mandándole sus rayos, y de pronto, sin avisar, se había ido, dejándola en la oscuridad. ¿Cuántos minutos habrían pasado mientras oía roncar a sus compañeras? ¿Cuántas horas habría estado mirando la página en blanco? Una vez más, el tiempo le jugaba bromas. Cerró los ojos. Ya habría otras noches, otras lunas, pensó, y se tapó la cara con su cobija raída.

Su primera noche en la cárcel parecía tan lejana como el recuerdo de su primer beso. No había podido dormir. La custodia, una mujer que portaba con orgullo una pelusa negra entre los labios y la nariz, le había puesto una sustancia en la cabeza para eliminar los piojos que le causó una comezón intolerable. Era parte del procedimiento de ingreso y tenía que someterse aunque no padeciera ninguna infección.

"Se tiene que fumigar a todas las internas, ésa es la regla, y más te vale empezar a obedecer las reglas", le había dicho la custodia.

Libertad se preguntó por qué a las reclusas se les aplicaba el veneno matapiojos al llegar, no al salir a un ambiente más limpio. De todas maneras, pensó, aquel incidente había sido una distracción bienvenida. Se la pasó tan ocupada rascándose la cabeza durante la noche que no tuvo tiempo de pensar en la causa de su encarcelamiento.

La segunda noche sintió otro tipo de comezón: la de escribir. De pronto tuvo necesidad de poner en papel su recuento de lo que le acababa de suceder, una explicación que diera sentido a los hechos. Buscó con qué escribir, aunque fuera sólo unas cuantas palabras, pero nadie estaba dispuesta a darle nada sin cobrarle. Lo único que consiguió gratis fue papel higiénico: dos rollos al mes por interna. Decidió utilizar sólo uno y guardar el otro para escribir.

Al tercer día en el penal, la Maciza le dio un bolígrafo.

"Una pluma está considerada como arma blanca aquí en el bote", le dijo. "No se la enseñes a nadie".

Libertad le dio las gracias y escondió la pluma en el dobladillo de la funda de su almohada. Tenía poco tiempo encarcelada para saber que en las prisiones no existen los regalos.

Esa noche en su celda desenrolló tres cuadritos de su papel higiénico, tratando de no romperlo, y presionando delicadamente la pluma para no hacerle perforaciones escribió:

> He desperdiciado papel sin piedad. Libretas, cuadernos, hojas sueltas, tarjetitas. He hecho garabatos, lo confieso. He escrito con letra grande. Me he saltado renglones. He dejado márgenes anchos. He dejado la página de atrás en blanco. Ahora este papel de baño es mi única alternativa. Estoy en un sitio donde el estreñimiento es una bendición.

No sabía cuánto le duraría su rollo de papel higiénico, así que trató de economizar y usar las menos palabras posibles. Enrolló con cuidado su papel en el cilindro de cartón y lo guardó en su caja bajo la litera. Después de meses de llenar con palabras apretadas cientos de metros de papel, ahora tenía por fin un cuaderno. El lujo le emocionaba.

¿Libertad? ¿Estás despierta?

No. Estoy dormida. ¿Quién eres?

La Rata. ¿Te puedes despertar tantito, porfis?

¿Qué quieres?

No puedo dormir.

¿Y qué, necesitas compañía?

Es que estoy pensando en ti. Dijiste que tu papá nunca te metió a la escuela. ¿Por qué?

No soy yo. No me sucedió a mí. Es un personaje ficticio, o sea que no existe.

¿Qué?

Todo es inventado.

¡Y hasta ahora me lo vienes a decir! Yo que he estado todo este tiempo pensando que la trailera eras tú. ¡Me engañaste!

No te estoy engañando, te estoy entreteniendo.

¿Pero entonces por qué dices yo hice esto y a mí me pasó esto otro?

Algunos cuentos se cuentan en primera persona, pero eso no quiere decir que lo que está pasando le haya pasado al narrador, o sea a mí. Les pasa a los personajes de la historia.

¡Y yo que me estaba conmoviendo toda! ¡Hasta te dejé la almohada más pachoncita, carajo!

Es lo menos que podías hacer por mí. Tú te quedaste con el colchón más nuevo.

Las raquíticas bancas de madera que amueblaban la biblioteca estaban alineadas como gradas frente a una mesa que hacía las veces de escenario para Libertad. Llamar al lugar biblioteca era exagerar. Como pasillo era un poco ancho y como salón era demasiado angosto. No tenía ventanas. Se rumoraba que en otros tiempos se había utilizado como un apando donde innumerables presas habían muerto a consecuencia de torturas terribles hasta que la directora Guzmán lo convirtió en biblioteca como parte de la nueva filosofía de rehabilitación de los centros penales mexicanos. Y ahora todas las internas le estaban agradecidas por haber apoyado la idea de Libertad de crear el Club de Lectura. Pero los puntos extra de popularidad no eran la única razón de que la directora hubiera aceptado la propuesta de Libertad. Había sido una idea práctica, lógica, natural. Es más, seguramente se le habría ocurrido a ella de no habérsele adelantado Libertad. Cuando llevó el proyecto a la junta de consejo de la Subdirección de Readaptación Social, fue aprobado por unanimidad, y ella recibió un reconocimiento de su jefe, el director de Servicios a Centros Penitenciarios, por tan loable mejora al Centro Penal Femenil de Rehabilitación Social de Mexicali.

Ideas como el Club de Lectura de Libertad eran la verdadera razón de que la directora Guzmán hubiera logrado permanecer tanto tiempo en tan codiciado puesto público. Aunque también le favorecía el hecho de que comprara la ropa y artículos de tocador de las internas a una empresa cuyo dueño era el hermano de su jefe. Además, adquiría los abarrotes y productos de limpieza con uno de los distribuidores más grandes del norte de la república, primo del subsecretario del Trabajo. Y todos los medicamentos de la enfermería y los pañales desechables que se usaban en grandes cantidades en la guardería provenían de un intermediario que era padrino del presidente. Incluso los uniformes de los comandantes, guardias, custodios y demás personal de seguridad del penal se hacían en una maquiladora de Ciudad Juárez que pertenecía a un tío de la directora. Ella recibía un pequeño porcentaje de las utilidades de las empresas contratadas, previo acuerdo.

Todos en la línea de mando, desde el director general de Servicios Penitenciarios hasta el último custodio, recibían un ingreso adicional. Cuanto fuera necesario para la subsistencia de las internas, e incluso lo que se vendía en la tiendita del penal, generaba una comisión en efectivo.

La directora Guzmán también promovía arreglos con las internas. Permitía privilegios que daban holgura, paz y tranquilidad a las que podían ofrecer algo a cambio. La limpieza era cara. La privacidad tenía un costo aún más alto. Lo más oneroso era la protección. Y como la directora necesitaba clientas, la libertad no era negociable.

Desde que Libertad comenzó a leer en voz alta, la biblioteca se convirtió en el rincón favorito de su público, excepto para las internas que tenían niños viviendo en la prisión. Para ellas el sitio más querido era la guardería. Las mamás con niños menores de seis años tenían toda una sección del ala norte, con un gran salón donde los pequeñitos podían pasar el tiempo con juguetes viejos y tomar siestas, supervisados por custodias, voluntarias, trabajadoras sociales y monjas mientras las mamás asistían a los talleres de corte y confección, artes gráficas, mecanografía y taquigrafía, trabajos manuales y artesanías, electricidad y electrónica o dianética, o entrenaban con el equipo de basquetbol, volibol o yoga. Cuando los niños cumplían siete años, tenían que salir de la cárcel a vivir con algún familiar, generalmente la abuela, casi nunca el padre; pero eran bienvenidos durante la hora de visita diaria.

Para las demás internas, la biblioteca era el sitio predilecto. Más que el salón de recreo, el patio de ejercicios, el pabellón de visitas o la reja oeste. Incluso más que la playa, una tira de arena que corría a lo largo del muro sur, donde las internas se asoleaban en tumbonas de colores o se instalaban debajo de amplias sombrillas y disfrutaban de vasos de horchata helada mientras veían jugar volibol a sus compañeras. Incluso alguien llevaba una grabadora portátil con un casete de los que se usan para música de fondo en los masajes y que emitía los sonidos de las olas del mar. Los martes por la tarde los niños de la guardería podían pasar un par de horas en la playa, y una vez al año la directora organizaba un concurso de castillos de arena. El premio al ganador era una pala y una cubeta de plástico nuevas.

Para disfrutar de la playa era necesario vestir traje de baño, no calzones y brasier ni fondo. Además, había que pagarle una cuota a la Matriarca, la más rica del Clan Cuelloblanco. Este exclusivo grupo estaba formado por mujeres adineradas que habían comprado su derecho a vivir en celdas privadas ubicadas al fondo del segundo piso del ala sur. Les llamaban suites y las tenían decoradas con muebles y obras de arte traídos de sus residencias. Estas habitaciones, más grandes que las celdas comunes como en la que vivía Libertad, estaban bien iluminadas, y tenían alfombra de pared a pared y una regia vista de la playa en la planta baja.

Antes la famosa playa había sido muy distinta. Cuando Libertad entró a trabajar con la Matriarca, lo primero que hizo fue mirar por la ventana y ver un jardín de hierbas abandonado. Se imaginó cómo sería ese lote inhóspito si en su lugar hubiera una playa, y se vio recostada en una tumbona, leyendo un buen libro bajo la sombra de una palapa. Días después se acercó a la Matriarca con la idea.

—¿Por qué no la haces tú, Libertad?

—No tengo dinero.

—¿Y qué quieres a cambio?

No se le había ocurrido que su idea pudiera tener algún valor, así que tardó en responder.

—Quiero entrar gratis cuando se me dé la gana.

—Ajá. Ser socia vitalicia.

—Y un traje de baño y una toalla. Nuevos.

—Está bien.

—Y también quiero poder traer una invitada si se me antoja, gratis.

—Pero sólo una por vez.

—De acuerdo.

Después de negociar los detalles del proyecto de la playa con la directora Guzmán, la Matriarca mandó traer ocho camiones llenos de arena pura de Rosarito, servicio que fue proporcionado por un primo de la directora que tenía una compañía de transporte de materiales de construcción, y rápidamente convirtió el jardín seco y olvidado, cuna de innumerables remolinos de polvo y destino de cuanta envoltura de golosinas cayera fuera de los botes de basura, en un próspero negocio. Entre las internas del CEPEFERESOMEX se sabía que la Matriarca obtenía grandes márgenes de utilidad, aun después de pagarle a la directora una sustanciosa suma por la concesión. Pero no les importaba, porque el beneficio valía más: tenían a su alcance una auténtica playa a cientos de kilómetros del mar.

Cuando la Rata, que anteriormente había cumplido una condena en Louisiana, supo de la existencia de la playa, se carcajeó: “Olvídate de que sucedan estas cosas allá en Gringolandia. México es el verdadero país de la libertad”.

La Yanisyoplin, una interna norteamericana, estaba aún más divertida con la idea de la playa. Había pasado un par de años en una cárcel de Óregon por posesión de cigarros de marihuana, y ahora estaba encarcelada en México por tocar en un grupo de rock, sin permiso de trabajo, en un centro nocturno de Tijuana. Así que se sentía calificada para dar su opinión cosmopolita.

“Los que se la pierden son los criminales de Estados Unidos”, dijo mientras se volteaba panza abajo en su tumbona para lograr el bronceado uniforme.

Viajando hacia el norte por la autopista I-605, pasando la intersección con la I-5, se pueden encontrar algunas de las casas más queridas del mundo. Mi papá y yo fuimos ahí, cuando yo tenía once años y medio.

Libertad echó un vistazo a su público y sintió como si dentro de su pecho un caballo se desbocara. Era la emoción que le daba contar esta historia en particular. Apretó entre sus manos el libro. La portada de *Los tres mosqueteros* se había rasgado de una esquina y las páginas estaban deshojadas y fuera de orden, pero no importaba. No iba a leer.

Estacionamos nuestro troque en Telegraph Road y caminamos hasta el fondo de la ciudad conocida como Pico Rivera, en California. Nuestra misión ese día era encontrar a la mujer que nos pondría en contacto con mi mamá. Nos la había recomendado la Maestra, una prostituta amiga de mi papá que vivía en un coche-casa en las afueras de Sacramento.

"Te va a localizar a tu esposa, de eso no hay duda. La pregunta es si de verdad quieres que te la encuentre", le dijo la Maestra a mi papá.

Desafortunadamente, la Maestra no supo darnos una dirección precisa, así que tuvimos que peinar el barrio entero buscando una casa color lavanda con muebles de jardín oxidados en el patio de enfrente y un perro viejo y greñudo tomando una siesta en el escalón de la entrada.

—¿Y si el perro ya se despertó y se fue? —pregunté.

—Siempre está ahí —respondió la Maestra.

Algunas de las casas eran más queridas que otras, pintadas de colores atrevidos y con macetas de geranios en las ventanas. Otras parecían desmoronarse, acosadas por las termitas y el tiempo. Como era sábado, las calles estaban llenas de niños; unos paseaban en bicicleta, otros dibujaban con gises de colores en las aceras y algunas mamás tendían las sábanas recién lavadas a secar al sol. Quise saber cómo se sentiría ser una de esas niñas jugando en su jardín, con un horario establecido, tres comidas caseras diarias y una habitación color de rosa a la cual llegar después de la escuela con una pared llena de recortes de revistas, cuajada de fotos de los artistas del momento y frases célebres de gente famosa. Pero mi vida de trailera, tal y como la vivía, me gustaba más. Al menos no tenía que lidiar con niñas chismosas y maestros enérgicos, como me lo recalcaba mi papá cada vez que tenía oportunidad.

Pasamos frente a cientos de casas, y de más de la mitad de ellas se dejaba escuchar hasta la calle música mexicana. Cuando podía, me asomaba discretamente por las puertas abiertas, y si tenía suerte veía hasta la cocina, donde alguien siempre atendía varias ollas y sartenes al mismo tiempo. Conté al menos una docena de imágenes de la Virgen de Guadalupe colgadas de la pared en diferentes salas y habitaciones, y de inmediato me sentí en un lugar protegido. Algunas de las casas desplegaban en su pórtico la bandera de Estados Unidos. Otras, la de México. Y algunas más, ambas.

"En Estados Unidos las casas se construyen para durar diez años y los caminos para durar cien", me decía en ocasiones mi papá cuando viajábamos por alguna autopista tersa y pareja. "En México, las casas duran cien años y los caminos diez".

Decía que en Estados Unidos la gente se mueve constantemente de un lugar a otro, así que necesita carreteras buenas para ir y venir, y casas que pueda vender, renovar o demoler sin ningún sacrificio emocional. "En español no existen palabras para tear-down o fixer-upper. En México las casas se dejan envejecer despacito, con dignidad y gracia. Y cuando sus moradores se van definitivamente, lo hacen con los pies por delante y en un ataúd. Pero nosotros estamos en Estados Unidos y nuestro destino es movernos sin cesar. Siempre".

Yo sabía cuál era nuestro destino. Mi papá lo tenía muy claro incluso antes de que yo naciera. Aun así, en secreto tuve el deseo de vivir en una de esas casas tan queridas. Mantendría el pasto recortado y muy verde, tan verde como debe ser en el cielo, con hortensias y bugambilias en la cerca hasta la banqueta agrietada por la fuerza de las raíces de una jacaranda centenaria. Tendría un pequeño sembradío con hierbabuena, albahaca, romero, cilantro y perejil, aunque no sabría qué hacer con la cosecha porque nunca he cocinado. Pero le daría al resto de mi jardín un toquecito casero. Mis vecinos me invitarían a las fiestas de sus quinceañeras en patios alumbrados con foquitos de Navidad en pleno verano y bailaría salsa, merengue, cumbia y norteña con los muchachos. Me casaría con uno de ellos, el más trabajador, el que tuviera ojos color miel de piloncillo. Tal vez había un hogar en mi futuro. Era yo una niña esperanzosa a los once y medio.

Pasaban de las dos y aún no encontrábamos a la mujer que habíamos venido a buscar, así que nos detuvimos a comer en una taquería de la que salía una fila que daba la vuelta a la manzana de tanta gente que esperaba mesa.

—Podríamos vivir en una de esas casas —dije casi para mí cuando por fin nos pudimos sentar.

Mi papá sostenía la tortilla enrollada entre sus dedos, orientando el taco hacia arriba con el meñique para que la salsa no escurriera sobre la manga de su camisa, y antes de darle una mordida dijo:

—Las paredes no sirven para mantener unidas a las familias.

Bebí en silencio tres vasos grandes de agua de jamaica y continuamos nuestra búsqueda.

A eso de las 5:20 encontramos la casa color lavanda con muebles de jardín oxidados en el patio de enfrente y un perro viejo y greñudo tomando una siesta en el escalón de la entrada. No habíamos ni tocado el timbre cuando se abrió la puerta. Una mujer de escasa estatura con una trenza negra y larga que le llegaba hasta las rodillas nos miró desde adentro.

"¿Por qué tardaste tanto?" le preguntó a mi papá, ignorando mi presencia. Y sin esperar su respuesta añadió: "Ya hablé con tu esposa".

La seguimos a la casa. El perro viejo y greñudo no se despertó. ¿Qué había querido decir la mujer? ¿Qué yo no podría hablar con mi mamá? ¿Había perdido mi única oportunidad? ¿Llegué tarde para hacerle preguntas, para contarle anécdotas de los caminos que de seguro disfrutaría, para decirle cuánto la necesitaba?

—¿Qué dijo? —preguntó mi papá.

—Está bien. Quería saber de ti y de la bebé. Me imagino que es ésta —y me señaló con un dedo índice torcido a punto de ser estrangulado por un anillo de turquesa—. Quiere que vengas de nuevo, tan pronto como puedas. Le dije que la buscaría después de tu visita. Me llamo Clara, mucho gusto.

—Le tengo unas preguntas a mi mamá —dije, y le entregué a Clara una hoja donde las había anotado días antes.

—Yo se las paso, no te preocupes —me contestó. Dobló la hoja en dos sin siquiera mirarla y la dejó en la cocina debajo de una lata de café.

Le contamos a Clara de nuestra vida de troqueros. Ella nos dio detalles de su conversación con mi mamá. Había sido muy breve, pero nos aseguró que nos tendría más informes la siguiente vez que la visitáramos. Me dio una manzana. En la televisión prendida en el cuarto de al lado se oía un programa de concursos. Las telenovelas vendrían pronto, después de las noticias, aunque, siendo sábado, en su lugar habría un programa de variedades. Por la ventana se coló un olor a frijoles recién hervidos. Los vecinos preparaban la cena y yo no tenía hambre. A las seis le pagamos a Clara sus servicios y nos fuimos. Me pregunté si tendría otra oportunidad de hablar con mi mamá. El perro viejo y greñudo seguía dormido.

—No creo una sola palabra de lo que dijo esta mujer.

—Yo tampoco —dije por solidaridad—. ¿Vamos a volver?

—Por supuesto.

Pocas internas habían visitado una biblioteca, pero tenían la sospecha generalizada de que la suya no era la mejor. Para abastecer sus pocos estantes, la directora Guzmán destinó un presupuesto a la compra de libros usados, pero finalmente se guardó el dinero y vació los libreros de su casa, contra la voluntad de su marido. Algunos tomos estaban subrayados. A otros les faltaba una de las cubiertas. Casi todos eran de bolsillo y estaban maltratados. Libertad ya los había leído todos, al menos un par de veces.

La cantidad de internas que se inscribieron en el Club de Lectura rebasó las expectativas de Libertad. Alrededor de noventa mujeres cabían en el espacio disponible si se sentaban hombro con hombro. Se reunían cada miércoles a las cuatro de la tarde. Y como Libertad era la que leía, el club le había dado la excusa perfecta para dejar el taller de corte y confección, que era a la misma hora.

Por la manera en que leía *Los tres mosqueteros,* las internas concluyeron que Libertad había pasado por la escuela, y una buena, tal vez privada. No tenía aspecto criminal. Su melena larga y rizada era del color del chocolate de Oaxaca y se desparramaba sobre sus hombros, cada rizo con sus propias intenciones, al parecer, cubriéndole a veces la mitad de la cara, como si ocultara ese pasado lleno de arrepentimiento que toda la prisión quería conocer. Cuando hacía demasiado calor se recogía el pelo en un chonguito despeinado ajustado con una liga. Sus caderas angostas y piernas delgadas le hicieron merecer el apodo de Gorrión, hasta que convenció a sus compañeras de que Libertad ya era un apodo en sí y que su ironía era más apropiada para su situación.

—¿A quién se le ocurre usar ese apodo en la cárcel, Libertad? —le preguntó la Maciza.

—Es mejor que apodarse Mafalda —respondió, y un suspiro se le quedó atorado en el alma.

Libertad parecía estar en paz con sus pechos. A los hombres les gustaba compararlos con una u otra fruta tropical de las que por su peso hace tronar las ramas de los árboles. Sólo lamentó su tamaño cuando tuvo que entregar su brasier por razones de seguridad al llegar al penal.

—¿Ves estos alambres que rodean la copa? Le pueden rajar la yugular a cualquiera —le había dicho la custodia antes de quitarle su brasier y darle uno de repuesto usado y una talla más chico.

—Éste me incomoda un poco.

—Ya te acostumbrarás.

—Pero es que se me sale medio pecho.

—Mira, mi reina, aquí no hay nadie a quien quieras seducir, así que tómalo y cállate.

Días después esa misma custodia se quitó la camisa sudada para refrescarse en medio de un juego de volibol. Libertad, sentada en las gradas, la observó. ¿Qué no era ése su brasier con soporte?

"Se lo quedó porque es un Maidenform", dijo la Diva.

Al leerles a sus compañeras en el Club de Lectura, Libertad revelaba pedacitos de su vida, momentos insignificantes así como hechos cruciales, de repente volcándose todos a chorros de su memoria, y a escasos goteos a veces, pero siempre desobedientes a la cronología, desafiando su deseo de alterarlos a favor de lo que hubiera querido que fuera la verdad. Y como nadie podía saber si los textos que leía eran reales o ficticios, había logrado remplazar la curiosidad de sus compañeras sobre su crimen por un aura de misterio que la rodeaba adonde fuera.

—Ha de ser la amante de algún cabrón millonetas —dijo Rarotonga.

—Una presa política —dijo la Rata.

—Una agente secreta —añadió Rarotonga.

—¡Alguien tradúzcame! —pidió la Yanisyoplin en un español quebrado.

—¿Qué no era trailera? —preguntó la Maciza.

—Se ve demasiado joven para manejar un tráiler —dijo la Matriarca.

Cierta tarde en la cafetería Libertad oyó que la Rata hablaba con la Maciza, masticando ambas con la boca abierta.

—No me lo vas a creer, Maciza. ¿Has oído esos libros que nos lee Libertad en el Club de Lectura?

—Sí, ¿qué con ellos?

—Que nada de eso le pasó. Se ha inventado toda esa mierda, ¿vas a creer, manita?

La Maciza dejó de masticar, miró a la Rata con gran aplomo en los ojos y le contestó con todo el peso de su sabiduría:

—Ya sé.

Pero, ¿en verdad lo sabía? La mirada segura de la Maciza se convirtió en un guiño fruncido, y en la región de su cerebro, casi nunca visitada, que guardaba sus dudas se instaló un sentimiento de desasosiego.

Mientras masticaba su arroz en silencio, la Maciza se atrevió a explorar aquella orilla distante de su mente donde ciertos pensamientos se beneficiaban de capas de negación, y sacó uno en particular. Por más conjeturas que hicieran las presas, y después de todos esos meses de conocer a Libertad, nadie sabía nada sobre ella. Podía ser una trailera. Podía ser la misma trailera sobre la que leía en el Club de Lectura, pero también podía ser que fuera demasiado joven para manejar un tráiler, como le había hecho ver la Matriarca. Sólo tenían acceso a la ficción, y era asunto de cada quien aceptarla o no como la realidad. Lo único seguro era su nombre: Filomena Hernández. Ése era el nombre que aparecía en su licencia de manejo del estado de California. Jerfu, la secretaria de la directora, le había dado esta información a la Maciza a cambio de un masaje profundo de cuello y espalda. La Maciza estaba decidida a averiguar la verdad sobre Libertad. La paciencia era su aliada y lo sabía. Así que decidió dejar que las cosas siguieran su curso natural. Libertad se encargaría de revelarlo todo a su debido tiempo.

Definitivamente había razones de más para que las internas pensaran que Libertad era una joven misteriosa. Con frecuencia la oían cantar en perfecto inglés mientras se bañaba. Nunca decía palabras vulgares ni buscaba pleito. De vez en cuando lloriqueaba con desesperanza, sin razón aparente. Cuando las demás querían ver algún programa especial en la televisión, como Miss Universo, ella se apuntaba para cuidar a los niños en la guardería y les enseñaba canciones infantiles en inglés. Y no tenía dinero. Todo en ella era extraño. ¿Qué edad tendría? Veinte. Veintitrés. Diecinueve. Nadie lo sabía. Podía ser mexicana, pero oficialmente era ciudadana norteamericana. ¿Y esos ojos verdes? ¿Cómo explicarlos? Conforme pasaban las semanas y los meses, todas perdieron la cuenta del tiempo que llevaba cumpliendo su condena. Unos años más o menos, sería el cálculo de cualquiera de las internas. Pero para la Maciza podría haber sido una eternidad.

La mayoría de las presas que la conocían estaban de acuerdo en que no parecía pertenecer al Centro Penal Femenil de Rehabilitación Social de Mexicali, pero a todas les agradaba que estuviera ahí para entretenerlas. Su público había aumentado desde que la directora Guzmán mandó quitar la televisión del salón de recreo como castigo por una pelea que dejó a dos internas heridas, una sangrando de un rasguño en la mejilla y la otra de una mordida en el cuello. Todo se debió a una discusión sobre qué telenovela ver, ya que estaban programadas en diferentes canales a la misma hora.

El público que se reunía a oír a Libertad era demasiado numeroso para la biblioteca. Incluso las internas del Clan Cuelloblanco, algunas de las cuales contaban con su propia televisión y colección de libros en su celda privada, soportaban el hacinamiento con tal de poder escuchar las historias de Libertad. Se empujaban unas a otras, quitándose sus asientos, como cuando jugaban a las sillas en la cafetería. Algunas llevaban sus almohadas para no tener que sentarse en el piso de cemento. La Yanisyoplin asistía a todas las sesiones para practicar su español "Después me das el resumen en inglés", le decía a Libertad.

—¿En qué nos quedamos? —preguntó Libertad al abrir el libro. Le gustaba poner a prueba la memoria de su público.

—La mamá —dijo la Maciza—. ¿Qué clase de cabrona es ésa? ¿Por qué la Maestra le preguntó a Joaquín González si de verdad quería encontrar a su mujer?

A Libertad le asombró que la Maciza no sólo recordara los nombres de los personajes, sino hasta la trama y partes de los diálogos. Tendría que ser más cuidadosa con la selección de su vocabulario.

—Ah, la mamá. Hay mucho que contar sobre la mamá. Pero antes, y para que todo tenga sentido, deben escuchar una historia crucial sobre Joaquín González, el papá.

Ey, Pata de Perro, ¿me copias?

Diez cuatro, Pito Loco, clarito como el agua.

Cuidado por allá. Un troque jalando un doble tráiler se acaba de llevar una Harley. El de la moto quedó embarrado por todo el pavimento. Es una masacre. El tráfico está parado por tres millas.

¿Me salgo del camino?

Yo que tú, sí. La ambulancia acaba de llegar y los paramédicos están recogiendo los pedazos. Eso se va a llevar un buen rato y los carriles siguen cerrados.

Tengo que dejar esta carga en Reno antes de que se vayan los de la bodega.

Aguántate hasta mañana. Luego aventajas. Párate en Winnemucca y plancha oreja. Hay un Motel 6 ahí lueguito.

Eso me suena bien. En el truck stop de al lado tienen los mejores tacos de birria. No me he parado por ahí desde la boda de González. ¿Ya se había cambiado el nombre a Holden, o eso fue después?

Mucho después, creo.

¿Te acuerdas de esa boda?

¿Quién no? El cura casi se cae del remolque con tanto cabrón ahí trepado.

Yo estaba demasiado ebrio para acordarme de eso.

Se tuvo que subir al techo de la cabina para darles la bendición a los novios. Se le atoró la sotana en la quinta rueda. Yo estaba parado hasta atrás, en la orilla.

Debieron haber hecho la boda sobre un remolque Expando de sesenta toneladas para que cupieran todos los invitados.

Yo diría que apenas un modelo Triple Twelve de ochenta y cinco toneladas para cargas grandes.

Yo nomás me quería robar a la novia.

¡Es que era una muñeca!

Lástima que ese matrimonio tuvo que acabar de esa manera.

Ya ves, nada está garantizado.

Oye, ái hablamos al rato.

¿Nos vemos en Los Angelitos la semana que entra? Le prometí a Edna llevarla a ver un juego de los Dodgers y me sobra un boleto.

Ándale, bye.

Las internas con las que mejor se llevaba Libertad eran la Maciza y una a la que le decían la Chapopota. No se llamaba así, todas lo sabían. Tampoco Verónica, como indicaban los documentos falsos con los que llegó al penal. No quería que la gente supiera que su madre le había puesto Blanca Nieves para contrarrestar el color oscuro de su piel. Como si a alguien le importara.

La Chapopota fue quien organizó la boda múltiple en el reclusorio. Se hizo cargo de todo, desde obtener el permiso de la directora Guzmán hasta coordinar a los novios para que aportaran los vestidos blancos y ramos de flores frescas de las novias. Setenta y tres novias. El cura rompió su récord y se aseguró de que toda la comunidad presidiaria lo supiera, presumiendo diez minutos a mitad del sermón. Los invitados llevaron cámaras, regalos, bolsitas llenas de arroz para arrojarles a las parejas de recién casados al terminar la ceremonia y ollas de tamales, mole y frijoles caseros. Nadie revisó a la concurrencia para cerciorarse de que no cargara armas ni drogas. Nadie pensó en escapar, ni siquiera para disfrutar de una rápida luna de miel en el burdel local.

La imagen del patio de ejercicios lleno de internas, custodias, parejas de recién casados, familiares y niños correteando le recordó a Libertad el relato de su padre sobre su propia boda, encima del remolque de un troque. Deseó haber sido una de las invitadas, trepada en el remolque, balanceándose en una de las ruedas para tener mejor vista de sus padres parados ante la cabina como si fuera el altar, sólo para asegurarse de que efectivamente todo había sucedido y de que su mamá no era simplemente un invento de su papá.

La última boda masiva en el penal se había celebrado tres años antes, y la Chapopota había visto cómo las relaciones amorosas entre las compañeras y sus hombres habían nacido y muerto sin dejar más rastro que el rencor y la amargura. Sabía por experiencia que estas ceremonias, por más en serio que se tomaran y por más organizadas que fueran aun dentro de la prisión, no garantizaban fidelidad ni permanencia, felicidad o estabilidad. No era que tuviera interés en ofrecerles a sus compañeras la opción del justo derecho al matrimonio hasta que la muerte las separara. Le atraía la idea de la fiesta. En unos días saldría libre y quería darles a sus amigas un buen rato antes de despedirse. Libertad redactó la invitación, ya que la Chapopota apenas si sabía escribir su nombre, cualquiera que fuera. Juntas pidieron permiso a la directora Guzmán para llevar a cabo el evento y para que autorizara a las desposadas tres visitas conyugales seguidas. A la Chapopota se le permitió usar el teléfono de la oficina para convencer a unos mariachis de que donaran su tiempo y talento y fueran a amenizar la boda. También logró que la panadería del barrio cercano a la prisión regalara un pastel de siete pisos decorado con unos novios de azúcar, mismos que fueron a dar, junto con varios ramos de flores ofrecidos por las recién desposadas, al altar de la Virgen de Guadalupe instalado permanentemente en la cafetería. El pastel fue tal delicia repostera que aun las presas con casos graves de diabetes no pudieron dejar pasar la oportunidad de comerse una rebanada. En cuanto al alcohol, la Chapopota rellenó docenas de envases vacíos rescatados de la basura de la cocina con ron barato llevado de contrabando por una de las custodias, cuyo hermano atendía una licorería en la ciudad.

Después de bailar toda la tarde con la Maciza, la Chapopota, todavía sudando, fue a la reja oeste a despedir a los invitados, como buena anfitriona.

"¿Cuántos de estos matrimonios durarán más de seis meses?" se preguntó en voz alta.

La Maciza miró al suelo y no contestó. Su cálculo del éxito de esas parejas era demasiado triste para decirlo. Le daba miedo que sus palabras resultaran ser premonición.

El ala norte estaba en silencio, excepto por los pasos de Nora. Y como Nora era custodia, se sentía con el derecho de marchar en vez de caminar. Había adoptado esa costumbre cuando empezó a trabajar en el CEPEFERESOMEX hacía veintitrés años. Esa mañana pisoteaba los pasillos como si matara cucarachas, seguida por la Chapopota, que se tapaba los oídos para aminorar el ruido, todavía víctima de la cruda que le causó haber bebido tanto ron en la boda el día anterior.

Las manos expertas de Nora habían adquirido la habilidad de manipular las llaves en todo tipo de cerrojos, más aún cuando se encontraba bajo la influencia de algún estupefaciente. De hecho, no era sino después de su trago mañanero de tequila que podía elegir la llave adecuada para cada candado, introducirla en la ranura sin fallar y darle la vuelta en la dirección correcta. Se lo tomaba a mucho orgullo, y lo presumía a la menor provocación.

Acompañada por la Chapopota, Nora cruzó sin decir palabra los corredores saturados de olor a orines, atravesó rejas oxidadas y puertas que rechinaban pidiendo a gritos unas gotas de aceite en sus aldabas y subió y bajó las angostas escaleras de la prisión. El último pasillo la condujo a la oficina. Se detuvo frente a la puerta cerrada del privado de la directora Guzmán y tocó. Una mera formalidad. Entró antes de obtener respuesta.

Frente a un espejito de maquillaje, la directora se buscaba algún trozo de cilantro atorado entre los dientes cuando entraron Nora y la Chapopota, sudorosas después de su caminata desde el otro extremo de la prisión, y se detuvieron frente al escritorio, tiesas y erguidas, en señal de respeto.

—Así es que estás por salir de aquí pero no te quieres ir.

—Ajá.

—¿Es tu marido? ¿Tienes miedo de que te maltrate otra vez?

—No, licenciada. Ya no me tengo que preocupar de eso. Su papá se lo cargó el mes pasado. Creo que fueron catorce puñaladas.

—No sabía. Qué pena. Lo siento mucho.

La directora Guzmán no parecía sentir pena. Ninguna. Tampoco la Chapopota.

—¿Entonces?

La Chapopota no contestó. La directora dirigió a Nora una mirada inquisitiva.

—Se quiere quedar hasta el jueves.

—Yo debería dedicarme a la industria hotelera —le dijo la directora a la Chapopota—. Llevas aquí encerrada nueve años y ahora resulta que quieres prolongar tu estancia. ¿Te acomoda el paquete todo-incluido?

—Es que todavía no me quiero ir —respondió la Chapopota con un dejo de vergüenza—. Voy al Club de Lectura los miércoles. No me puedo ir sin saber en qué va a acabar el libro.

La directora pensaba que a su edad ya había escuchado todo, pero de vez en cuando la Chapopota todavía lograba sorprenderla. De seguro ésta era la última vez. Se iría y se llevaría su chispa. Una vez liberada no volvería. Ni siquiera a visitar. Nadie lo hacía.

—Nomás por esta vez —dijo la directora Guzmán.

> Las nubes se han amontonado en la orilla noreste del cielo. ¿Planean una emboscada? ¿Quién es su víctima esta mañana? ¿El sol otra vez?

> Juntas. Demasiadas mujeres me rodean. Temo que nos transformemos en una sola. ¿Queda alguien en las calles? Conozco los secretos de mis compañeras. Me siento cerca de sus deseos. En las noches, cuando duermo, me atacan las pesadillas de sus miedos. Tantas

infancias golpeadas, entregadas en mis oídos a manera de susurros. Padres ausentes a quienes se les grita que es mejor así. Maridos infieles tolerados porque no les queda de otra, me dicen, porque se tienen lástima. Hijos abandonados sin querer, ahora sólo imágenes en fotografías arrugadas que han sido besadas más de la cuenta. Éstas son las mujeres que me confunden con un pañuelo. Lloran en mis hombros. Dormimos cuerpo a cuerpo, nos bañamos con la misma agua y sangramos en sincronía. No tengo la costumbre de tan intensa intimidad. Pero admito que me acomoda. No debo resistir la tentación de deslizar mi pie cansado dentro de la pantufla de piel de borrego, pero lo hago. ¿Por qué no puedo repartir migajas de mi culpa, compartirla, regalarla, aligerar el peso?

"Mi papá se volvió troquero, conoció a mi mamá y yo nací porque mató a un hombre. Estaba en su destino y no había manera de evitarlo", dijo Libertad a su público aun antes de abrir *Los tres mosqueteros* en la página 254.

La Chapopota saboreaba cada palabra, sentada entre las demás internas, feliz de haber obtenido permiso de quedarse hasta el jueves para poder escuchar estos pasajes. Había oído que eran cruciales para entender los cómos y porqués de toda la historia.

"Mi padre, el profesor Joaquín González, enseñaba literatura en la Universidad Nacional Autónoma de México, pero su carrera docente sólo duró un año", continuó Libertad, fingiendo buscar el párrafo donde había suspendido su lectura el miércoles anterior.

A pesar de su edad, apenas egresado de la Facultad de Filosofía y Letras, no tardó en ganarse el respeto de sus alumnos. Durante los descansos rodeaban su escritorio para escuchar sus consejos.

"No dejen que se asuste el gobierno. Si los políticos llegan a pensar que ustedes tienen el más mínimo poder, todo esto se puede ir a la mierda. Acuérdense de que ustedes son la araña y ellos son el zapato", les dijo.

Pertenecía al profesorado que apoyaba el movimiento estudiantil de 1968 en la ciudad de México. Ese mismo año, la noche del 18 de septiembre, Ciudad Universitaria fue tomada por el ejército. Hay testigos que aseguran que más de nueve mil soldados armados llegaron a las diez en punto en autobuses, Jeeps y tanques de artillería y ordenaron a cuantos civiles pudieron que se tiraran bocabajo en la explanada. Maestros que preparaban su siguiente clase. Padres de familia que asistían a una reunión de orientación. Personal de limpieza que lavaba pizarrones. Estudiantes que ensayaban una obra de teatro. Plomeros que reparaban el desagüe. Locutores de Radio Universidad en plena transmisión. Trescientos civiles desarmados se vieron de pronto rodeados por el ejército, militares a quienes de seguro les pegaron demasiado sus papás cuando fueron niños, y por lo tanto consideraban que el abuso de la autoridad era la única manera de proceder. ¿Qué más podían hacer estos estudiantes, maestros, padres de familia y plomeros sino cantar el himno nacional? Acostados bocabajo en el suelo, cantaron las mismas dos estrofas que habían memorizado desde la primaria, y siguieron cantando después, mientras se los llevaron en autobuses hasta el Campo Militar Número Uno. Muchos desaparecieron para siempre. Se dice, y a medida que pasan los años se acumulan más historias al respecto que van del rumor al testimonio y de los hechos a la leyenda, que subieron a los estudiantes a helicópteros y los lanzaron al mar en medio del Golfo de México, a cientos de kilómetros de la costa. A los que sobrevivieron la caída, se los devoraron los tiburones.

Esa noche, mi papá y sus alumnos de teatro tenían ensayo con vestuario. Montaban *El mercader de Venecia*. El alumno que hacía el papel de Bassanio estaba ausente, así que mi papá lo suplió. Y justo cuando Antonio y Bassanio acuerdan con Shylock la fianza de tres mil ducados, los soldados entraron al teatro y empezó la corretiza.

"¡Salgan o disparo, bola de maricones!" les gritó un comandante a los alumnos que se escondían entre las butacas vestidos con pantalones bombachos y mallas.

El Príncipe de Marruecos, que no había podido recordar sus diálogos hacía unos minutos, empujó a mi papá detrás de una escenografía del Palacio Ducal de la Plaza de San Marcos y le rogó que se mantuviera oculto.

"Te andan buscando a ti", le susurró.

El resto de los estudiantes corrieron en todas direcciones como perrillos de las praderas escapando de su madriguera inundada, pero fueron rápidamente apresados por los soldados y llevados a punta de bayoneta a la explanada.

Libertad dejó el libro a un lado para desabotonarse la camisa. Las reclusas estaban demasiado concentradas en la narración para pensar en refrescarse, sus rostros cubiertos de gotas de sudor que les resbalaban por las mejillas y empapaban los cuellos de sus blusas.

—Discúlpame, Libertad, ¿qué hacía el Príncipe de Marruecos en la universidad? —interrumpió la Chapopota—. ¿Qué no debería de estar en su país explotando a su gente?

—No era el verdadero Príncipe de Marruecos. Era un estudiante disfrazado como él para la obra de teatro.

—¿Un impostor? ¿A poco le va a hacer un numerito al tal Shylock, hijo de puta?

—Eso vale madres ahorita —dijo la Maciza, buscando una señal de aprobación en los ojos de Libertad—. Es a los actores a los que se los va a llevar la chingada.

—Exactamente —dijo Libertad.

Tomando en consideración el nivel de los comentarios y preguntas de su público, Libertad decidió que tendría que simplificar la historia un poco. Abrió el libro de nuevo y dio vuelta a la página.

Mi papá jamás habría elegido mallas rosas, pantalones bombachos de terciopelo y un sombrero de pluma como atuendo para huir de los soldados, pero el destino es bromista por naturaleza. Recogió su morral lleno de libros y se escondió en un salón de clases; pero cuando las balas estrellaron el vidrio de la ventana, corrió al pasillo.

Es de sorprender cómo en un solo momento la vida entera puede cambiar de la manera más impredecible. Este momento en particular, este segundo, el que cambió la vida de mi papá de profesor de literatura en México a troquero en Estados Unidos, le pegó de frente. Tal cual. El golpe fue inevitable. Al dar la vuelta en una esquina de los pasillos de la universidad, chocó con un capitán que venía corriendo en dirección contraria. Ninguno de los dos tuvo tiempo de prevenir el accidente. Sólo sintieron el peso del cuerpo del otro estrellarse contra su propio cuerpo, y al mismo tiempo se escuchó un balazo. En la colisión, el capitán, que traía una pistola en la mano, se disparó en el cuello, y se derrumbó sangrando. Nadie vio el incidente que dejó a estos dos hombres preguntándose cómo fue que sus destinos conspiraron para hacerlos llegar a ese estúpido momento.

Cuando los ojos del capitán se quedaron fijos y vidriosos, mi papá supo que todo había cambiado. Alguien había muerto por su culpa: porque en lugar de caminar por el pasillo, corrió; porque en lugar de ser ingeniero, como su madre insistió durante años, había decidido ser profesor. Pero, al mismo tiempo, de no haber matado al capitán (mi papá siempre se sintió responsable de su muerte, aunque a ratos le quedaba claro que había sido una casualidad), se habría quedado en México en vez de emigrar a los Estados Unidos. No habría conocido a mi madre y yo jamás habría nacido.

Por un rato, o quizá sólo unos segundos, mi papá permaneció sentado en el piso junto al cadáver deseando que de pronto se incorporara, se sacudiera, se disculpara y se fuera a seguir con su vida miserable o feliz, como quisiera. Pero el golpeteo de unos pasos apresurados lo hizo ponerse de pie de un salto. Alguien subía las escaleras. Se acercaba. Eran varios. Muchos. Apenas tuvo tiempo de escapar de ahí y esconderse en el baño de mujeres. Balanceándose sobre el excusado, oía gritos afuera. Al buscar su paliacate en el morral para limpiarse el chisguetazo yugular del capitán que le había salpicado la cara, se dio cuenta de que le hacía falta un libro. *A sangre fría*. Supuso que se habría quedado tirado al lado del cadáver; y como era fatalista, lo creyó con firmeza. Recordó que había escrito con marcador sobre la portada: "Este libro es propiedad del profesor Joaquín González. ¡No robar!" Bien podría haber dejado su dirección y fotografía para facilitar aún más la identificación del culpable.

Después de un par de horas, se trepó al lavamanos para alcanzar una pequeña ventana entre el techo y el espejo. Apenas podía distinguir siluetas corriendo en la oscuridad, afuera en la explanada. Algunos llevaban linternas y las rayas de luz que emitían le permitieron ver a dos soldados que acarreaban el cuerpo del capitán en una camilla. Un general—parecía ser un general—supervisaba la operación. Lo escuchó dar una orden. Creyó haberle oído decir: "Ni una palabra de esto". Con todas sus fuerzas, las que le quedaban, deseó que lo hubiera dicho.

Para entonces la universidad había sido evacuada y grupos de soldados resguardaban las diferentes entradas. Sería imposible escapar. Se miró al espejo: un hombre aterrado, aún con el sombrero de pluma, le devolvió la mirada. Salpicones de sangre manchaban el vestuario de Bassanio. Se quitó el chaleco rápidamente para lavarlo, tallar la evidencia, borrar el incidente de una vez por todas, pero el grifo escupió un líquido café con olor a óxido. Recordó haber visto a unos plomeros reparando las cañerías. El agua había sido cortada.

Pasó doce días metido en ese baño mientras los soldados acampaban afuera. Tomaba agua de los excusados. Comía hojas de una enredadera que trepaba por el muro exterior del edificio y se colaba por la ventana. Las mordisqueaba lentamente, saboreándolas como si fueran delicias para los dioses. Leyó cuatro veces todos los libros que traía en su morral, sin ponerles atención. Sacó el fólder con las tareas de sus alumnos, ensayos que había recogido el día anterior a la toma de la universidad, y trató de calificarlas, pero no le vio el objeto. Las esparció a manera de cama por el piso de terrazo debajo de los lavabos. Era, aun antes de saber que los mexicanos habían cruzado un portal más en su complicada historia y que no había regreso, un presentimiento que marcaba el inicio de un nuevo orden. Esas tareas ya no eran importantes, sospechó. Y en medio de la última noche de sitio, cuando los soldados habían fumado demasiada marihuana y se habían metido más cervezas de las que podían tolerar, logró escapar.

Delgado, sucio, con el pelo hecho una maraña y la barba crecida, se deslizó calladamente por las escaleras y saltó por una ventana lateral hacia la explanada, corriendo entre las sombras y ocultándose de arbusto en arbusto detrás del edificio, hasta que llegó a la avenida.

Libertad cerró el libro, vio la hora en el reloj de pared y despacito, como para hacer énfasis en lo que acababa de decir, recorrió el salón con la mirada. Entendía el valor del suspenso, técnica narrativa que había aprendido viendo telenovelas mexicanas en los truck stops americanos con televisiones gigantes en la cafetería y salas de descanso cuyas paredes despedían olor a manteca requemada y soledad desoída. Libertad casi siempre tenía que subir el volumen del televisor para poder escuchar los diálogos melodramáticos sobre los ronquidos de los troqueros que dormitaban desparramados en los sofás forrados de vinil, pegados sus párpados con lagañas secas.

Tenemos que pararle aquí —dijo Libertad.

La Chapopota alzó los brazos, furibunda.

—No puedes hacernos eso. ¡Tienes que acabar hoy!

Libertad se encogió de hombros.

La Chapopota miró suplicante a Nora, la custodia.

—Dile. Por favor.

—Ni máiz, palomas. Se acabó el tiempo —fue la orden final de Nora, quien había ido al Club de Lectura para supervisar la salida al patio de las internas, formadas en cola.

Podía hacerlo con la mano en la cintura. Nora, la gendarma más respetada. Nora, la jefaza número uno. Nora, la guardallaves por excelencia. Ningún custodio o elemento del personal de seguridad, administrativo o de apoyo era más estimado en la prisión, porque Nora era firme cuando se trataba de hacer cumplir sus propias reglas. Nunca le sacaba la vuelta a la ley, a menos, claro, que hubiera dinero de por medio, mucha feria.

"Te vas a salir del mercado con esas comisiones", le había advertido la Patrona, la mejor amiga de la Matriarca, asesora financiera y honorable integrante del Clan Cuelloblanco. "Otras custodias me dan chance de tener mi refri lleno de comida por menos lana".

Pero a Nora le tenía sin cuidado la competencia. Sus cuotas eran altas comparadas con las de otras custodias, pero ella nunca se retractaba una vez hecho un acuerdo. Cuando llegaba a un arreglo con alguna de las internas, cumplía cada palabra. Y como en este caso la Chapopota no tenía dinero, le era imposible torcer las reglas. Se había terminado la hora del Club de Lectura y tendría que obedecer, como siempre lo había hecho. No había nada que negociar.

La Chapopota sabía que la historia no acababa ahí. Faltaba mucho por averiguar. Se había quedado unos días más en la prisión para conocer el final, y lo haría a como diera lugar. Así que antes de que alguien le pusiera el alto, dio un brinco desde la banca y le arrebató a Libertad *Los tres mosqueteros.*

—Siquiera déjame llevarme el libro a mi celda para leerlo en la noche. A güevo tengo que saber en qué acaba.

Nora asintió, divertida. ¿Cuánto podría cobrar por este favor? Nunca lo suficiente, no a la Chapopota. Además, se iba. Así que le dio permiso de llevarse el libro a su celda, en calidad de préstamo, como un regalo de despedida.

—Te voy a revisar la maleta cuando salgas, y me cae que si veo que te llevas ese libro, te rompo la madre. Es propiedad federal.

Vio a la Chapopota alejarse con el resto de las internas, sosteniendo el libro bajo su axila sudorosa y sonriendo nerviosamente, como una niña a quien le han dado a cargar un cachorrito. Cuando Libertad pasó por la puerta, Nora la jaló de la camisa.

—¿Qué chingados va a hacer la Chapopota con el pinche libro? Ni siquiera sabe leer.

—Me imagino que su ángel de la guarda le va a leer en sus sueños —contestó Libertad.

La Chapopota y Libertad vivían en celdas vecinas. Como habían acordado, después de que las internas guardaron silencio y las custodias pasaron lista por última vez, ambas se sentaron en el piso, recargadas en las puertas, que estaban lado a lado. La Chapopota pasó *Los tres mosqueteros* por entre las barras, puso el libro en el suelo del pasillo y le dio un empujón para que Libertad lo alcanzara.

—Órale, dale cuello —dijo la Chapopota.

—Vamos a tener que hablar por la letrina. Oí que la custodia va a hacer la ronda a media noche y no quiero broncas por andar gritándote la novela al pasillo.

—Espérame tantito entonces.

Al fondo, detrás de las literas, había un excusado común. La Chapopota bombeó el agua, creando vacío con una cobija doblada sobre la taza, como si fuera un destapacaños. Libertad repitió la operación en su celda; una vez que las tuberías que unían a ambas letrinas quedaran sin agua, podría hablar metiendo la cabeza en la taza, y la Chapopota, haciendo lo mismo, la escucharía claramente. Las internas de las celdas aledañas no tardaron en enterarse de la repentina lectura y bombearon el agua de sus letrinas para poder oír también la historia de Libertad.

—Mira, los cuentos nunca tienen final. Todo continúa. Voy a tratar de terminarlo de alguna manera, pero quiero que sepas que siempre habrá más.

Libertad abrió el libro y fingió leer en la oscuridad, lanzando palabras apenas audibles en el excusado para que la Chapopota pudiera escucharla.

A partir de aquellos días en el baño de la universidad, mi papá supo que se había vuelto oficialmente un fugitivo. Nunca más podría presentarse como Joaquín González, el maestro. Tendría que convertirse en otra persona, cambiar de identidad y, lo peor, deshacerse de su preciado gafete de docente.

Pensó avisarles a su madre y su hermana, pero no podía acercarse a ellas por ningún motivo. Los militares las encontrarían, voltearían la casa al revés buscando pistas sobre su paradero, lo que fuera, y de paso robarían todo a su encuentro. Sabía los horrores que les esperaban en el interrogatorio. La única manera de protegerlas era no decirles dónde estaba ni hacerles saber si estaba vivo o muerto. También para ellas tendría que desaparecer.

Caminó sin rumbo por la ciudad. La gente con la que se cruzaba en las calles miraba hacia otro lado, evitándolo. Nadie quería tener que ver con él en el estado en que se encontraba, y más aún con la ropa ensangrentada. En aquellos días el aire se había infectado de miedo. Era mejor no saber. Una niña parada en una esquina lo miraba con atención. Parecía un desposeído sin futuro. Y lo era. Cuando la madre de la niña se dio cuenta, la jaló hacia el otro lado de la calle. Tal vez había perdido su dignidad, pero no estaba dispuesto a andar asustando niñitas, así que se fue directamente a un local de caridad donde vendían ropa de segunda mano y usó el poco dinero que traía en la cartera para comprar unos calcetines y zapatos, y un par de pantalones y una camisa limpios. Después buscó un terreno baldío donde quemó el vestuario de Bassanio y pasó a unos baños públicos a darse un regaderazo. Durante un largo rato dejó que el agua caliente le escurriera por el cuerpo mientras se frotaba la piel tan enérgicamente que parecía querer despellejarse, y se lavó los dientes con un cepillo que consiguió de promoción en la tiendita del establecimiento, con tantas ganas que se sangró las encías.

Sin saber qué hacer, anduvo varios días caminando por las calles con tal de no permanecer en un solo sitio. Dormía debajo de coches estacionados y comía lo que encontraba digerible en los botes de basura de los restaurantes. Una sensación de calma plagaba la ciudad, pero él sabía que no era real. No tenía caso leer los periódicos en busca de información sobre lo sucedido en la universidad. Habría de todo, menos la verdad. Los directores sabían muy bien qué podían publicar si querían que su periódico siguiera circulando. El gobierno tenía su muy particular idea del significado de la libertad de expresión. Sí, cualquiera podía comprar el diario de su gusto. Aterrado, se imaginó que habría más represión.

A los pocos días oyó una conversación de dos hombres de negocios que salían de desayunar de un café de la colonia Juárez. Todo era rumor, pero en esos tiempos ésa era la forma más confiable de obtener información. Hablaban de una matanza ocurrida el día anterior. Calculaban que cientos de estudiantes y civiles habían sido asesinados en Tlatelolco. Pudo haber corrido al lugar de los hechos para confirmarlo todo. Tal vez habría hallado acordonada el área mientras los militares lavaban la sangre que pintaba de rojo la plaza. Pero si iba, seguramente alguien lo reconocería.

Sintiendo más miedo que un venado en plena temporada de caza, se dirigió a la carretera. Ya las avenidas principales estaban cubiertas de pancartas y carteles coloridos anunciando las Olimpiadas de 1968 que se inaugurarían días después en la ciudad de México. Toda el área metropolitana había sido aseada y remozada, como lo hace el ama de casa cuando va a tener visitas. La sala y el comedor se ven lindos, impecables, pero los roperos y los cajones son un desastre. Mi papá siguió su camino, pensando en los Juegos Olímpicos, en el mundo que ahora dirigía su mirada a nuestro país, tan dolido, tan roto, y haciendo cuanto fuera posible por parecer que gozaba de buena salud.

Cuando por fin llegó a las afueras de la ciudad, donde los pobres se establecen en terrenos que no son suyos, sin drenaje, agua ni electricidad y donde los tiraderos de basura quisieran ser paisajes y el camino se ampliaba y se perdía en la distancia envuelta en neblina y humo, decidió pedir aventón. Ya era un fugitivo, y los fugitivos nunca se quedan en el mismo lugar.

Había caminado algunos kilómetros por la cuneta, levantando el pulgar, cuando un tráiler enorme que llevaba un bulldozer amarillo frenó. Mi papá corrió unos doscientos metros para alcanzarlo, inhalando el olor a hule quemado que despedían las llantas al arrugar el pavimento con la fuerza de la fricción. El tráiler estaba tan pesado que tardó en parar por completo. Cuando por fin se acercó a la cabina, mi papá abrió la puerta y trepó al asiento, al lado del conductor. Así fue como se convirtió en troquero. Fin.

Fin mis güevos —dijo la Chapopota con la cabeza dentro del excusado.

—Está bien, pues; no es *el fin,* es *un fin.* Te lo dije. Los cuentos siguen y siguen. Tienen muchos finales. Ni la muerte le pone punto final a la historia. Arrastra por siglos. Si no, pregúntale a Abraham.

—¿A quién?

—Olvídalo. Ése no es un personaje de nuestro cuentito de troqueros. Para que estés tranquila, imagínate que el profesor Joaquín González se volvió troquero y vivió muy feliz el resto de sus días. Así vas a poder dejar en paz el asunto.

—La verdad es que no me creo que un profesor que se volvió troquero viviera muy feliz el resto de sus días. No me entra ni a chingadazos.

Libertad empezaba a perder la paciencia. Eran las tres y media de la madrugada. El timbre del penal sonaría en dos horas más y tendría que correr al ala sur para calentar el agua del baño de la Matriarca y prepararle el café, y no había dormido ni un minuto.

—Bueno, tuvo sus altibajos, pero básicamente le fue bastante bien como troquero. ¿Te parece mejor ese final?

Decepcionada, la Chapopota frunció la nariz y arrugó su labio bigotudo. Se le había acabado el tiempo y tenía que conformarse.

—Sale, pues.

Sacó la cabeza de la letrina y las demás compañeras de celda, que se habían despertado y la habían rodeado para escuchar la historia de Libertad, volvieron a sus literas.

La Chapopota se sentó en su cama tratando de imaginar finales alternativos para la historia del troquero, pero su mente se le estrelló contra un muro inquebrantable, como cuando tenía que hacer alguna operación aritmética de más de dos dígitos. En la oscuridad distinguió a sus compañeras acomodándose debajo de sus cobijas, haciendo esfuerzos por encontrar una postura cómoda para dormir siquiera el rato que les quedaba antes de que sonara el timbre de la mañana. Las extrañaría, menos a la Culebra. Se echaba pedos toda la noche y el olor se quedaba flotando en el aire encerrado hasta el amanecer. Pero incluso aguantar esa forma escatológica de intimidad era mejor que tratar de encontrar un empleo y no ser despedida. Se hizo la promesa firme de nunca más actuar impulsivamente y contar hasta cien antes de perder el control. De pronto la invadió el pánico de sólo pensar en su futuro fuera de la cárcel y le volvió el tic nervioso. Su ceja derecha parecía una entidad aparte, contorsionándose sin parar hasta que se entumecía. Deseó haber cometido un crimen más grave que el que la llevó a la cárcel. Golpear al taxista que había intentado violarla hasta dejarlo parapléjico antes de robarle el taxi para huir en él sólo le había costado unos años de encierro. Debió haberlo matado. Así no tendría que estar preocupándose por su inminente puesta en libertad. Legítima defensa le habría comprado una sentencia más larga, y le habría permitido quedarse a escuchar el verdadero final de la historia del profesor Joaquín González y su hija.

Al mediodía siguiente, la Chapopota ya se había despedido de sus amigas y llevaba en la maleta una muda de ropa, su cepillo de dientes listo para ser reemplazado y un frasco nuevo de champú, regalo de la Maciza. Acompañada de una capo, recorrió lentamente los pasillos, como si no quisiera llegar a la reja oeste; cruzó el patio de ejercicios, e hizo una breve parada en la playa. El intendente encargado de la limpieza de las áreas exteriores acababa de remojarla con el chorro de la manguera, "para que se refresque la tierrita", decía, sin importarle el desperdicio de agua. Algunas internas aprovechaban la situación y se entretenían dibujando con los dedos en la arena húmeda corazones con iniciales de parejas que el destino había separado hacía mucho. Al dibujar, comentaban al detalle quién había traicionado a quién, cuántos años había durado tal o cual matrimonio, cuándo fulano o zutano se había largado, quién había sido sólo un amor platónico y quién una pesadilla. El sol cenital calentaba la arena y los corazones despedían nubecitas de vapor, como si las parejas que representaban por fin se esfumaran en la nada.

—Esto es para ti —le dijo la Chapopota a Libertad, quien se asoleaba en una tumbona al lado de la Yanisyoplin.

Libertad tomó la bolsa de papel que le ofrecía la Chapopota

y sacó cuatro toallas sanitarias. Sin usar. Las inspeccionó con cuidado.

—¿Y por qué me las das?

—Nomás.

—Pero te van a hacer falta.

—Son más fáciles de conseguir allá afuera.

—Gracias, pero no es necesario, de veras.

—En cuestión de favores, te debo una.

—No me debes nada.

—Cincho que sí. Y soy buena paga. La Maciza sabe dónde encontrarme, por si se te ofrece.

—Pórtate bien.

—Si se me cruza un libro por ái en el camino, te lo envío por correo.

—Nomás no mandes a nadie a una silla de ruedas para conseguirlo.

La Chapopota sonrió con suficiente amplitud para mostrar el agujero donde antes había habido un colmillo, le dio a Libertad un abrazo largo y apretado y se fue escoltada por la capo hasta la reja oeste.

Desde la ventana de su oficina, la directora Guzmán presenció la despedida de la Chapopota y la vio darle a Libertad la bolsa con las toallas sanitarias. Y supo, por ese solo acto, que esa interna que aquel día quedaba libre se había rehabilitado por completo. Nadie regala así un artículo tan codiciado en el mercado negro, excepto a una verdadera amiga. Se limpió una lágrima de la mejilla y se odió. La Chapopota no regresaría.

Yo sí estoy de acuerdo con la Chapopota. Me cae que un profesor que se vuelve trailero no puede vivir feliz el resto de sus días. Ni madres. Yo anduve con uno, no con un profesor, digo, con un trailero, y te puedo decir porque lo viví que tienen un genio de la chingada, y peor están de los dientes. Y éste ni era maestro, como el profesor González. Era un jijo de la tiznada.

¿Y por qué anduviste con él?

Es que los traileros son engañosos. Ni cuenta me di que era tan cabrón hasta que ya se había ido.

Se largó. Con razón.

¿Qué?

Nada. Que te debiste haber imaginado que te iba a salir con ésa. ¿No andan para acá y para allá?

Así es la cosa. Lo peor es que hay gente que vienes conociendo ya que se fueron.

Sí, pues, ya que te dejaron toda jodida.

Eso mismo digo yo. Y no creo que ese profesor haya sido feliz. A mí que no me cuenten.

Apuesto que lo van a agarrar y lo van a embotellar. Nadie se pela de ésa.

¿Cómo crees? Claro que muchos se pelan. Si no, las cárceles estarían a reventar más de lo que ya están.

¿Ah, sí? ¿Muchos se pelan? ¿Y entonces qué chingados estamos haciendo tú y yo metidas en este puto botellón?

El volibol era el deporte preferido de las reclusas. Esa mañana el viento soplaba del norte enfriando la temperatura un par de grados, así que tenían más energía para jugar.

La Maciza esperaba su turno desparramada sobre una banca de cemento. Nunca le había atraído eso de sudar sin motivo, pero el doctor que le dio la vacuna contra la rabia después de que la mordió una rata cuando acomodaba la alacena en la cocina, le advirtió que si no hacía ejercicio para perder el exceso de grasa que cargaba, moriría tras las rejas.

"A mí no me sacan de aquí en pijama de pino", dijo la Maciza.

Y se creyó su propia advertencia. Estaba decidida a mantenerse viva hasta pasearse de nuevo por las calles. Durante los últimos tres años se había enlistado como voluntaria para descargar los costales de papas y de harina, y había acarreado cientos de bolsas de abarrotes y verduras desde el camión repartidor hasta la cocina. Levantaba las literas de fierro mientras alguna compañera barría debajo. Trepaba por el enrejado de las celdas entremetiendo los dedos de las manos y los pies, colgándose verticalmente, como un alacrán. Corría por los pasillos del ala norte sin parar, hasta que ya no podía moverse más. Una vez por semana entrenaba con Rarotonga, dándose golpes hasta que alguna sangrara. Siempre encuentros amistosos. Además, cavaba zanjas y zacateaba los pisos de los baños cuando se lo pedía el superintendente. Y en sus ratos libres arrastraba las tumbonas de un lado a otro de la playa y reubicaba las sombrillas para algunas de las internas que le podían pagar. "Una dádiva, pues", decía. Para entonces había fortalecido a tal grado su musculatura que hasta los dos únicos custodios, ambos llamados José, le tenían miedo, por muy machos que fueran. Si hubiera existido un gimnasio en el CEPEFERESOMEX, habría levantado 70 kilos sin que le saliera una sola gota de sudor. En cierta ocasión la había atacado una pandilla de cuatro internas de las más viciosas, y en menos de dos minutos las había mandado a todas a la enfermería.

"¡A mí nadie me acalambra, chingados!" amenazó por la ranura de la puerta de la celda de castigo, un cuartucho de dos por dos metros conocido entre las presas como el apando, donde pasó encerrada una semana. Pensó que eso era mejor que ser rapada al ras como las culeras que la habían atacado. Según sus cálculos, su castigo había valido la pena. Había establecido su dominio y nadie se atrevía a importunarla. Además, no podía quejarse demasiado. No se la había pasado tan mal esos días gracias a Libertad, quien convenció al comandante de custodios a cargo del apando de que le permitiera llevarle postre a la Maciza.

Libertad le había sugerido a la directora Guzmán incluir algún tipo de dulce en las comidas cuando se enteró de que la Pinche Bruja, todavía en averiguación previa por haber apuñalado a un comensal con un cuchillo de cocina, había sido chef repostera en un restaurante de categoría en Tecate. La directora consideró que esa adición al menú mejoraría sus relaciones con las internas. Además, el secretario particular del gobernador tenía una distribuidora de alimentos y dulces y de seguro estaría muy complacido de proveer los ingredientes.

Durante toda la estancia de la Maciza en el apando, Libertad deslizó gelatinas, flan y arroz con leche por la ranura de la puerta, dejando crema batida embarrada en el marco de fierro. Por supuesto que, como pago por el favor, tuvo que dejarle su propio postre al comandante de custodios, y tantán.

La Maciza se acomodaba los pechos debajo de la camisa cuando el árbitro mandó a Libertad a sentarse en la banca al lado de ella. Libertad no protestó. Estaba cansada de jugar volibol. Ya lo haría mejor la próxima vez. Se limpió el sudor de la cara con la manga de la playera. La Maciza sacó un sobre y se lo pasó para que lo usara como abanico. Era una carta. Libertad sonrió, sorprendida.

—Te llegó una carta. ¿Y ese milagro?

—La hija de su chingadísima jefa —dijo la Maciza, con un pasador de pelo entre los dientes—. No he sabido de mi mamá en cuatro años y ahora dizque quiere venir a visitarme. ¿Qué se cree?

Se desabotonó la camisa y le mostró a Libertad una cicatriz en forma de lancha que le abarcaba la mitad de la espalda.

Libertad ya la había visto antes, cada vez que se bañaban, o durante las ondas cálidas, en las que tanto internas como custodias se veían obligadas a andar desnudas por el penal para soportar los insultos del clima. Se preguntaba cómo se había hecho esa cicatriz la Maciza, pero no hablaba del asunto por respeto. Ahora que la tenía tan cerca, apenas la tocó con el dedo anular, cuidando de no causar dolor, como si fuera reciente.

—Me tiró al piso la cabrona y me puso la plancha caliente en la espalda para que aprendiera la lección.

—¿Qué lección?

—No decirle a mi papá cuando la venían a visitar. ¿Yo qué iba a saber? Tenía once años. Ella me había dicho que el cabrón ese era un tío.

La Maciza se puso la camisa de nuevo y miró al juego de volibol como si le interesara. Entre ambas había un entendimiento callado. Libertad sabía que la Maciza había sufrido mucho más de lo que mostraba esa cicatriz.

—A ti tampoco viene nadie a visitarte, carnala. Ni creas que no me he dado cuenta —dijo la Maciza, recuperando su carta de un manotazo y metiéndola en su bolsillo.

Libertad fijó la vista en la cancha. Su mirada llegó más allá de las internas que le pegaban a la pelota, más allá de los muros de la prisión, de la ciudad que la rodeaba, de la frontera, hasta que llegó a los Estados Unidos.

—Ajá. Nadie.

—Ándale, Libertad, ya canta claro de una vez. Saca la basura, que apesta. La psicóloga dice que es lo más saludable. ¿Qué coños haces encerrada en este botellón? —le preguntó, dándole una oportunidad más para hablar de su crimen.

Libertad sentía urgencia de hablar de su vida en forma de verdad, de una confesión, no una narración, pero de nuevo su voz no obedeció la orden, y no pudo contestar.

—Y yo que creí que ya nos andábamos encariñando. Hasta te enseñé mi cicatriz, ¿qué no? —dijo la Maciza.

Tenía que saber por qué estaba encarcelada Libertad, y lo tenía que saber de inmediato. Había hecho una apuesta con Rarotonga y necesitaba el dinero.

—Yo también tengo mis secretitos, ¿eh? —continuó, tratando de atizar la curiosidad de Libertad.

—Mira, Maciza, no tengo derecho a oír tus ondas privadas. A menos que yo te contara las mías. No me parece justo contigo.

—Está bien. Yo no creo en la justicia, ni sé qué es eso, a lo macho. Ya escupirás.

—Chance.

—¿Por qué no me cuentas? ¿Qué te cuesta? Si gano la apuesta te paso una feria.

—¿Qué? ¿Una apuesta? —la noticia tomó a Libertad por sorpresa y de pronto se sintió incómoda.

—Tú tienes la culpa. Traes a todas como locas. Unas dicen que te achichinaste a alguien. Otras que hiciste fraude. Yo estoy apostando a que estás aquí de puro ranazo —dijo la Maciza, buscando en la expresión de Libertad alguna reacción que pudiera interpretar.

Lo que Libertad tenía que revelar de su pasado se le presentaba turbio y distante. Ésa era la parte que le incomodaba. Por otro lado, le divertía que su aura de misterio fomentara la curiosidad de sus compañeras al grado de que cruzaran apuestas.

—No necesito una feria. No se trata de dinero, Maciza.

El árbitro sopló el silbato para ordenar a las mujeres sentadas en la banca que tomaran sus posiciones en la cancha. Libertad y la Maciza se pusieron de pie con desgano y se pararon lado a lado, frente a la red.

—¿Entonces qué? ¿Es un rollo de amistad?

—Es de suspenso —respondió Libertad, aunque la palabra que le vino a la mente fue *miedo.*

> Las nubes no han vuelto desde hace tres semanas. ¿Creen que el otro lado de la frontera es mejor? Tal vez han decidido cruzar para quedarse. Debí haberlas prevenido. El Salton Sea. Los pescados muertos. La peste. El error.
>
> Esta mañana me desperté pensando en los nueve niños, los que no maté. ¿Dónde estarán? ¿Qué edades tendrán ahora? ¿Cuánto extrañarán a sus padres, a sus madres? ¿Se acordarán de mí? Tengo miedo de verles las caras. La pérdida. El horror.

"Esta historia que les estoy contando es tan larga que no cabe en un solo libro. Continúa en varios, así que ahora vamos a leer de este otro", dijo Libertad al grupo de internas que la escuchaban en la biblioteca, tan juntas que sus hombros sudorosos se encimaban entre sí, como dientes grandes en boca pequeña. Guardó *Los tres mosqueteros* en el estante y abrió la primera página de la *Guía Fodor's de los puertos del Caribe.* Sin dar importancia alguna a la licencia literaria de Libertad, las internas se acomodaron en sus lugares prestando toda su atención.

Desde aquel accidente en que el capitán perdió la vida en la universidad, mi papá desarrolló un delirio de persecución. Vivía temeroso, escondiéndose, viajando siempre por las carreteras mexicanas, asumiendo la identidad de trailero. Tenía tanto miedo de que las autoridades militares lo localizaran que se cambiaba de nombre siempre que podía: Pantaleón González, Juvenal González, Pascual González, Severo González, José Arcadio González, Aureliano González.

¿Alguna vez se cambió el nombre a Speedy González? —preguntó Rarotonga, haciendo carcajearse a todo el grupo, excepto a la Maciza, que estaba demasiado concentrada en la narración.

—¡Ya dejen de interrumpir, chingados! ¿De dónde sacaron esos modales? ¡Me lleva la que me trajo! —exclamó la Maciza, empujando al suelo a Rarotonga, sentada a su lado.

Rarotonga se levantó, se acomodó el vestido y volvió a tomar asiento, todavía con la sonrisa en la boca.

—Sí, otros traileros lo llamaron un tiempo Speedy González —respondió Libertad—. Pero eso fue hasta que se hizo de un dinero para comprarse su propio troque. Viene en el próximo capítulo.

—¿Qué nomás estaba ahí tirado el billullo, a media calle? —preguntó la Maciza, ahora interrumpiendo ella.

—Ya te enterarás.

Era un Kenworth Seminole W900B nuevecito. Una belleza de troque. El mejor modelo de toda la línea. Y para acabarlo de completar, venía con un remolque de tres ejes para cargas de cincuenta toneladas, uno de los más sólidos del mercado, ideal para llevar bulldozers, grúas y excavadoras hidráulicas. Mi papá lo mandó pedir con el Sleeper Extender opcional para que viviéramos más cómodos. Tenía un pequeño refrigerador, una mesilla plegable y, por supuesto, una cama. Ésa era nuestra nueva casa, nuestro único lugar de residencia. Y éramos los dueños. Afianzó mi cunita al piso detrás de los asientos, junto a la cama, para poder vigilarme mientras manejaba y durante la noche. Yo tenía sólo unos meses de edad.

De la distribuidora de troques fuimos directamente a visitar a Cholito, en Santa Ana, California. Era un gordo chaparro con patillas de caballero águila, es decir tres pelos en cada cachete. En materia de producción de documentos falsificados, era una autoridad. Green cards para conseguir trabajo en Estados Unidos, licencias de manejo, todo tipo de credenciales de identificación. Fue él quien hizo las mejores que tuvo mi papá. Cada vez que se cambiaba de nombre, Cholito le hacía una nueva licencia de manejo. Por esas fechas fue que se apodó Speedy González.

Nuestra siguiente parada fue en el taller del rotulista. Mi papá tenía una idea muy clara de cómo quería que luciera nuestro logotipo. Hizo que el rotulista retocara varias veces las letras en la puerta de nuestro troque hasta que quedó perfecto.

—Se le olvidó el acento en González —le dijo mi papá.

Me sostenía con su brazo derecho estilo balón de fútbol americano, como decía él, mientras trataba de apuntar con mi chupón hacia el apellido mal escrito.

—¿Qué?

—El acento, la rayita inclinada que va sobre la letra *a*.

—Pero aquí no usamos esas payasadas, jefe. Estamos en Estados Unidos.

—Me vale madres. González se escribe con acento en la *a*. Es español correcto, y no vamos a discutir con la Real Academia de la Lengua Española, ¿verdad?

—Usted es el jefe y hacemos lo que quiera, nomás que yo no me hago responsable si se le chinga su letrerito.

El rotulista empuñó un pincel, lo remojó en pintura y trazó una línea sobre la *a,* de izquierda a derecha.

Mi papá me recostó en el asiento y le quitó el pincel al rotulista.

"Pásame el solvente. La raya va de derecha a izquierda".

En cuanto rehizo el acento, miró satisfecho el logotipo que desde ese día nos definiría. La puerta del troque quedó casi cubierta por grandes letras rosa brillante rodeadas de un borde púrpura: TRANSPORTES GONZÁLEZ E HIJA.

"Ya la hicimos, mi chamaca".

Con la compra de ese Kenworth, mi papá descubrió una faceta empresarial que ignoraba tener. Después de todos aquellos años manejando tráilers ajenos en México y luego en Estados Unidos, se había convertido en un verdadero experto del gremio. Y ahora tenía su propio troque.

Nuestro negocio era transportar maquinaria de construcción y agroindustria. Bulldozers, grúas, manitas de chango, excavadoras, asfaltadoras, compactadoras, aplanadoras y combinadas. Pero lo que nos distinguía de la competencia no era que fuéramos un equipo transportista padre-hija y que uno de los socios fuera un bebé de escasos meses, sino que habíamos acaparado un nicho del mercado nunca antes satisfecho por nadie. Buscábamos máquinas de construcción viejas e inservibles, de las que ya nadie les veía uso, las comprábamos por casi nada, las llevábamos a la frontera y las vendíamos a mexicanos que, mediante la magia de la talacha y el arte de la reparación, las dejaban como nuevas para operar otros veinte años. Nada se desperdicia en México.

¿Así que manejaba el troque, compraba y vendía máquinas y además cuidaba a la bebé? —preguntó la Maciza—. Yo nunca he visto a un hombre hacer tanto malabarismo sin que se le caigan las naranjas.

—A veces sí se le caían. Escucha esto.

Según me contó mi papá años más tarde, un día sin nubes íbamos por la carretera 2 camino a Broken Bow a recoger una sembradora de tubo CAT antiquísima que necesitaba una broca que funcionara, y en general una reparación completa. Una vez que la cargáramos, nos iríamos a la frontera mexicana. Como ya era costumbre, nuestro comprador nos esperaría del otro lado del puente con su propio troque y remolque para hacer la transferencia de la carga. Nos habíamos adelantado un día, así que nos tomamos el viaje con calma. Yo tendría unos doce meses de edad. Estaba sentada en el asiento masticando la rueda de un pequeño camioncito de juguete cuando mi papá vio un riachuelo al lado del camino justo entre Cairo y Hazard.

"¿Lista para estirar las piernas?" me preguntó, orillando el troque para estacionarse a un costado de la carretera.

Después de asolearnos un rato tendidos en el pasto, lavó mis pañales, tallándolos con fuerza en una piedra plana que sobresalía del agua. Mientras, yo recogí un bicho y me lo metí a la boca. Más tarde, mi papá descubrió la mitad todavía con algunas patas en mi lengua y sin mayor preocupación lo sacó de entre mis dientes nuevos con su dedo sucio. Y dijo: "Cucaracha o escarabajo, ésa es tu proteína del día".

Como estaba aprendiendo a dar mis primeros pasos, no me podía estar quieta. Gateaba, me sostenía en dos pies, daba unos pasitos y me caía de sentón.

"No te me vayas a ir al agua, ¿me oyes, jovencita? Que no tengo nada seco que ponerte", me advirtió.

Cuando terminó de lavar, colgó docenas de pañales en las ramas de un pirul cercano. Y a jugar. Le gustaba corretearme haciéndose pasar por un monstruo, tal como su mamá lo había hecho cuando él era bebé. Alzaba los brazos y encorvaba los dedos como si fueran garras, pisando con fuerza, siempre tres pasos detrás de mí.

"¡Ahí viene El Santo Demonio!" decía con voz de ogro.

Yo gritaba emocionada y corría hasta que perdía el equilibrio y me caía. Entonces me atrapaba y me mataba de risa a puras cosquillas.

Mi papá no se tenía que hacer el monstruo cuando me correteaba —dijo Rarotonga.

—El mío tampoco —agregó la Culebra.

De pronto, aquel pasaje despertó en el público una feroz necesidad de ventilar los sentimientos al respecto. En unos segundos todas comparaban el comportamiento de sus papás en abierta competencia por el Gran Premio del Abuso Sexual.

—¿Por qué no van y le cuentan toda esta mierda a la psicóloga y dejan a Libertad seguir con la historia? —gritó la Maciza.

A Libertad le daba envidia la facilidad con que las demás internas admitían sus dramas. La biblioteca recuperó pronto el silencio; pero cuando Libertad estaba a punto de retomar la lectura, la Rata la interrumpió:

—Discúlpame, Libertad, una preguntita más. ¿Cómo te acuerdas de tanta cosa si eras bebé?

—Dale, chingao —dijo la Maciza—. Que es puro cuento. De a mentis. Ya te lo he explicado.

La Maciza miró de reojo a Libertad en busca de alguna señal, cualquier gesto involuntario, nariz fruncida o guiño que revelara la verdad de sus historias, pero, sin mirarla, Libertad abrió el libro y continuó.

Cuando empezó a bajar la temperatura, mi papá me cargó, me sentó en el asiento del troque, tal cual, encuerada como estaba, y nos fuimos a la frontera. Había manejado ya un buen rato cuando se acordó de que se le habían olvidado los pañales. Desde la carretera debieron haberse visto como una parvada de garzas migratorias descansando en las ramas del pirul al lado del riachuelo.

"¡Carajo, otra vez!" dijo, golpeando el volante.

No regresamos por los pañales. Sin dejar de ver al frente, buscó uno con desesperación en la pañalera hasta que lo encontró en el fondo, debajo de dos frasquitos de Gerber a medio terminar.

"Más vale que éste te dure hasta mañana, mi amorcito, así que nada de popearse en la noche", me dijo.

Años después, cada vez que mi papá veía cualquier tela blanca ondeando con el viento junto a la carretera, decía:

"Mira, a alguien se le olvidaron los pañales".

¿Y la mamá? ¿Qué le pasó a la mamá? —preguntó la Maciza, ansiosa de obtener respuesta cuanto antes.

Libertad dio lentamente vuelta a la página y tomó un largo trago de agua de un vaso de plástico que tenía al lado.

—Ya viene. Tranquila.

Con parsimonia, levantó el libro de nuevo, pero justo antes de empezar a leer entró la directora Guzmán. Las internas se pusieron de pie inmediatamente, como les había enseñado.

—Se pueden sentar, muchachas —dijo—. Libertad, necesito que vengas a mi oficina en cuanto termine el Club de Lectura, por favor.

Tan pronto como se fue la directora, Libertad cerró el libro.

—Vamos a tener que dejar el capítulo de la mamá para el próximo miércoles.

—¡No me jodas! ¿Qué no nos puedes dar una pista aunque sea? —protestó la Maciza.

—Nel, pastel.

La Maciza se levantó y salió de la biblioteca golpeando las paredes con el puño. Libertad oyó a las demás internas, formadas para salir al patio, especular sobre lo que iba a pasar con la mamá. Tendría que cuidarse de no revelar nada esa noche, durante la cena.

Al salir de la biblioteca la detuvo la Culebra, quien ya había inventado un par de adelantos de la historia de Libertad, pero a la que las internas le habían dejado de creer cuando resultaron falsos.

—Yo sé por qué te mandó llamar la directora —le dijo la Culebra—. Niégalo todo.

—¿De qué hablas?

—Es por tu bien. Tú nomás dile que no sabes ni madres. Hazte la pendeja. Es todo lo que te puedo decir.

¿Me copian? ¿Alguien?

Adelante.

¿Cómo está la situación policial en el bulevar?

Cuidado, anda un palomo por la 105 vía oeste y trae prendido el radar. Vete despacito.

Gracias, carnal. Voy a pelar ojo. ¿Eres tú, Ghost?

Sí. ¿Quién eres?

Tourniquet. Reconocí tu voz.

¿Qué pues, bato?

Nada. Voy a dejar esta carga en Blythe. Oye, ¿oyistes lo que le pasó a González?

¿Speedy?

Le dieron una indemnización que ni te imaginas, por aquello de la esposa, con tal de que el problema no llegara a la corte. Se compró un Kenworth Seminole nuevecito y un remolque, y los pagó de contado. Twister dice que le sobró suficiente lana como para comprarse toda una flotilla, si quisiera.

Ya lo vistes, hay gentes que les toca toda la suerte.

Yo no quiero ese tipo de suerte. Prefiero seguir manejando troques ajenos a pasar por lo que pasó Speedy.

¿Y qué hizo con la bebita?

Anda manejando con ella.

¡Ese mexicano chiflado...!

Me lo encontré en el Fiesta Inn and Dance Club el otro día. Tenía a todas las meseras alrededor de su mesa dándole consejitos de cómo criar a la niña.

¿Como qué?

Le estaban enseñando a hacerla repetir, a cambiarle el pañal. Hasta se la querían bañar.

Pinche suertudo, te digo. Ahora le sobran las viejas.

Así es la cosa. Oye, te me estás cortando, ¿me copias? No te me desaparezcas, Ghost.

Nos estamos mirando a la vuelta.

Tuve que despedir a Jerfu —le dijo la directora Guzmán a Libertad—. Sospecho que estaba distribuyendo nieve a algunas de las internas, y no estaba respetando los canales establecidos por mí. La mandé al penal de Hermosillo. Le van a dar tres años, por lo menos.

—Cuánto lo siento. Ahora va a necesitar otra secretaria, alguien en quien confiar.

—Yo no confío en nadie. He vivido demasiado como para cometer ese error. La razón por la que estás aquí es porque sé que escribes rápido y sin faltas de ortografía, pero más que nada porque no estás en el mercado de las drogas —la directora miró fijamente a Libertad—. ¿O sí?

Libertad entendió la advertencia de la Culebra. Aunque no vendía drogas, sabía quiénes lo hacían, y la Culebra era una de ellas. La directora haría lo posible por sacarle la información. Debía pensar rápido.

—¿Tengo que darle una respuesta que ya sabe?

La directora Guzmán sonrió. Por supuesto que sabía la respuesta. Sabía todo lo que sucedía en su prisión.

—Entonces dime, ¿quién está metida?

—Mire, licenciada, usted va a dar con las involucradas. No necesita de mi ayuda.

Otras mujeres son más manipulables; se les puede sacar la información más fácilmente, pensó la directora. Libertad era demasiado inteligente para poner en peligro su integridad. Le dio gusto saber que les era fiel a sus compañeras.

—Ya lo sé. No te necesito para eso. Pero me puedes ayudar de otra manera.

Hasta que la directora contratara una nueva secretaria, Libertad haría el trabajo de Jerfu, sólo que mejor y por una fracción del sueldo destinado a ese puesto, el cual, por suerte, era mucho mayor que el que recibía como sirvienta de la Matriarca. El empleo consistía en organizar los archivos de la prisión, contestar el teléfono, escribir cartas y memos, preparar el café de la directora y hacerle las citas con la peinadora y la señorita Avon. Gracias a la visión empresarial de la directora, estas mujeres operaban sus negocios dentro de la cárcel, mientras cumplían su condena. Y como estaban siempre muy ocupadas, no recibían a nadie sin cita previa, incluso a la directora, quien accedió a acatar esa regla. Era un pequeño sacrificio, pero le permitía presumir de democrática ante las internas.

Libertad no tendría permitido comentar con nadie lo que hiciera o averiguara en la oficina de la directora. Tendría que trabajar horarios normales, pero los miércoles podría salir antes de las cuatro para continuar con su deber en el Club de Lectura.

—En cuanto a tu chambita con la Matriarca, ya hice los

arreglos necesarios para que te remplace temporalmente otra sirvienta. No te preocupes. La van a atender bien. Sólo te necesito hasta que consiga una secretaria eficiente.

—Gracias.

Libertad debería haberse alegrado por ese cambio imprevisto de profesión. Otras lo habrían considerado un ascenso sustancioso. Pero extrañaría los deberes caseros, como tender la cama de la Matriarca, sacudir sus muebles, aspirar su alfombra. Nunca lo había hecho cuando vivió en las carreteras, y ahora había perdido de nuevo la oportunidad.

—Acuérdate que te voy a estar checando.

Libertad no necesitaba la advertencia. No tenía por qué hacer nada que la directora considerara ilegal. Así que todas las mañanas era escoltada a la oficina, donde trabajaba el turno completo haciendo todo lo que se le pedía.

Hasta que dio con el expediente de la Maciza. Era tan grueso que constaba de tres carpetas. Tenía que haberlo organizado como todos los demás y archivado en la gaveta correspondiente, pero se sentó junto a la ventana con el fajo de papeles sobre las piernas. Sabía que esa tarde la directora estaba en una reunión de venta de Tupperware en el ala sur y no regresaría a la oficina, y sin perder más tiempo, leyó cada carta, documento, reporte. Algunos estaban en inglés. Otros en español. Al momento de ingresar al CEPEFERESOMEX, la Maciza trabajaba en una florería en Caléxico, California, y vivía en un departamentito a unos pasos del Muro de la Amistad, una barda enclenque y cubierta de grafiti que servía, inútilmente, como barrera divisoria entre Estados Unidos y México. Se sabía que la Maciza había asesinado a su esposo durante un viaje a Mexicali para ir al mercado del lado sur de la frontera.

"Lo hice porque lo amaba", había declarado.

No pudo aguantar la doble traición. La otra mujer había sido su amiga, o al menos eso le había hecho creer a la Maciza.

"Me la hubiera quebrado a la Angélica también, pero no tiene caso matar a alguien que trae muerta el alma ya desde endenantes".

De acuerdo con las indagatorias del demandante, la juez estaba fallando a favor de la Maciza. En uno de los documentos Libertad leyó que el ministerio público sostenía que como la juez también había sido engañada por su marido, proyectaba su amargura en el caso de la Maciza y le había dado una sentencia menor de la que su crimen merecía. Además, la sentencia condenatoria, según la ley general de normas mínimas, le permitía obtener un día de libertad por cada día en prisión, lo que significaba que su sentencia de veinte años podría reducirse a diez si mostraba buen comportamiento. Y quizá lo había logrado sin proponérselo. Cargar todas esas cajas de cebollas y de papas del camión distribuidor de alimentos a la cocina seguramente contaba como buen comportamiento a juicio de la directora Guzmán. La Maciza le había ahorrado al gobierno una pequeña fortuna en propinas para los diableros que entregaban los abarrotes.

En la tercera carpeta Libertad encontró documentos en inglés que indicaban que la Maciza tenía un hijo, Pollito, que desde los cinco años de edad estaba al cuidado del Estado norteamericano. Como la Maciza llevaba siete años en la cárcel, su hijo tendría entonces unos doce. El reporte tenía algunas páginas arrancadas. La Maciza nunca había mencionado a su hijo. ¿Por qué habría mantenido en secreto esta parte fundamental de su vida?

Sumando las fechas que Libertad encontró en el reporte, calculó que la Maciza saldría en tres años. Podría ir al Departamento de Servicios Infantiles en Estados Unidos y recuperar a su hijo. Podría empezar de nuevo.

Se preguntó en cuánto tiempo saldría ella misma. Sólo tenía que buscar su expediente. Un archivero aquí. Una gaveta allá. Y, finalmente, una carpeta arrugada con su nombre, el nombre que aparecía en su licencia de manejar falsa al momento de su encarcelamiento. Filomena Hernández. Ahí estaba. Su expediente. Lo sacó. Lo sostuvo entre sus manos. Pudo haberlo abierto. Pudo haber buscado la fecha. Pero no lo hizo.

Una pequeña nube suicida deambuló en el cielo desierto esta mañana. Dudosa, indecisa. Preguntándose qué hacer, se dejó llevar, y para la tarde el viento ya se había encargado de ella.

Antes podía ver al frente. Ahora, puedo ver hacia arriba. Incluso detrás de estas rejas, hay vista. El cielo se ha convertido en un parabrisas horizontal enmarcado por los muros de la prisión. Suspendida sobre ese vidrio invisible hay una premonición cargada de implicaciones. Leo el espacio celestial a diario. Quisiera ver al frente, hacia el horizonte. Pero no hace falta. Cuando veo las nubes, me siento protegida.

Mi celda es más grande que la cabina del troque. Al principio creí que me conduciría a alguna parte, donde fuera, pero no le salieron ruedas. Durante el primer mes me recostaba en mi cama y trataba de anticipar el sonido del aire cuando lo va empujando un troque a toda velocidad. Luego esperaba a que el vacío que se forma detrás me meciera un poco, dejando una estela de silencio. Pero los ruidos de mi celda eran erráticos y restringidos, metálicos y sin ritmo. Con el tiempo he aprendido a entenderlos. Significan que los viernes son iguales a los sábados, los domingos y los lunes. Aquí estoy segura. Debe ser a causa del horizonte. Está siempre tan cerca.

"Esa obsesión de vivir ocultándose de las autoridades por toda la República Mexicana hizo de mi papá un desastre paranoico. Cada día que pasaba, aumentaba su delirio de persecución. Estaba seguro de que alguien andaba tras él en todo momento. Las barricadas y retenes con los que de vez en cuando se topaba en algún camino eran para él obstáculos imposibles. Los uniformados eran asesinos a sueldo y con la misión exclusiva de encontrarlo. No le quedaba duda de que su cabeza tenía precio. Al principio viajó con traileros, los acompañó a dejar cargamentos, cambiar llantas ponchadas, hacer reparaciones", leyó Libertad de un ejemplar de *El beso de la mujer araña.*

¿No quieres saber a dónde vamos? —le preguntaban los traileros.

—Adonde sea está bien —respondía, invadido de pánico por la sola idea de quedarse en un mismo lugar.

En esa época se sostenía con lo que los traileros estuvieran dispuestos a compartir con él.

—Si hay comida para uno, hay para dos —le decían.

Le pusieron el Hippie. Cambiaba de aspecto frecuentemente, aunque casi siempre terminaba pareciéndose a John

Lennon. Se dejó crecer el pelo y se recortó las patillas. Por fin una compañía transportista lo contrató para manejar un troque. Usaba el nombre falso de Valentín González. Llevaba cargas del trópico al desierto y de las montañas al mar, siempre mirando por el espejo retrovisor, tratando de identificar a quienes venían atrás y que, según él, lo iban persiguiendo.

Habrá sido cuando salió a la venta el primer LP de John Lennon sin los Beatles que mi papá ya no pudo soportar más su situación. Sufría insomnio, le era imposible tolerar siquiera un trago de cerveza, de vez en cuando le brotaba una urticaria alrededor del ombligo y desarrolló boca seca. Así que una mañana se dirigió a la frontera con Estados Unidos—oyendo en el radio a Lennon y la Plastic Ono Band—pero en lugar de entregar el cargamento de jeans americanos hechos en México al troque transfer que cruzaría el contenedor al otro lado del puente, lo estacionó en una calle polvorienta de Matamoros, se fue a pie hasta la línea fronteriza, se metió sin ser visto a un contenedor lleno de pacas de algodón y esperó a cruzar. No le preocupaba haber dejado su carga a la deriva. Había expertos en la compañía que se dedicaban a encontrar unidades abandonadas, casi siempre unos días más tarde y ya sin la mercancía.

El trayecto dentro del contenedor fue largo y oscuro. No tenía manera de orientarse, pero sabía que estaba en Estados Unidos porque, ahí sentado en el piso entre pacas de algodón, sintió la tersura de la carretera. Supuso que los amortiguadores durarían una eternidad en esas condiciones. ¿Cada cuándo habría que cambiar los muelles y soportes? ¿Y las llantas? Olvídate de aros y rines doblados o rajados. Se imaginó la autopista, ancha y sedosa y eterna. Se preguntó qué tipo de paisaje estaría cruzando en ese momento, y se dio cuenta de que aunque ya llevaba más de cuatro horas en los Estados Unidos, había visto más de ese país en películas. En la tarde, las fibras de algodón que se habían desprendido de las pacas y que flotaban en el contenedor ya se le habían metido en la nariz y lo estaban haciendo estornudar.

Cuando finalmente sintió el frenazo de la primera parada, le volvieron de golpe todos sus miedos, pero trató de convencerse de que un colega transportista, sin importar su nacionalidad, no lo entregaría a las autoridades. Sabía que ese día se había convertido en visitante ilegal. También calculó que eso no le importaría a su colega. Al contrario, de seguro le recomendaría sitios de interés turístico por conocer en su primera estancia en los Estados Unidos. Pero quien abrió la puerta trasera del contenedor no fue el troquero americano de ceño endurecido, dos metros de estatura y conocimientos de agente de viajes que se había imaginado. Era Virginia Ryder, que en cuanto lo vio salir de entre el algodón soltó un gritito de asombro seguido de una carcajada limpia y sana.

—¡Me asustaste! —exclamó. —Sal de ahí, guapo—.

La mujer tenía un tatuaje de una mariposa en el bíceps derecho, y por un momento mi papá deseó tenerlo, el bíceps, no el tatuaje. Era rubia, de piel dorada, tenía los ojos inexplicablemente verdes, una sonrisa del tamaño de la frontera mexicana le adornaba la cara, y traía arracadas con cuentitas de colores que le llegaban a los hombros. Era la primera trailera que mi papá había visto en su vida, y en su peor inglés—porque era el único que tenía—le pidió un aventón. Ninguno de los dos dejaba de mirar al otro, azorados por ese encuentro.

—¿A dónde? —preguntó ella.

—Adonde sea está bien.

Y así fue como se conocieron mis padres. Cupido no hubiera tenido la habilidad para llevar a cabo una maniobra tan rápida.

En su primer día juntos mi papá le confesó a mi mamá que era prófugo de la ley. Su inglés tendría que mejorar sustancialmente y su confianza en ella que afianzarse por completo antes de atreverse a explicarle por qué. Pero a ella no le importó no saberlo. El hecho de que fuera fugitivo—por cualquier razón—aunado a sus ojos oscuros de párpados sombreados, le despertó un deseo tan poderoso que estuvo a punto de que la despidieran. Llevar un cargamento de un lado a otro del país les tomaba semanas en vez de días. Cada doscientas millas se detenían en un área de descanso, estacionaban el troque y hacían el amor en el sleeper, ignorando los miles de vehículos que pasaban a su lado por la autopista interestatal. Su troque se mecía al ritmo de sus caricias, y después, sudorosos y satisfechos, reanudaban la travesía. Pero con tanta pasión, mi mamá comenzó a acumular menos millas de las que marcaba su promedio normal, y llegó a fallar fechas de entrega importantes.

—Ya me dio un ultimátum el dispatcher, el muy cabrón —dijo una mañana camino a Tulsa—. Tengo que regresar a mi promedio o me va a despedir.

—Perdón por causarte problemas en tu trabajo. Prometo no distraerte más —le aseguró mi papá, estirándose para besarle el cuello mientras manejaba.

—¿Podrías ir en el contenedor? No puedo perder este trabajo, y si sigo viéndote mientras manejo no sólo vamos a llegar tarde: nos vamos a accidentar. Tú sabes que no resisto las ganas de desvestirte desde antes de estacionarnos.

Y como mi papá la complacía en todo, y porque decidió que

estaba más seguro si iba en el contenedor, donde no lo podían descubrir las autoridades, comenzó a viajar oculto entre la carga, sin vista al camino.

Dos meses después de conocerse se casaron en una ceremonia encima de un remolque que estacionaron en un truck stop en las afueras de Winnemucca, famoso por sus tacos de birria. A partir de entonces, su matrimonio fue suave y parejo como una autopista recién pavimentada.

Pero se toparon con un bache: el vientre infértil de mi mamá. Luego de once años de matrimonio e innumerables intentos de embarazarse, ya no podía pensar en otra cosa. Para acompañarla, mi papá volvió a viajar en la cabina, donde trataba de controlar el pánico de ser descubierto ocupando su mente con imágenes de cómo sería su bebé. Mi mamá colgó del espejo retrovisor un zapato en miniatura. Tejió un suetercito tan diminuto que no le quedaba ni a una muñeca. El último de los intentos había sido una clínica de fertilidad en Omaha recomendada por un amigo troquero cuya esposa había dado a luz a trillizos gracias a los tratamientos intensivos que ahí le habían aplicado.

"El doctor usó Drano para destaparle las cañerías a mi mujer", dijo, riéndose solo de su chiste.

Mis papás recibieron tratamientos cada mes durante un año, sin obtener éxito. Llevaban una bitácora con la temperatura de mi mamá, le inyectaban un medicamento hecho a base de orina de monjas italianas y hacían el amor en los días más fértiles. Incluso el médico hizo que mi papá se encerrara en el baño para masturbarse, sin siquiera la ayuda visual de una revista pornográfica, y que vaciara el semen en un vasito de plástico esterilizado para entregarlo al laboratorio.

La sala de espera de la clínica de fertilidad olía a alfombra nueva y a decepción, y a mi mamá le provocaba náuseas. Pero no era ése el mareo que tanto deseaba sentir, aquel que hace a las mujeres vomitar su ansiedad todas las mañanas de los primeros tres meses de embarazo. En la pared había una ilustración médica de una futura madre cuyo vientre mostraba un feto *in situ.* Mareada, mi mamá la miró un rato, y de pronto le pareció que esa mujer se burlaba de ella. Sin poder reprimir sus impulsos, se levantó del asiento, desprendió el cartel y lo escondió debajo de la mesa.

Mi papá hojeaba una revista, y entre página y página veía a mi mamá pasear por toda la sala de espera. Se preguntó si no sería mejor llamarla sala de desespera. Él mismo había comenzado a perder la paciencia. Tener un hijo se estaba convirtiendo en una necesidad imposible de ignorar. Deseaba como nunca tener una nueva familia. Tal vez así se desvanecería el dolor que aún le causaba haber abandonado en México a su hermana y su madre.

Las demás mujeres que esperaban su turno para ver al médico sí estaban embarazadas. Sus barrigas llenas y sus complacidas sonrisas envenenaban a mi mamá de envidia y la incitaban a correr al pasillo y gritar como una enferma mental. ¿Por qué se le negaba a ella el privilegio de la maternidad?

Cuando por fin entraron a su consulta, el médico les pidió que se sentaran. Mala señal. Era un hombre delgado, alto, de piel blanca, nariz larga y una papada que le colgaba sobre el cuello de la camisa. Si hubiera sido animal, habría sido una cigüeña.

—Lo siento mucho. Sé cuánto desean un bebé —dijo con voz opaca, el tipo de voz que mi mamá imaginó que ponían los médicos cuando preferirían estar jugando golf—. Desafortunadamente, no hay más opciones. Si quieren, podemos hacer el tratamiento un mes más. Por no dejar.

A mi mamá le quedaban muy pocas esperanzas, y el desinterés del médico se volvía intolerable.

—¡Mire, doctor: si me baja la regla una vez más, vengo y le embarro el Kotex en la cara!

—Por favor, señora González, no tiene por qué ponerse tan agresiva. Si está decidida, le podría dar los teléfonos de un par de agencias de adopción.

—¡Sí, claro! 'Vamos a darle un bebé hermoso y sano a este par de troqueros para que lo críen en las carreteras'. ¿Eso es lo que espera que digan en la agencia de adopción?

Furiosa, levantó de su silla a mi papá.

—Vámonos, mi amor; éste es un callejón sin salida. No sirve ni pa' remedio.

Afuera, un vientecito les acarició la cara como para consolarlos, y se dieron cuenta de que habían agotado todas las posibilidades que la medicina convencional les ofrecía. Su única alternativa era buscar un experto fuera del campo médico. Mi papá supo de inmediato a quién recurrir, pero tendrían que cruzar la frontera hacia México, y la sola idea hizo que le volviera la urticaria alrededor del ombligo. Con el poco valor que le quedaba, se compró un peluquín con copete de bucles rubios para que las autoridades mexicanas no lo reconocieran y se aventuró dentro de su país acompañado de mi mamá. Como no tenían coche y mi papá estaba convencido de que viajar en autobús los exponía a los retenes militares de inspección de vehículos en las carreteras, generalmente en busca de drogas, se fueron de aventón en siete camiones y tráilers hasta Catemaco. Este pueblo en medio de la selva veracruzana era famoso por sus curanderos, chamanes y brujos. La gente viajaba desde lugares tan lejanos como la Patagonia para aliviarse de enfermedades o desbaratar hechizos.

Tan pronto como mis papás se bajaron del último camión de redilas en las afueras del pueblo, percibieron un olorcillo que interpretaron como el auténtico aroma del optimismo. Y en cuanto se acercaron a una choza sin ventanas, un viejo de cien años, con mil arrugas en el rostro, los recibió en la puerta como si los estuviera esperando.

—Te conozco —dijo, señalando a mi papá con un dedo flaco—. Estuviste aquí con tu papá. Estaba enfermo de temblores.

—Así es, señor. Usted lo curó. Yo tendría unos dieciséis años.

—Ya sé. Llámame Don Silvino.

—Se murió al año siguiente, Don Silvino.

—Yo no puedo evitar accidentes de carro, eso sí que no.

Mi papá fijó la mirada en el piso de tierra. Le sorprendió que el curandero tuviera conocimiento del destino final de su padre, y pensó en su mamá y su hermana, en cómo habían aprendido a aceptar esa trágica muerte. Habían llegado a tiempo al hospital para verlo morir. En su propia desaparición, en cambio, todo era incertidumbre. Tenía la esperanza de que lo creyeran muerto, masticado por los tiburones del Golfo de México. Sólo así podrían asimilar el duelo y seguir adelante.

—Somos Joaquín y Virginia.

—Ya sé —repitió Don Silvino—. Quítense los zapatos antes de pasar a lo barrido.

Entraron a tientas. Mi mamá se preguntó cómo era posible que el lugar estuviera tan oscuro cuando había tantas veladoras encendidas. Apenas podía adivinar el contorno de los muebles. Una mesa. Dos sillas. Tal vez eso del fondo era un sofá, ¿o era una persona? Creyó ver que el bulto se movía un poco. Don Silvino les indicó que se sentaran en un petate que desenrolló en el piso y comenzó a canturrear una oración en su dialecto. Sacó un conejo de una canasta que tenía sobre la mesa. Le torció el cuello, lo abrió en canal con un cuchillo y le quitó el hígado. Rápidamente colocó el órgano resbaloso en un molcajete y lo molió junto con unos aceites y unas hierbas de origen sospechoso. Una vez convertido en una sustancia pastosa, la puso en un frasquito de comida para bebé y unas se lo dio a mi mamá. Todavía estaba caliente.

—Joaquín y Virginia, su desencanto será esperanza, su desesperación asombro. Van a seguir estos pasos, uno por uno, y los quiero ver aquí de regreso dentro de veintidós días.

Don Silvino les entregó un trozo de papel con instrucciones y una veladora con la imagen de San Judas Tadeo.

—Ándenles, vayan a hacer lo que les pedí.

Libertad detuvo su lectura para espantar una mosca con el libro. Había estado volando alrededor de su cabeza y ya la había hartado.

—Yo he estado en Catemaco. Fue cuando mi marido todavía me estaba pintando los cuernos con la pendeja ésa. ¿Alguna de ustedes ha ido por allá? —preguntó la Maciza, aprovechando la pausa.

—Uno de esos chamanes curó a mi primo de demencia —dijo Rarotonga—. Ahora es empleado en Correos.

—Mi hermana le mandó hacer un trabajito a la amante de su esposo. El brujo le dio un líquido y se lo revolvió en su jugo de nopal a la jija de su pelona. Se le pudrieron los dientes —dijo la Rata.

—¿Y todavía anda con el esposo de tu hermana?

—Sí, pero ya no la quiere besar.

—Síguenos contando, Libertad —pidió la Maciza—. Se nos acaba el tiempo.

Mis papás estaban tan entusiasmados que leyeron las instrucciones varias veces y recorrieron diligentemente la región hasta encontrar el maizal al lado del camino descrito en el paso uno. Después, obedeciendo el paso dos, eligieron un área plana e hicieron un gran círculo formado por cientos de mazorcas que cortaron tras pagarle al dueño de la siembra una suma exorbitante en comparación con los precios del mercado. En el paso tres tenían indicado acostarse en medio del círculo y hacer el amor apasionadamente. Siguieron las instrucciones al detalle.

"Ya fueron las cinco veces, ¿qué sigue?" preguntó mi papá, exhausto.

Según lo pedía el paso cuatro, mi mamá sacó el frasquito de su bolsa y se lo dio a mi papá. Él lo abrió lentamente, como ameritaba la ceremonia, y le untó la pasta a mi mamá, pintándole círculos con los dedos alrededor del ombligo y los pechos. Después, ella encendió la veladora con la imagen de San Judas Tadeo y la colocó a su lado, en la tierra. Pasaron ahí la noche, viendo a la luna recorrer su trayectoria celestial, como si con ese rito les asegurara un resultado positivo. Y al cabo de veintidós días de viajar sin rumbo por la región acosados por una ansiedad incontenible, regresaron a Catemaco.

Don Silvino, vivo todavía y alumbrado por sus veladoras, le pidió a mi mamá una muestra de orina. Como no había baño, se vio obligada a producirla ahí mismo. El chamán tomó el vaso, lo levantó para mostrar cómo en el líquido amarillento aparecían ciertas opacidades que poco a poco flotaron hasta la superficie y revolvió la sustancia con una pluma de gallo. Una vez mezclada, dejó escurrir varias gotas de orina sobre un papel amate que había estirado a lo largo de la mesa. Después alzó el papel y lo sostuvo contra la luz de una veladora. Con toda la concentración requerida para interpretar los misteriosos significados que sólo él conocía, observó las formaciones que habían hecho las gotas de orina y proclamó: "Tienes una niña en el vientre".

Mis papás salieron en silencio de la choza de Don Silvino, guardando la compostura. Pero segundos después mi mamá no pudo contenerse más y gritó emocionada, espantando a las gallinas y gallos y conejos que se paseaban inocentemente por el patio del chamán.

Abrazó a mi papá. Bailaron. Se rieron y se gritaron palabras chicas con significados grandes, como "¡Te amo, chingada madre!"

Los animales se protegieron detrás de cubetas y pacas de paja. Estaban acostumbrados a este tipo de estallidos de júbilo de parte de los clientes de su amo, pero si no corrían para salvar su vida, sus picos, patas, sesos o hígados serían el próximo ingrediente de las pócimas del chamán.

Mi mamá le hizo volantín a mi papá hasta que perdió el equilibrio y ambos cayeron al piso polvoriento. Él, preocupado ya por el bienestar del bebé, le sobó el vientre, todavía plano, y se besaron. Don Silvino los miró desde la puerta y sonrió como sonríen los sabios: con un dejo de tristeza.

Así que después de innumerables intentos y gracias a la experiencia del chamán, mi mamá finalmente me llevaba dentro. Pero su destino estaba decidido desde el principio, y aquello que tanto deseaba fue la causa de su fin.

Apuesto que se muere de parto. ¿A poco no, Diva?

No, qué va. Si no es telenovela. Es un libro, un bestseller.

¿Y?

Se tiene que morir de algo más dramático. La envenenan.

O, ¿qué te parece si se la apuñala un camionero de esos que no saben controlar su mal carácter?

¿Pero, por qué? Necesitas un motivo, Maciza. ¿Qué no has aprendido nada del abogángster de la Matriarca? Se la pasa diciéndole sus argumentos a todo volumen por la cafetería, como si nos importara.

'Tá bien, pues. Ái te va el motivo: el camionero le ganó el lugar de estacionamiento y ella se encabronó. ¿Cómo ves?

Eso suena más realista, pero tiene que suceder en una gran metrópolis, como El Paso.

Órale.

O si no, ¿sabes qué? ¿Y si la atropella un camión, o se muere de una enfermedad incurable con un nombre de miedo, como lupus?

Primero me dices que tiene que ser una muerte dramática y luego me das pura mierda que pasa todos los días. Que la mate alguien que se trata de secuestrar al bebé. Ése sí que es un best-seller. ¡Qué va, es una película gringa, chingados!

Mira, nomás estamos inventando. A lo mejor ni siquiera se muere. Tú qué sabes si lo que pasa es que se larga con otro güey.

¿Y abandona a la bebé después de todo lo que sufrió para tenerla? Una mamá jamás deja a sus hijos adrede. Se muere, te digo. Se la chupa Chaquira la Copetona. Punto final.

¿Qué te pasa, Maciza? Tú la traes contra Virginia.

Ni madres. Tú eres la que la quieres ver muerta a güevo.

Vete a la chingada. Virginia me cae bien. Siempre te andas queriendo deshacer de quien se te atraviesa.

Mira, Diva, si te emputaste por lo que pasó con la Culebra la semana pasada en el Club de Lectura, estás dañada. Tu amiguita se la buscó. Virginia ni es real, carajo. Es un pinche personaje. ¡No le podría romper el meñique ni aunque quisiera!

El meñique de la Culebra, atrapado a manera de sandwich entre dos trozos de lima de uñas y tres curitas, todavía se veía inflamado y torcido hacia un lado cuando se reinició el Club de Lectura dos semanas después del pleito. La directora Guzmán lo había cancelado temporalmente y había encerrado a la Maciza tres días en el apando antes de escuchar una explicación de los hechos. De haber sabido lo que en realidad sucedió, habría castigado a la Culebra. Ahora todos los esfuerzos de la Maciza por reducir su condena con buen comportamiento estaban a punto de ser en vano. Una mancha negra en su expediente le podría significar meses, hasta años más en la prisión. A menos que Libertad hablara.

—Demasiado tarde para cambiar el castigo de la Maciza. Ya di la orden.

—¿Me dejaría siquiera decirle lo que pasó?

—Te escucho.

—La Culebra dijo que nadie en esta prisión debía haber tenido hijos. Que somos un mal ejemplo para ellos, y que de todos modos otras personas los acaban educando. Y claro, todas las que son mamás la querían matar. Usted sabe lo delicado que es ese tema. La Maciza le torció el meñique a la Culebra y le gritó: "¡Pide una disculpa!" Pero la Culebra no se disculpó y el meñique tronó. A mi manera de ver, la Maciza paró un motín.

—Ésa no es su responsabilidad. Debió haber llamado a las custodias.

—Es que a lo mejor se sintió agredida.

—¿Por qué? Si no tiene hijos. ¿Cuál es su problema?

Libertad se dio cuenta de que o la directora no había leído el expediente de la Maciza o no recordaba a Pollito. De cualquier forma, no se lo mencionó. Todo era posible, pensó Libertad; hasta algún acuerdo entre ellas para mantener en secreto la existencia del niño.

—Usted tampoco tiene hijos, pero debe entender el sentimiento.

La directora Guzmán tuvo la sensación de que la garganta se le hinchaba con palabras que no podía pronunciar. El concepto de la maternidad, una abstracción que hacía mucho había dejado de tratar de asimilar, regresó de golpe, le trepó por cada una de las vértebras de la columna y la hizo temblar. Por supuesto que entendía.

—Yo soy madre, Libertad. O, mejor dicho, una madre afligida. Aunque no hay palabra para definir lo que soy. La he buscado en todos los diccionarios. Una mujer que ha perdido a sus padres es huérfana. La que ha perdido a su esposo es viuda. Pero, ¿cómo se le llama a una mujer que ha perdido a un hijo?

Libertad sintió una tristeza desconocida, de aquellas que asaltan con un pellizco al corazón.

—No existe esa palabra en nuestro idioma.

—¿Lo ves? El dolor de la pérdida de un hijo es tal que ni siquiera nos hemos atrevido a darle nombre a quien lo sufre.

Libertad guardó silencio. Pensó en lo distinta que habría sido la vida de la directora si su bebé no hubiera muerto.

—¿Era niña?

La directora asintió, pero no estaba ahí. Su memoria la había llevado a ese pequeño féretro rosado en el mausoleo familiar donde descansaban los restos de su bebé, su única hija, y por primera vez sintió una paz callada, nueva, consoladora.

—Entiendo por qué la Maciza defendió a las mamás, pero no puedo retractarme del castigo. Lo único que te ofrezco es no registrarlo en su expediente.

—Con eso basta.

Libertad le estrechó la mano en señal de agradecimiento y se dirigió a la puerta.

—Espera —le dijo la directora.

—Sí, dígame.

—Gracias.

—De nada. Me imagino que no hablará de estos temas en sus reuniones de venta de Tupperware.

—Así es —admitió la directora Guzmán, dirigiéndole una amplia sonrisa—. Ahora vete.

Esa tarde en el Club de Lectura, Libertad decidió que era el momento oportuno de revelar qué había pasado con su mamá. La Maciza estaba de regreso después de su encierro en el apando y podría disfrutar de este capítulo tan esperado. Libertad bajó del estante un ejemplar polvoriento de *El manantial* y lo abrió al azar en la página 32.

Allá en la autopista interestatal I-35, entre Owatonna y Faribault, las colinas parecen avanzar por las praderas para después arrepentirse. Son olas de tierra, indecisas y ladinas, cubiertas sin querer, si no por nieve, por melenas vastas de trigo y cebada y avena y maíz que el viento peina como le da la gana. El viento del medio oeste, que huele a estiércol y a pocilgas, caprichoso e irresponsable, célebre por sacar del asfalto a coches y camiones y hacerlos rodar por el campo. Yo conozco esas carreteras. Tenía sólo unos días de nacida la primera vez que viajé por ellas. Mi mamá había dado a luz dos semanas antes en Los Ángeles. En cuanto se sintió mejor, dejamos el hospital y, con mi papá al volante, nos dirigimos a Miniápolis para recoger una combinada John Deere. Si yo no hubiera nacido, mi mamá habría manejado ese día y hoy estaría viva. La mayor parte del trayecto hicimos lo que hacen las mamás nuevas y sus bebés. Pasamos el tiempo recostadas en el sleeper. Dormí, lloré, comí, ensucié mi pañal y mi mamá se dedicó a atenderme y a mirarme con el asombro de la nueva maternidad.

Ya cerca de nuestro destino, justo antes de la salida a Northfield, una camioneta nos alcanzó en el carril izquierdo, y por un par de millas se mantuvo paralela a nosotros, tal vez para usar nuestro troque como escudo contra el viento otoñal, que ese día estaba más travieso que de costumbre. Mientras mi papá manejaba, miraba de reojo al hombre que iba en el asiento del lado derecho. Tenía sobre las piernas un maletín negro con la insignia de la Asociación Americana de Rifles, de donde sacó una pistola con todo cuidado, como cualquier conocedor de armas, y se la mostró al conductor de la camioneta, explicándole cosas que mi papá no podía oír. La investigación revelaría más tarde que se trataba de una .357 Mágnum. El hombre la encañonó y apuntó a un par de posibles blancos. Un árbol, una vaca, un granero distante. Entonces sucedió. De acuerdo con las declaraciones del acusado, la ceniza incandescente del cigarro del conductor se desprendió, cayó sobre el maletín y rodó entre las piernas del hombre que tenía la pistola en la mano. Al moverse en su asiento buscando la ceniza para que no le quemara el pantalón, accidentalmente jaló el gatillo. El experto en balística explicaría después que la bala ni siquiera alteró su curso cuando atravesó el vidrio de la ventana de la camioneta, perforó el metal de la pared de nuestro sleeper, cruzó nuestra almohada y vino a detenerse en la cabeza de mi mamá.

Cuando mi papá vio el agujero de la bala en la ventana de la camioneta y detrás la expresión de sorpresa del hombre, llamó a mi mamá, "Virginia, ¿estás bien?" pero no recibió respuesta. Pisó los frenos a fondo, se orilló en la carretera y de un salto entró al sleeper. Me encontró todavía pegada al pezón de mi mamá, mamando su leche, mi pequeño cuerpo aún protegido entre sus brazos inertes.

La camioneta se estacionó unos cien metros adelante de nosotros y los dos hombres corrieron hacia el troque. El viento soplaba tan fuerte que les voló los sombreros a un sembradío. Ninguno regresó a recogerlos.

—¿Están bien todos? —preguntó el tipo de la pistola mientras subía a la cabina.

—¡Llame a una ambulancia, rápido, se lo ruego! —gritó mi papá.

El hombre vio a mi mamá recostada sobre la cama detrás de los asientos, su pecho expuesto, sus ojos fijos en el techo, la almohada bañada en sangre, y yo, recién nacida, empezando a lloriquear. Supo de inmediato que no había prisa por llamar a los paramédicos.

¡Ahora sí que te la jalastes, Libertad! Para que pase algo así, me cae que le ronca —interrumpió la Venadita, una ciega que apenas había sido transferida a la celda de Libertad. Perdió la vista cuando, en una pelea, su marido le arrojó ácido de batería de coche a la cara.

—Fue un accidente. Es todo lo que puedo decir. Pasan todo el tiempo, tan increíbles como parecen.

—Pero, ¿por qué no mataron al papá? ¿Por qué tuvo que ser la mamá?

—En todas las películas de Disney la mamá está muerta, o simplemente no existe. ¿Por qué tiene que haber una en esta historia?

La Venadita no comprendía el razonamiento de Libertad, que le diera a la protagonista un inicio trágico, una posición de víctima que tendría que sortear y sobrellevar durante el resto de la narración.

—¿Disney?

—Sí. ¿Viste Bambi? Digo, cuando eras niña, antes de tu accidente.

—No me vengas con esa mierda ahora, Libertad. Bien sabes que lo de mis ojos fue a propósito. Es que de pronto esa pobre niñita está tan desamparada sin su mamá.

—¿Lo ves? Ya te empieza a dar lástima. Te lo dije. Nunca falla.

—Es que no me imagino crecer sin mamá.

Cuando la Rata oyó a la Venadita, no pudo más que recordarle:

—No sé por qué ahora sales con eso, Venadita. ¿Qué no viste que tu mamá se hizo amante de tu marido durante tres años en tus meras narices?

La Venadita odiaba que sacaran el tema de su mamá y su relación atroz.

—¿Cómo podía verlos? Ya estaba ciega.

—Aunque sea debiste de haber oído sus gemidos.

De pronto todas las internas se callaron.

—Eres un gargajo —le dijo la Maciza a la Rata, apretándola fuertemente del cuello—. Y te voy a tratar como el gargajo que eres.

—¡Ya párale! —intervino Libertad, temiendo que la Maciza acabara otros tres días en el apando.

—¡Más te vale pedirle una disculpa a la Venadita, cabrona! —le gritó a un centímetro de la oreja.

—Perdón —dijo la Rata, casi sin poder hablar.

El Club de Lectura permaneció en silencio mientras la Maciza soltaba las manos del cuello enrojecido de la Rata. Libertad miró al público, levantó el libro y siguió como si nada hubiera pasado.

La enterramos en San Diego. Nadie más que mi papá y yo fuimos al funeral. Él trató de localizar a los padres de crianza de mi mamá para avisarles, pero se habían mudado hacía años, y el Departamento de Servicios Infantiles no sigue los casos de niños de crianza una vez que se convierten en adultos independientes. Al menos eso fue lo que le dijeron por teléfono a mi papá. Lo hicieron esperar tanto que tuvo tiempo de calentar mi biberón y darme de comer. Y como mi mamá nunca buscó a su verdadera madre, por miedo a encontrarse con alguien que no coincidiera con su imaginación, decidimos respetar sus deseos y sólo nosotros le dijimos adiós.

La lápida decía: "Virginia Ryder. El camino termina aquí". Con los hombros encorvados de tanto dolor, mi papá estuvo parado horas frente a la tumba.

"¿Y ahora qué voy a hacer?"

Necesitaba una respuesta, pero mi mamá, donde estuviera, no se la daba.

Se recargó en la lápida y miró el troque estacionado bajo la sombra de una jacaranda. Aun sin remolque, el troque apenas cabía por la vereda que recorría el pulcro cementerio, poblado por muertos con planes incumplidos. El pasto verdísimo no daba señal de aquello que se dejó sin decir y sin hacer. Las jacarandas, que salpicaban el camino con sus florecitas color lila, eran hogar de una docena de especies de pájaros, todos ellos indiferentes a las almas que de cuando en cuando pasaban de largo junto a ellos en su trayecto al cielo.

Mi llanto hizo que mi papá buscara el biberón en la pañalera. Aún esperando respuesta de mi mamá, me dio de comer, meciéndome con un ritmo suave y canturreando una canción de cuna que extrajo de la cueva más recóndita de su memoria: "Duérmase mi niña, duérmaseme ya, si no viene el coco y se la comerá".

Debió haber sido la melodía monótona que cantó una y otra vez lo que lo puso en un estado como de trance. Casi dormía despierto cuando le vino la respuesta en forma de un fragmento de conversación que había tenido con mi mamá mucho antes de que yo naciera y que durante años me repitió en muchas ocasiones: "Algún día dejaremos de ser empleados, ya verás", le había dicho mi mamá. "Vamos a tener nuestro propio troque. Olvídate de la flotilla. Se acabó eso de manejar para otras compañías de transportes".

Estas palabras sellaron su futuro. Sería el dueño, y yo su socia. Cuando llegó a esa conclusión, el biberón ya estaba vacío y yo me quejaba y pataleaba en sus brazos.

"Vámonos. No hay tiempo para lloriquear. Tengo que comprar un troque, uno nuevo".

De pronto le entró la prisa por ser empresario. Buscó el chupón en la pañalera y al sacarlo se le cayó a un charco de agua turbia. Sin pensarlo, lo recogió y lo chupeteó hasta dejarlo sin lodo y me lo metió a la boca. El concepto de los microbios le era ajeno. Tal vez por eso he gozado siempre de buena salud.

Dejamos el cementerio perseguidos por las sombras de la tarde y no regresamos jamás. Mi papá decía que no tenía sentido.

"¿Para qué? En ese lugar está mi esposa muerta. La viva está en mi cabeza, y la traigo adonde vaya".

Libertad suspendió la lectura y salió de la biblioteca sin terminar la sesión ni agradecer a su público, como era su costumbre. Las internas se miraron unas a otras, pero no hicieron sus comentarios habituales ni le exigieron a Libertad que continuara la narración, aunque les costaba aguantar la curiosidad de saber qué pasaría después. Así es que, calladas, la vieron encaminarse al patio de ejercicios. La Maciza pensó que tal vez la intensidad del episodio la había agotado. La Diva se preguntó si la falta de nutrición adecuada le estaría afectando. La

Pinche Bruja concluyó que Libertad había leído tanto que se le estaba cansando la vista. Calculó unos seis meses de papeleo para que le aprobaran unos anteojos. Incluso la Venadita, preocupada por Libertad, se olvidó de los desagradables comentarios de la Rata, al menos hasta que tuviera la oportunidad de picarle un ojo. Era ciega, pero no débil. Y la Maciza estaba de su lado.

Ninguna de las internas sospechó que a Libertad la habían invadido los recuerdos de su mamá. Algunos eran prestados de las anécdotas que le había contado su papá, pequeños incidentes ocurridos incluso antes de que ella naciera. Otros eran inventados. ¿O no?

> Siempre a punto de desaparecer en el vacío del cielo azul. Destinadas a convertirse en nada desde el momento en que son algo. Las nubes.
>
> Pienso en mi madre y la madre que no fue. No es nada sino asuntos pendientes. Si sólo la velocidad de la bala... Si sólo la Asociación Americana de Rifles... Lo que me queda es un fluido de palabras que se detienen a la mitad de una oración. Una familia habitada de pronto por la presencia de la ausencia. Preguntas sin contestar dadas por muertas al lado del camino. Un pensamiento decapitado por la espada de lo inevitable. Un costal lleno de besos no entregados, caricias y palabritas tiernas. Un día más, una hora extra, un minuto que no puede ser regateado. ¿Qué es un ánima sino cabos sueltos?

Ya me despido, Guajolote.

No, espérate, Double-O-Seven. Se me olvidó preguntarte qué sabes de Virginia, la novata que mataron la semana pasada. ¿Cuál era su apodo?

Butterfly. Pero ni te creas que era tan novata. Tenía más experiencia que tú y yo juntos.

Ya vas, pues. ¿Qué demonios pasó?

Estuvo espantoso. ¿Supiste? Hasta salió en las noticias. El marido no se dejó entrevistar. En cuanto vio las cámaras de televisión corrió a esconderse como si le fueran a chupar el alma. Yo creo que estaba demasiado traumado. Nomás se la pasó encerrado en su troque con la bebé mientras la ambulancia se llevaba a la esposa. Un desmadre.

Y yo que no me canso de decirle a Celia que las pistolas nomás matan, pero como si le hablara a la pinche pared. Tiene tres en la casa, quesque porque como ando yo siempre de viaje, para protegerse. Es como el Viejo Oeste, ¿o qué?

Yo traigo una chiquita en el troque, pero nomás yo sé dónde está.

¿Ves? Te digo, en este puto país es como el Viejo Oeste. Por eso hay tanto muerto por bala. Por cierto, ¿qué pues con ese contenedor que iba pa' l norte?

No, no me tocó. Voy a meterle pata hasta Chicago.

Puta madre.

De las trece visitas a Clara, la mujer de Pico Rivera que vivía en una casa color lavanda con muebles de jardín oxidados en el patio de enfrente y un perro viejo y greñudo tomando una siesta en el escalón de la entrada, una, sólo una, valió nuestros esfuerzos y dinero.

"Te ama", reveló Clara. Eso fue lo que me dijo Virginia.

En una libreta donde escribía las conversaciones con mi mamá, me mostró un renglón justo a mitad de la página donde decía con toda nitidez: "Amo a mi hija".

Los apuntes de Clara eran las palabras exactas que los que se han ido al otro mundo le dictaban en ciertos momentos de inspiración. Y cuando lo que escribía era un dictado, la caligrafía era diferente a la suya, como me demostró comparando las palabras de mi mamá con una lista de compras que acababa de escribir esa mañana. Definitivamente la persona que escribió jitomates no pudo haber sido la misma que escribió amo. La letra de la lista de mangos, aguacates, piernas de pollo, chiles poblanos, tortillas y detergente era regordeta, las *aes* y las *oes* más grandes y redondas que las demás, como si acabaran de comer como Dios manda. En cambio, la letra del dictado de mi mamá era apresurada y pequeña y parecía salirse de los márgenes y saltar fuera del papel.

Clara nos explicó que las ánimas que la contactaban eran quienes escribían, moviendo su mano en la página a su gusto para comunicarse con sus seres queridos. Ella sólo era la mensajera, y entregaba esas cartas del más allá por una cuota.

Mi papá era más escéptico que yo. Pero siempre regresaba. "Por si acaso es real. No me gustaría que tu mamá pensara que no quiero soltar el billete".

Supimos mediante Clara que mi mamá no se enteró de que se había muerto hasta nueve días después del accidente. Vio cuando los paramédicos se llevaron su cuerpo en la camilla. Asistió a su funeral en San Diego. Deambuló durante mucho tiempo por un lugar oscuro, frío e incierto, tratando de entender por qué mi papá estaba tan triste y por qué, por más que ella se presentara frente a él, la ignoraba como si no estuviera ahí. Y sintió orgullo cuando logró convencerlo, mientras dormía despierto en el cementerio, de comprar su propio troque y convertirse en empresario. Por fin, el noveno día vio una luz cegadora que rodeaba a una mujer que no conocía y que se acercaba a ella flotando y diciéndole que era su mamá. Esta mujer le pidió que la acompañara a la luz, y desde ese momento todo fue felicidad.

—Sí, ya vas —dijo mi papá al salir de ahí—. ¿Tú te lo crees?

El perro viejo y greñudo tomando una siesta en el escalón de la entrada ni siquiera levantó la cabeza para despedirse. Parecía haberse avejentado aún más.

—Me gustaría que Clara nos dijera cosas que no le hubiéramos dicho antes. ¡Por supuesto que mi mamá me quería!

—Pero lo dijo en tiempo presente. Eso es distinto.

—Sí... Entonces no es lo que dice, sino cómo.

Ya en el troque seguimos interpretando de una y otra manera los mensajes de mi mamá hasta que llegamos a la División Continental. Me di cuenta entonces, después de dos años de visitas, de que más importante que los poderes de Clara para comunicarse con los muertos era mi capacidad de creer. Y creí.

La mañana en que la Yanisyoplin salió libre, Libertad fue a trabajar a la oficina de la directora Guzmán como cualquier otro día, pero la ansiedad le flotaba sin rumbo por la piel como el cuerpo inflado de un ilegal en el río Bravo. Desde la ventana vio a su amiga norteamericana salir por la reja oeste, donde la esperaba un soldado de la Marina de los Estados Unidos. Se besaron con la pasión de dos novios hambreados de amor y desaparecieron montados en una motocicleta nueva. A Libertad le temblaban las manos. El deseo y el miedo se daban de golpes en su memoria, un campo de batalla minado de contradicciones cuando se trataba del tema de los hombres. Deseó ser besada una vez más, pero ¿a qué precio?

—¿Estás preocupada porque eres la única gringa que queda en el penal? —le preguntó la directora—. Ya vendrán otras.

—No es eso, licenciada. Estoy muy contenta. De hecho quería pedirle si me podría ayudar a quedarme aquí el mayor tiempo posible.

—¿Y eso por qué, Libertad?

—Es que me gusta mucho el Club de Lectura y no quisiera que se terminara.

La directora Guzmán se sintió halagada. Pensó que, claro, manejaba una cárcel fabulosa.

Pero Libertad había mentido. Lo que más apreciaba era la protección que le daban los muros del penal. Y no la pasaba tan mal sin la presencia de los hombres.

—Ya se acerca tu fecha de liberación. Podrías empezar un club de lectura al salir, si es eso lo que te gusta. ¿O es que hay otra razón por la que te quieres quedar aquí?

—Nunca fui a la escuela, no sé lo que es, pero de algún modo usted me hace sentir como si este lugar fuera mi alma máter.

—Gracias, Libertad. Pocas reconocen mis esfuerzos. Mi misión consiste en crear una sensación de comunidad, una atmósfera de pertenencia. Estoy convencida de que es la mejor estrategia para lograr la rehabilitación —dijo como si estuviera en un podio—. Incluso he pensado establecer una especie de sociedad de exalumnas para que las exinternas se puedan juntar en reuniones anuales aquí en el penal. Hasta podría publicar un boletín con una sección de bolsa de trabajo. Está en el futuro, ya lo verás. Mientras tanto, te voy a ayudar a quedarte aquí.

—¿Qué va a hacer?

—Nada.

—¿Nada?

—Así es. Nada. Para empezar, vamos a perder tu expediente. Le diré a tu abogado que no lo encontramos por ninguna parte, y verás que se va a olvidar de ti.

—¿Qué no tiene una copia?

—Por suerte, no. Nunca guarda copias de nada. Te tocó el peor defensor de oficio de todo el estado.

—Entiendo lo que quiere hacer, pero, ¿cuánto tiempo lo podrá prolongar?

—La desidia es una estrategia sumamente efectiva, Libertad. No te preocupes. Yo he comprado siglos con desidia.

—Gracias.

—No tienes nada que agradecer. Lo único que tienes que hacer es poner cada quincena en este sobre el sueldo íntegro que recibes por trabajar aquí.

La directora tomó un sobre y lo guardó en el último cajón de su escritorio.

—Avísame cuando hayas guardado ahí tu sueldo metiendo un clip debajo del vidrio del escritorio. El dinero que se deja suelto por ahí tiende a desaparecer rápido.

Libertad asintió.

—Con este acuerdo tienes seguro tu trabajo aquí en la oficina, y el mes que entra nos van a instalar aire acondicionado. ¿No es estupendo?

Libertad asintió de nuevo. Por un momento le preocupó no tener ingresos. Ya no podría ser sirvienta de la Matriarca y tendría que pasarle a la directora todo su sueldo. Sus finanzas estarían de vuelta en ceros, como cuando entró a la cárcel. Pero luego pensó: Dios proveerá. Siempre lo hace. Bueno, cuando quiere.

Ése es el problema con el servicio. Las entrenas, y cuando por fin le atinan, se largan. ¡Ni en la cárcel puedo conservar una, chihuahuas!

Hazte a la idea, Matriarca. Hace ya meses que la directora te pirateó a Libertad.

Ni me digas, que me enferma todo este asunto. No sé ni por qué sigo tan encabronada. Es una pinche criadita.

No seas injusta con Libertad. Bien sabes que si por ella hubiera sido, aquí seguiría.

No estoy tan segura, Patrona. He tenido miles de chachas y todas son igualitas. No saben lo que es la lealtad. Ya ves lo que decía mi mamá: son como parte del mobiliario y así las debes de tratar.

Peor. Al menos el mobiliario se queda donde lo pones.

Y no necesita desodorante.

Y no te come viva a tus espaldas.

Y no se roba tus cremas humectantes carísimas.

Y no mete al novio a tu casa cuando estás de vacaciones.

¿Sabes, Patrona? Llegué a pensar que Libertad era diferente. Hasta habla inglés.

Y mucho mejor inglés que la secretaria bilingüe de mi exmarido. No sé por qué nunca la corrió.

¿No?

Bájale, Matriarca. Si estás queriendo decir que se la cogía, era obvio. Yo digo que bisnes is bisnes. Que se coja a la vieja, pero que contrate una buena secretaria.

Lo malo es que los hombres nomás piensan con la cabecita que les cuelga entre las piernas.

Si no, no se meterían en tantos problemas. Ahora, ¿cómo vas a resolver el asunto de la chacha? ¿Ya corriste la voz? Apuesto que hay cientos aquí encerradas que matarían por chambear para ti.

La Guzmán me mandó otra chavita. La voy a probar.

Ay, es que son tan básicas.

Pregúntame. Una vez me cayó una de Oaxaca, una cosita prietita de trenzas y rebozo y moños de colores. Tu típica escultura de Zúñiga. Le hice una lista detallada de cosas que tenía que hacer durante su primera semana. Hasta se la escribí a máquina. Bueno, para qué te cuento. Se la pasó ignorando mis instrucciones. No hacía nada de lo que le pedí en la lista. Fue una pesadilla. Y ya que la corrí, me sale el mozo con qúe la zonza no sabía leer.

Así cómo iba a entender las instrucciones. Y por si fuera poco, te dicen mentiras cuando las entrevistas.

Y ahora estoy fatal. Mi cuarto es un desastre. Tengo un montón de ropa por planchar. Y, ¿ves este granito en el cachete? Siempre tengo que dormir en almohadas con funda recién lavada o se me desgracia la cara. Libertad me cambiaba las sábanas a diario. Era buena para todo. Hasta hablábamos de literatura y de filosofía.

Me late que ha de venir de esas familias bien que se revientan su fortuna y se quedan en la chilla. Así conozco gente en Puebla. Se las arreglan para mantener el estatus un par de generaciones y a la tercera todo se va a la goma.

¿Quién sabe? Nunca me comentó nada de sus antecedentes —ya ves lo misteriosa que es—pero de seguro que fue a la escuela. No he visto antes ese nivel de sofisticación en una sirvienta.

Al menos te la encuentras en la playa.

Ésas son las broncas de hacer tratos con esta gente. Ahora se lo tengo que hacer bueno. Es lo justo. Y yo soy justa, no como la Guzmán.

¿Pues qué te esperabas de ella? Será la directora del penal, pero sigue siendo una servidora pública, una burócrata, una Gutierritos cualquiera. ¿Con quién creías que estabas tratando? ¿Con la reina de Inglaterra?

¿Alguna vez te he contado cómo fue que acabé con este tatuaje? No te rías, mi chamaca, que es en serio. Tu mamá y yo ya llevábamos varios meses viviendo juntos y ella se la pasaba tratando de hacerme troquero, uno de verdad, que era como si intentara subir una locomotora de ciento cincuenta toneladas en un remolque de veinticinco. Pero con todo y todo lo logró; prueba de ello es que estoy aquí sentado en este truck stop bebiendo café recalentado a las tres de la mañana. Acababa de obtener mi licencia de manejo después de reprobar el examen dos veces. Imagínate. Un profesor de literatura pasando por esas vergüenzas. Ya era suficiente haber tenido que cambiar de giro, y para colmo me estaba costando más esfuerzos que conseguir el puesto de catedrático vitalicio en la universidad. Por suerte conocí a Cholito, mi experto en documentos falsos. Rápidamente me resolvió el problema y, como buen troquero, decidí celebrar mi nueva identidad mandándome a hacer un tatuaje con el nombre de tu mamá que cubriera todo mi pecho. Así que le hablamos al dispatcher de la flotilla y le avisamos que nos tomaríamos dos días de descanso, sin darle más explicación. Ya podría enviar a otro chofer a recoger la carga en Amarillo.

El artista que hacía los tatuajes era un tipo velludo que sudaba por el esfuerzo de cargar sus trescientas libras de peso. Le decían el Shakespeare y no tenía amigos. Siempre les ofrecía un caballito de tequila a sus clientes antes de empezar a trabajar. Entre los motociclistas era famoso por sus águilas nazis, sus sirenas exóticas y, más que nada, por sus corazones con la palabra mamá. Le pedí que me hiciera un tatuaje con el nombre Virginia de pezón a pezón, una manta de tinta a lo ancho de mi pecho. Escogí un tipo de letra de un muestrario en un cartón laminado y me preparé para la faena.

La sesión duró mucho más de lo que creí. El Shakespeare era un perfeccionista. Se pasaba la punta de la lengua de un lado a otro de los labios con gran concentración. Yo mantuve los ojos cerrados, como si eso disminuyera el dolor, pero de vez en cuando le echaba un vistazo a tu mamá, que no soportó ver que la aguja se clavara bajo mi piel y arrastró una silla a la ventana para mirar a la gente que pasaba fuera del estudio. Rechinando los dientes de dolor, le pregunté al Shakespeare cómo era que le habían puesto ese apodo.

—Mi tía Maude dice que me parezco a ese tipo, el pintor famoso de la Edad Media. Pero yo nunca he visto su foto. ¿Has oído hablar de él?

—No de ese que mencionas —fue mi respuesta. No quería hacerlo sentir ignorante.

Cuando por fin terminó su creación, me paré frente al espejo y pude leer, escrito con letras azules rodeadas de rojo,

"Birginia". El pinche iletrado ése me había tatuado el nombre de tu mamá incorrectamente. ¿Entiendes las implicaciones de este error? Estaba marcado con una falta de ortografía para siempre, y en el nombre de tu madre, que en paz descanse.

Ella trató de calmarme, de separarme del artista que, perplejo, no entendía por qué no me había gustado su hermoso tatuaje.

—No importa, Joaquín —me dijo—. Mi primer papá de crianza también escribía mi nombre así y no me molestaba, de veras.

Pero yo sólo quería golpear a ese idiota.

—A mí sí me importa, carajo. No puedo andar por el mundo con una falta de ortografía en el pecho. ¡Soy profesor universitario!

Tu mamá, que tenía un sentido común agudo, me dijo:

—La noticia, querido, es que ya no eres profesor; eres troquero.

Y tenía razón. Por primera vez vi de frente mi nueva identidad. Ya no lo podía seguir negando. Era troquero, y me empezaba a gustar, gracias al amor de tu mamá por los caminos.

Esa misma semana hicimos una escala en Three T's para cargar dísel, y me probé unos anteojos de sol tipo Ray-Ban que vendían en la tienda. Me miré en el espejito del mostrador y me tuve que reír. Me alisé el pelo hacia atrás con un peine de plástico que llevaba en el bolsillo trasero de mis jeans y me lo até en cola de caballo con una liga. Dejamos Three T's con nuestros tazones gigantes de café, y justo cuando el velocímetro marcó sesenta millas por hora abrí la ventana y aventé mis lentes redondos a la John Lennon. Durante años me estuve engañando. No los necesitaba, y era el momento de admitirlo. Habían sido poco más que una excusa para verme intelectual, para ganarme el respeto de mis alumnos. Así que asumí mi nueva persona tal cual. Mis colegas en la UNAM, los estudiantes, incluso mi propia mamá no me hubieran reconocido. Botas vaqueras, jeans apretados, una gorra amarilla con la marca de maquinaria CAT y un cinturón con una hebilla que semejaba la cabeza de un amenazador toro cuernilargo.

"Adiós Hippie, hola troquero", dijo tu mamá cuando paramos en un área de descanso para estirar las piernas. "Ahora sí que nunca te van a encontrar", murmuró en mi oído mientras me daba un tierno abrazo.

Esa parte no me la creí. Tu mamá no sabía lo tercas que pueden ser las autoridades mexicanas cuando les da la gana. Algún día van a dar conmigo. Al esconderme en las carreteras gringas sólo estoy estirando mi suerte. ¿Qué pasa si deciden buscarme acá? ¿Qué sucedería si las autoridades norteamericanas les ayudaran a perseguirme? A diario rezo porque todo esto ocurra cuando haya terminado de criarte, para que puedas valerte por ti misma. Si me capturan antes de que crezcas, irás directo a Servicios Infantiles y te recogerá una familia ajena a la que le pagarán por cuidarte. Serás una niña de crianza, como tu mamá. Yo sé que ella jamás querría eso para su hija. E incluso si te fueras a México a buscar a tu abuela, jamás te reconocería como su nieta. A estas alturas seguro piensa que me mataron los soldados en el '68. Tal vez hasta ya esté muerta, con la diabetes galopante que tenía. Tres cucharadas de azúcar al café no creo que le hayan hecho mucho bien. Además, se bebía ocho Coca-Colas diarias. Se habrá muerto a pedacitos, pierna por pierna. Tú y yo somos toda la familia. Debemos estar siempre juntos.

Oye, Chisguete, ¿traes prendido el radio? ¿Me copias?

¿Quién es?

¡Cabezón! Voy pa' l este en la 10, acá por la milla 216.

¿Qué pasó, carnal? Creí que estabas llevando la carga para Detroit.

Eso fue la semana pasada. Recogí un tráiler lleno de SUVs.

¿Lo bajaste en Los Angelitos?

Ajá. ¿Y qué crees? Pasé por Long Beach para chequear el nuevo troque de Speedy González. ¡Está chingonsísimo!

Ya quisiera yo andar jalando un remolque como el de él en vez de esta 53 con las llantas desgastadas.

¿Y qué me dices del tráiler refrigerado que ando jalando yo? ¡Está liqueando agua por todas partes! Ya se ha de haber descongelado toda la carga. Lo tengo que dejar en Phoenix mañana temprano y no tengo tiempo de pegar las pestañas.

Métele pata. Verás que sí llegas hoy en la noche.

No. Hay demasiados cuatritos y ya ves cómo se te cierran y se meten a tu carril como si no existieras. Mejor voy a cincuenta y cinco, y si acaso le robo unas millas al highway patrol. Por cierto, si hablas con Speedy, usa su nuevo apodo.

¿Ora cuál es?

Quiere que lo llamemos Melquiades. Melquiades González.

Si sigue cambiando su apodo se nos va a perder de vista.

¿Sabes cuál es su verdadero nombre?

No. Nadie sabe nada de ese güey, nomás que anda con esa niña pa' rriba y pa' bajo.

¿Es su hija?

Sepa. Parece mexicana también, pero, ¿cómo explicas esos ojazos verdes?

Ya ves que los mexicanos vienen de todos colores y sabores.

Sí, pero se me hace que tiene algo de sangre gringa.

A lo mejor la mamá.

Ha de ser la tal Birginia. ¿Has visto el tatuaje que trae Speedy en el pecho? Dice Birginia, con *B* de burro.

¡Por Dios! ¿Quién no sabe escribir Virginia? ¿Qué no fue a la escuela el cabrón?

Te digo que nadie sabe nada de Speedy.

Melquiades.

Ah, sí, Melquiades.

La Diva, vecina de litera de Libertad, conocida en la prisión como la mayor eminencia en el tema de la moda, había aprendido la técnica polinesia del arte del tatuaje cuando estuvo presa en Chowchilla por robar un lote completo de vestidos talla dieciocho de la bodega de un fabricante en Sacramento. Los tatuajes que más le solicitaban eran de tumbas, telarañas y carátulas de reloj sin manecillas. Y ahora que estaba presa en el CEPEFERESOMEX, esta vez por asaltar un tráiler cargado de zapatos en Tecate, intercambiaba tatuajes por una gran variedad de bienes y servicios. Había confiado en conseguir las agujas en el taller de tejido, pero por esos días la seguridad estaba muy estricta, especialmente porque la directora Guzmán descubrió que una interna había acaparado un mercado negro de artículos de costura. ¿Drogas? Eso era de esperarse. Pero agujas, hilos, telas, dedales, ovillos, botones, cierres, Velcro... eso era un insulto a su benevolencia. Y como presumía que el Centro Penal Femenil de Rehabilitación Social de Mexicali era una institución armoniosa donde había un mínimo de problemas de conducta, contrabando, obscenidad, robo, abuso, corrupción, apuestas y demás malcriadeces, su descubrimiento la enojó más aún.

Para dar una lección a las internas, canceló todos los privilegios y concesiones, incluso los acuerdos permanentes. Se acabó la comida en las celdas. Olvídense de las golosinas. No más servicios de salón de belleza. Adiós a los tatuajes. Ni un pastel de cumpleaños más. Ni piñatas. Y por supuesto, nada que se considerara un arma, objeto destructivo o veneno. Y eso incluía droga, plumas, lápices, cerillos y encendedores, tijeras, agujas (para coser, tejer o bordar), acetona, estampas plastificadas (de todos los santos y vírgenes), veladoras y altares, secadoras de pelo, planchas y burros, pinzas para depilar las cejas, utensilios de cocina y herramientas. Sólo estaba permitida una caja de zapatos con objetos personales por cada interna, guardada bajo las literas, y su contenido era constantemente inspeccionado por las custodias. Fotos familiares, cepillos y accesorios de plástico para el cabello y cepillo de dientes (excepto los de batería) eran aceptables. Pero todas esas pequeñas cosas que hacían más agradable la vida en el penal fueron confiscadas de inmediato y almacenadas en una bodega fuera de las instalaciones para evitar la tentación. La medida causó todo tipo de protestas.

"¡Si no estamos en Estados Unidos! ¡Aquí sí se respeta la libertad!" había vociferado toda la noche la Matriarca después que la directora le hizo cerrar la playa y entregar el tostador de pan, la cafetera automática, la televisión y el ventilador eléctrico que tenía en su celda privada. Acusó a la directora de trato injusto y se declaró en huelga de hambre que duró hasta que sirvieron tamales de chipotle dos días más tarde.

Así que la Diva tuvo que seguir otro método para hacer el tatuaje de Libertad. Previendo escasez de materiales y herramientas, extrajo un clavo del tacón de su zapato derecho y lo escondió en una grieta que corría en la pared del fondo de su celda, recuerdo de un temblor.

"Una mariposa en el brazo derecho", pidió Libertad. "Y el nombre Virginia justo debajo. Pero fíjate bien y escríbelo con *V* de vaca".

Trató de recordar la descripción que su padre le había hecho del tatuaje de su mamá. Cada ala tenía círculos concéntricos color naranja, como un tiro al blanco buscando bronca, le había dicho. Se imaginó a su mamá apretando el volante del troque con tal fuerza que las mariposas en sus bíceps parecían levantar el vuelo. Con su pluma dibujó el tatuaje en la cabecera de su cama.

Esa noche, la Diva perforó la piel de Libertad con el clavo de su zapato. Formó una línea de puntos negros, siguiendo la figura de una mariposa. Apenas alumbraba la luna, pero le fue fácil seguir la silueta. Se había ofrecido a limpiar las estufas de la cocina durante una semana para raspar el hollín de los quemadores y juntarlo en la tapa de una botella de champú. Sería la tinta negra que necesitaba para tatuar los contornos.

—Te debo el naranja de los círculos. Aquí no se consigue esa tinta. Cuando salgas puedes ir a que te terminen el tatuaje. Conozco un tipo en Hollywood, si es que vas a cruzar.

—Ha de ser donde mi papá se hizo el suyo.

—¿Qué figura escogió?

—Pa' qué te cuento. Es una historia larguísima.

—Cuál es la prisa, maestra?

Libertad le contó a la Diva la experiencia de su papá cuando se hizo el tatuaje. Ambas rieron en silencio para no despertar a las demás internas. Cuando finalmente la luna desapareció del tragaluz y las dejó a oscuras, y después de que la Diva regresó a su cama, Libertad comenzó a sentir un dolor agudo en el brazo. Era el tatuaje de su mamá instalándose para siempre debajo de su piel. Dolor bienvenido. Se recostó de lado para evitar que la sábana tocara la herida y cerró los ojos. Hasta entonces fue que le vino la duda de si, antes de que le hiciera el tatuaje, debió haber negociado con la Diva lo que ésta le iba a pedir a cambio.

Al día siguiente, Libertad fue escoltada a la biblioteca para recibir una donación de libros. El paquete había llegado la víspera, obsequio de un individuo que aseguraba ser descendiente del autor de *La Cucaracha,* pese a la extendida creencia de que esa vieja canción pertenecía desde sus orígenes al dominio público.

—Apuesto que hay joyas aquí —dijo Nora, que acompañaba a Libertad esa mañana.

—Nada que no haya leído ya, tal vez —dijo Libertad, enfatizando el tal vez, quizá para no desmoralizarse demasiado.

Abrió cuidadosamente la caja y comenzó a clasificar los libros por temas. Se hallaban en relativo buen estado. Ya había leído muchos de ellos. Novelas en su mayoría, algunas de autores estadounidenses, otras de latinoamericanos. Un par de antologías de cuentos en inglés, subrayadas por un estudiante de la Universidad Estatal de Arizona. Y al fondo de la caja, algunos libros de autoayuda, como *Siete pasos para una jubilación exitosa, Viva bien: Mantenga su hogar deslumbrante hasta el último cajón* y *Feng-Shui para la mentalidad occidental.* Libertad sonrió ante esos títulos. El gracioso que los había donado a una cárcel también había regalado otros que ella había leído cientos de veces desde que fue encarcelada, como *Arreglos florales: Doce meses de color en su hogar, Guía completa de hoteles de cinco estrellas* y *Planeación de fiestas para dummies.*

Al sacudir los estantes y hacer sitio para los nuevos libros, encontró uno oculto detrás de otros: *Fobias, delirios y paranoias.* Se sentó sobre la mesa y comenzó a hojearlo. Revisó el índice y empezó a leer, pero Nora tenía prisa y le ordenó que siguiera acomodando los libros.

—Es que necesito decidir qué libro voy a utilizar mañana en el Club de Lectura.

—Te dejo venir más temprano para que escojas.

—¿Me puedo llevar éste? Por favor. No se lo enseño a nadie. Lo devuelvo mañana a primera hora.

—Sólo si me escribes ese poema que me prometiste.

A fin de obtener ingresos, Libertad había empezado a escribir poemas para las internas que querían impresionar a sus hombres. Cada poema era distinto, de acuerdo con la situación. No le pagaban mucho, pero sin duda ganaba más que la mayoría de los poetas del mundo libre.

—Te tienes que esperar. Los voy escribiendo según me los van pidiendo, y tengo que entregar bastantes antes del tuyo.

—Entonces no te puedes llevar el libro.

—¿Cómo dices que se llama tu galán?

—Severo, pero tal vez se lo mande a otro también.

—No hay problema. Lo voy a escribir de manera que puedas cambiar el nombre. El mismo poema te servirá para los dos.

—Lo necesito ya.

—Bueno, te voy a poner al principio de la lista. Alguna ventaja debía de tener ser custodia. Por cierto, ¿me prestas tu linterna? —Libertad sabía que estaba pidiendo más de lo que

Nora podía aceptar—. Es que quiero leer este libro en la noche y hoy no hay luna.

—¿Y a mí eso qué?

Nora le tenía aprecio a Libertad, pero no tanto como para torcer las nuevas reglas de seguridad impuestas por la directora Guzmán.

—Ándale, Nora. ¿O por qué crees que no nos permiten tener linternas?

—Yo no soy quién para cuestionar las reglas.

—Si quisiera escarbar un túnel, ¿no crees que te pediría prestada la linterna para más de una noche?

—Sé lo que te tardarías en hacer el túnel, si no soy pendeja.

—No quiero ofenderte; mi única intención es explicarte.

—Además, sólo podrías escarbar hacia el poniente. Llegarías al río y te ahogarías en tu propio agujero.

—Así que un túnel no es opción, ¿no? Aunque tal vez creas que quiero el vidrio de la linterna para cortarme las venas o rajarle el cuello a alguien.

—No se me había ocurrido, pero podría ser. Ustedes son gente muy creativa.

—Entonces quédate con el vidrio y préstame el resto de la linterna. Es un favor inocente.

Nora se dejó convencer muy a su pesar. Desatornilló la tapa, sacó el vidrio, que más bien era un circulito de plástico, y se lo guardó en el bolsillo del uniforme.

—No es que no confíe en ti, pero por si acaso.

—Gracias, de veras.

•

La noche no llegó tan de prisa como Libertad ansiaba. Consumida por su deseo de leer el libro, soportó los chistes sexistas del contador del penal y se apuró a archivar expedientes, a fotocopiar cien recibos de gastos por comprobar de la directora y, para rematar, a cumplir con sus tres horas de servicio en la tortilladora de la cocina. Cuando al fin sonó el último timbre, las custodias pasaron lista, se apagaron las luces y todas las reclusas dormían cobijadas por el silencio de la noche, Libertad se acomodó en su cama, sacó *Fobias, delirios y paranoias* de debajo de su colchón y lo alumbró con la linterna.

Envuelta en su manta deshilachada leyó toda la noche, en la voz más baja que pudo, sobre las múltiples fobias que afectan al ser humano. Monofobia: miedo a estar solo. Aquí no tenemos que preocuparnos de esto, pensó. Ablutofobia: miedo a lavarse o a bañarse. Con la sequía que se carga la región, este tema ni se toca, susurró. ¿Y qué tal araquibutirofobia? Miedo a que la crema de cacahuate se pegue al paladar. Ésa sí que era muy factible, porque tal producto era de los más contrabandeados en la prisión, sobre todo las marcas americanas con trocitos, no las cremosas. Conocía a una que otra presa dispuesta a matar (otra vez) por uno de esos preciados frascos. Pero de toda la variedad de fobias, le llamó la atención una en particular: hipopotomonstruosesquipedaliofobia. ¿Podía haber alguien que les tuviera miedo a las palabras largas? ¿Qué clase de fobia era ésa?

Estaba segura de que pronto encontraría la información que buscaba, así que siguió leyendo página tras página, iluminado el libro por la luz de la linterna de Nora, un rayo tan tenue que bien podía ser un alma alejada de Dios. Cuando estaba a punto de llegar a los capítulos que tan desesperadamente quería leer, sintió que alguien se acercaba en la oscuridad. Era la Diva.

—Quiero tu cabello, Libertad.

—¿Estás soñando?

—No. Te he estado viendo leer.

—¿Te molesta la luz?

—No. Mira, estaba pensando... Ya sé que no tienes feria, ni un varo para comprar nada, pero tienes bonito pelo y me gustaría que me lo dieras a cambio del tatuaje que te hice.

—¿Y para qué quieres mi pelo?

—Traigo ganas de hacerme una peluca. Te lo cortaría hasta la altura del cuello.

Libertad nunca había llevado el pelo corto. Se recortaba las puntas de vez en cuando para mantenerlo arriba de la cintura y nada más. Incluso cuando era niña su padre siempre le había dejado crecer los rizos para que el viento hiciera de las suyas.

Acababa de leer que la tonsurofobia es el miedo al corte de pelo. Trató de sentirlo. Se imaginó las tijeras, grandes y brillantes, acechando sus indefensas orejas, cortando al ras de la nuca. No. No sintió nada. Si su miedo no era ése, ¿cuál era? Fobofobia. Miedo al miedo.

—Está bien. Te daré mi pelo.

Conseguir unas tijeras fue toda una hazaña. La Diva recorrió días enteros la prisión tratando de pedirlas prestadas, intercambiarlas por otra cosa o robarlas, pero aparentemente nadie tenía unas. El último recurso era buscar en la oficina de la directora. Seguramente habría por lo menos un par en algún cajón. Pero como Libertad se negó a sacarlas sin permiso, la Diva tuvo que esperar a que la directora saliera a una reunión de trabajo fuera del penal para meterse en la oficina, esquivando en el camino a un par de custodias, y cortarle el pelo a Libertad en la silla giratoria del escritorio.

Tijereteó cuidando de atrapar cada rizo en una bolsa de

papel. Libertad sacó un espejito de maquillaje del cajón superior del escritorio y observó su nueva apariencia. Al terminar, dijo lo que siempre se dice después de un mal corte: "Ya crecerá".

Lo más laborioso de una peluca, según la Diva, quien lo había aprendido en Guadalajara, era tener que formarla cabello a cabello. Por supuesto, guardaría el pelo de Libertad para cuando tuviera los utensilios necesarios: red, peines, agujas, alfileres, tenazas y cinta adhesiva. Todo lo cual estaba prohibido entonces. Para como están las cosas en este gallinero, pensó, antes salgo libre que poder comprar o robar esas herramientas.

Pero su verdadero problema estaba a unos cuantos metros de distancia, y la Diva y Libertad sólo se dieron cuenta de ello cuando la puerta se abrió de golpe y entró la directora, quien las sorprendió en su escritorio. Un castigo, uno severo, les esperaba.

Al continuar los planes de mi mamá, mi papá escogió mi destino. Así como hay personas que nacen con raras enfermedades genéticas, yo nací trailera. No tuve opción, ni pensé en la posibilidad de ser nada más. Mi profesión estaba escrita en mi ADN y no había remedio.

Discúlpame, Libertad, ¿qué es ADN? —preguntó la Culebra, levantando la mano como si estuviera en la escuela.

—Es como tu expediente —contestó la Maciza, cien por ciento segura de su respuesta.

—Sí, en cierto modo —dijo Libertad, luciendo su nuevo corte de pelo.

La Diva estaba encerrada en el apando. Había sido castigada diez días por entrar a la oficina de la directora y usar sus tijeras. Libertad sólo duró veinticuatro horas. La directora decidió cambiarle el castigo cuando se dio cuenta de que era contraproducente encerrar a su secretaria. Así que Libertad tuvo que trabajar una semana en la oficina de las siete de la mañana a las nueve de la noche. Había suficiente trabajo para que se mantuviera ocupada los dos turnos, pero con ese horario no tenía tiempo para escribir en su cuaderno. Cuando por fin se acostaba, estaba demasiado exhausta para pensar. Creía que las prisiones son por naturaleza campo fértil para la reflexión. Pero si el encarcelamiento no ofrece suficiente tiempo libre, todos los pensamientos se convierten en un borrón, un vapor imposible de retener. Consideró su castigo como un estorbo en su búsqueda de explicaciones, pero los miércoles en el Club de Lectura seguía encontrando la manera de enfrentar los hechos que tanto rehuía.

Cada tres meses mi papá medía mi altura haciéndome parar al lado del troque. Colocaba un libro sobre mi cabeza para formar un ángulo recto contra alguna superficie plana.

"Siete años: Alcanza la altura máxima del rin", apuntaba en una pequeña libreta a manera de bitácora. "El pelo ya le llega a los codos".

Recuerdo cada vez que mi papá hacía anotaciones en esa libreta. La tarde en que cumplí siete años la guardó en el bolsillo detrás del asiento después de registrar mi altura. Nos habíamos estacionado en un área de descanso para lavarnos los dientes. El sol se despedía. Las montañas eran de color púrpura, como en las tarjetas postales. Los cactos reventaban de flores. Íbamos a recoger una grúa en Albuquerque. Me quité los rizos que insistían en cubrirme la cara. Era un juego entre el viento y mi pelo; cuando apenas empezaba el verano, la sensación era deliciosa.

Caminé junto a una llanta. Era enorme, más alta que yo. Recorrí con la vista nuestro monstruo de troque, hasta arriba. Quise alcanzar la ventana, así que me subí al estribo del lado derecho y trepé con gran dificultad por los espejos retrovisores. Mi papá salió del baño cerrándose la bragueta cuando me descubrió colgando del soporte del espejo.

"¡No te muevas!" me gritó, y corrió hacia el troque justo a tiempo para librarme de una caída inminente.

A salvo en sus brazos, le besé toda la cara, y no pudo más que estrecharme, pero luego su abrazo se convirtió en un apretón violento y me gritó furioso: "¡No lo vuelvas a hacer! ¿Qué no ves que tengo que cuidarte no sólo como papi, sino también como mami? Tengo doble responsabilidad".

Me miró sin pestañear durante un largo minuto hasta que se le llenaron los ojos de lágrimas. Y como los niños no esperan disculpas, sin decir palabra me dejé empujar dentro del troque por la ventana abierta. Mi papá dio la vuelta y se sentó frente al volante. Yo saqué el llavero del bolsillo de su camisa y metí la llave en la marcha, mi labor desde hacía ya varios meses. Viajamos un buen trecho en silencio.

—Ya está oscuro. Vamos a parar —dijo de repente.

—¿Podemos pasar la noche en el Jolly Trucker?

—Está hasta Las Cruces —mi papá me enseñó la brújula en el tablero—. Vamos en la dirección contraria, ¿ves? Esta flechita está apuntando hacia arriba.

—¿No podemos dar vuelta en *u*? Sonia me dijo que me iba a regalar una bolsa de buñuelos si íbamos.

—Ya iremos a Las Cruces. Te prometo que pronto nos vamos a quedar con Sonia y que podrás comerte todos los buñuelos que quieras.

No lo sabía entonces, pero con sólo nombrar a Sonia la tripa de mi papá se revolvía. Era la dueña del Jolly Trucker y parecía que yo le caía bien, tal vez porque mi papá le caía aún mejor. Cada vez que íbamos a su truck stop lo invitaba a dormir y yo me quedaba en el cuarto de visitas. Pero si salían a un bar, me dejaban encargada con Doris, una de las meseras, en un lote con casas móviles que estaba más adelante. Doris pasó de ser soltera a casada, a tener un bebé, a divorciarse de su marido y a enviudar cuando al salir del juzgado después de firmar el divorcio lo atropelló un taxi, todo en un solo año. Haber pasado por cinco estados de la mujer en tan poco tiempo hizo que perdiera su equilibrio para siempre, y no podía evitar derramarles las bebidas a los clientes y tropezarse en el linóleo justo donde no había obstáculo visible. Pero era la mesera consentida de Sonia y su confidente, así que tenía asegurado su trabajo. Además, se hacía cargo de mí sin cobrar.

Esa noche viajábamos al norte en la autopista interestatal I-25. Nuestro troque parecía una nave transcontinental, bufando por las pipas. Yo contestaba un examen oral de geografía.

—¿Cuál es la capital de Chile?

—Santiago.

—Dime tres ciudades con ese nombre.

—Santiago de Chile, Santiago de Compostela, Santiago de Querétaro.

—Muy bien, mi niña.

De pronto, en las afueras de Truth or Consequences, el tránsito se detuvo. Había un retén más adelante. Mi papá murmuró un Dios mío y pisó los frenos. Cambió de carril rápidamente y se salió de la carretera para dar la vuelta en dirección contraria.

Por el espejo retrovisor vi las luces del retén, pero no entendía por qué dábamos la vuelta.

—Por ninguna razón en particular. Me pasé de la salida. Duérmete ya, que es tarde.

—¿Vamos al Jolly Trucker?

—No.

Me fijé en la brújula, aún sin entender.

—Pero si vamos al sur.

—Dije que te duermas.

Se secó el sudor de las manos en los jeans y siguió manejando en silencio. Desde entonces me di cuenta de que mi papá sufría una especie de enfermedad, una ansiedad constante que lo ponía nervioso e irritable. Me llevó años comprender lo que el miedo era capaz de provocar.

Me acurruqué en la cama y me enredé en las sábanas. Debía estar preocupada porque mi papá lo estaba, pero no sabía la razón, así que permanecí despierta esperando a que algo terrible ocurriera. Para distraerme, hice un inventario de nuestras pertenencias. Nuestro sleeper era pequeño. Todo lo que poseíamos estaba ahí: poca ropa colgada de ganchos en las paredes, algunos pares de zapatos, cacharros para cocinar, una hielera, un botiquín, el calendario de un taller mecánico ilustrado con la foto de una mujer semidesnuda sentada en el cofre de un Ferrari, una estufa portátil, papel de baño y un sinfín de triques arrumbados en compartimientos minúsculos.

Traté de dormir hasta que mi papá se estacionó en las afueras de Deming.

“Ya sé lo que necesitas”, me dijo. Se acostó bajo las cobijas y me empezó a leer *Mujercitas:*

“Y los días de primavera vinieron y se fueron, el cielo se

aclaró, la tierra reverdeció, las flores brotaron temprano y los pájaros regresaron a tiempo para despedir a Beth, quien, como una niña exhausta y confiada, se prendía de las manos que la habían conducido toda su vida, su padre y su madre guiándola por el Valle de las Sombras, hasta que la entregaron a Dios".

—Y eso es todo por hoy. No te preocupes, mujercita, todo va a estar bien. Mañana será un largo día—. dijo, guardando el libro en un pequeño estante sobre la cama. Me dio un beso y apagó la luz.

—¿Papi? —pregunté en la oscuridad después de unos segundos.

—¿Sí?

—¿Guiaste a mami por el Valle de las Sombras hasta que la entregaste a Dios?

—Sí.

—¿Me puedes enseñar ese valle en el mapa mañana?

—No está en el mapa. En ningún mapa. Duérmete ya.

No me acostumbro a verte con ese nuevo peinado —le dijo la Maciza a Libertad—. ¿Por qué te cortaste el pelo?

—Le debía un favor a la Diva y necesitaba mi cabello para hacerse una peluca.

—¡Ahora ya hasta pelo estamos cambalachando! ¡Ya nomás nos falta un mercado negro de uñas recortadas! ¿Qué haces en la biblioteca? Te estábamos buscando.

Libertad guardó *Fobias, delirios y paranoias* en el estante. Lo había estado analizando en sus ratos libres.

—No soporto el taller de bordado. ¿Cómo te escapaste?

—Nora me dio permiso. ¿Y tú?

—Nora.

—Le caes bien.

—Al parecer tú igual. No a cualquiera le deja hacer lo que le dé la gana.

—Está más barco últimamente, más relajada. ¿No te has dado cuenta?

—Ha de estar enamorada.

—Eso te lo apuesto. Por cierto, dice que ya le urge su poema.

—Pensaba dárselo hoy en la noche, después del Club de Lectura.

—¿Te va a pagar?

—Es más bien una dádiva. Me dio un permiso.

—Nomás porque tú sí fuiste a la escuela y demás, por eso te sales con la tuya.

—Te equivocas. Yo no fui a la escuela y demás.

—Ah, ¿no? ¿Y de dónde sacas toda esa mierda que sabes?

—De los caminos.

La parte más difícil de mi educación fue tener que deshacerme de mis libros. Pero mi papá me obligó. Cuando leía aquellas novelas en el troque, pasaban a ser parte de mí. Abandonarlas en las carreteras era como sufrir una amputación. No poder volver a leer las palabras de algún personaje me hacía sentir como si perdiera a un ser querido a causa de una enfermedad incurable.

A los trece años, habíamos recogido una retroexcavadora en Jacksonville e íbamos por la carretera 94 a Valdosta. Nuestra carga era pesada y nos faltaban un par de reflectores delanteros, así que evitamos las carreteras principales, y en especial la autopista I-10, famosa por estar plagada de policías de caminos. Teníamos que llegar a Laredo en dos días, y para complicar más las cosas, una tormenta tropical nos bañaría en la mañana, según los informes que otro troquero nos había dado por el radio CB.

"Esperen un autolavado en Nueva Orleans", nos había advertido.

Cruzábamos lentamente la zona de pantanos cubiertos de cipreses y diópsiros y lilas flotando en las orillas. Nuestro troque era un barco remolcador deslizándose por praderas inundadas donde orquídeas y lotos se deleitaban con el sabor de las libélulas en pantagruélico festín, para después pudrirse en silencio en el fondo del agua.

Una larga fila de autos nos seguía pacientemente sin poder rebasarnos. Mi papá manejaba mientras yo, sentada a su lado, leía el último párrafo de *Cien años de soledad:*

"...porque las estirpes condenadas a cien años de soledad no tenían una segunda oportunidad sobre la tierra".

Cerré el libro lentamente. Era una ceremonia.

—¿Quieres que lea el libro otra vez, papá?

—No. Tres veces es suficiente. Si después queremos leerlo de nuevo, lo volvemos a comprar. Se consigue en todas partes.

—Me quisiera quedar con éste. Le hice anotaciones casi en cada página.

—No empieces.

—¡Ándale, papá! Mira, dibujé todo el árbol genealógico en esta página. ¿Sabes el valor que tiene eso?

—Ya no hay lugar en el sleeper. ¿Qué quieres que tiremos para hacerle cancha? ¿El papel de baño?

Sacó un rollo bajo su asiento como evidencia de nuestro problema de espacio.

—Nos podríamos limpiar con los epígrafes —dije—. No

son tan importantes, y son fáciles de arrancar. Están al mero principio.

—No, chiquita. El papel de los libros es duro en la cola. Créeme, lo he comprobado.

No tenía caso insistir. Hojeé el libro rápidamente, le di un beso en la cubierta, bajé la ventana y lo lancé a la carretera.

Me asomé para ver dónde había caído y descubrí que estaba apenas a unos cuantos pies de un lagarto. Y no me refiero a un pedazo de llanta abandonado por otro troque. Éste era un lagarto real de casi doce pies de largo que seguramente venía del pantano Okefenokee. No parecía interesado en mi libro, sus páginas revoloteando en el viento. Estaba quieto, observando alrededor, quizá para decidir si cruzaría la carretera. Tuve que actuar de inmediato.

—¡Frena! —grité.

—¿Ahora qué?

Mi papá se orilló, sin saber de mi plan de rescate, y salté de la cabina con unos shorts en la mano como única defensa. Estaba resuelta a no dejar que atropellaran al lagarto. ¿Qué tal si era una especie en extinción? Me acerqué hasta donde el miedo me lo permitió y sacudí los shorts. El lagarto reptó lentamente hacia el pantano. Cuando lo vi desaparecer entre los arbustos me pregunté si en realidad le había salvado la vida o sólo se estaba asoleando, conocedor de los peligros de la autopista, y yo lo había importunado. Tal vez era una hembra y volvió al nido para ver a sus crías salir de sus huevos.

Con gran habilidad y rapidez, mi papá corrió hacia mí, me atrapó del brazo y me jaló dentro del troque. Perdí un zapato.

"¿Estás loca?" me gritó. "¿Te quieres matar?" Estaba

furioso. "Ese bicho te puede tragar de un solo bocado. Si te mueres, se me acaba todo. ¿Me entiendes?"

No. No lo entendí. ¿Por qué se le acabaría todo? Mi mamá había muerto y ahí estaba él, vivo, coleando. Yo también podía morirme, ser devorada por un lagarto, y mi papá seguiría adelante. ¿O no? Me recargué en el asiento y esperé a que me saliera una lágrima. Y salió.

Le eché un último vistazo a mi libro, pensando primero y descartando después la posibilidad de saltar del troque para recogerlo, y miré adelante, hacia el horizonte.

Llegamos a tiempo a Laredo, empapados por la tormenta que nos alcanzó cerca de Baton Rouge. Incluso nos dimos un rato para hacer escala en el Centro de Visitantes del Parque del Pantano y conseguir un folleto sobre la fauna del lugar. Mi papá estaba convencido de que una buena educación consistía en satisfacer la curiosidad; hacía paradas especiales, y se desviaba de su ruta si era necesario, para aprovechar cualquier oportunidad de aprendizaje. Claro que el incidente del lagarto le hizo trazar una firme línea entre aprender por referencia y por experiencia.

Nuestro cliente esperaba del otro lado de la frontera con su troque, y una vez transferido el equipo de construcción a su remolque y cobrado nuestro dinero, nos enfilamos al norte, hacia Muskogee, en esta ocasión para inspeccionar un tractor CAT. Mi papá ansiaba probar su nuevo indicador de desgaste. Servía para medir el grueso del metal de las máquinas y determinar cuánta vida productiva tenían antes de ser chatarra. Protesté. El indicador de desgaste era del mismo tamaño que un libro de bolsillo. ¿Por qué yo no podía quedarme con *Cien años de soledad* si él guardaba el aparatejo ése bajo su asiento?

"Tienes una memoria privilegiada", me dijo. "Úsala".

Y lo hice. Antes de arrojar un libro por la ventana, leía los pasajes que más me gustaban hasta que quedaban impresos en mi biblioteca mental. Eso, las enseñanzas de mi papá y las lecciones que se me atravesaban en los caminos fueron mi escuela.

Libertad cerró el libro, agradeció a su público y buscó a la Maciza. Cuando se miraron, hicieron un gesto de entendimiento de un lado a otro del salón.

Nora, que también había asistido a la lectura, esperó a que salieran todas las reclusas para encontrarse con Libertad.

—¿Dónde está mi poema?

Libertad sacó del bolsillo una hoja arrugada y se la dio. Nora la desdobló con la delicadeza de quien desprende los pétalos de una margarita y leyó el poema dos veces. Cuando terminó, lanzó un suspiro.

—Jamás me va a creer que lo escribí yo.

—Claro que sí. Ya he escrito muchos poemas, y por lo que sé, todos creen que los escribieron las novias.

—Pues sí, los hombres se tragan todo.

—Han de pensar que no tenemos nada que hacer aquí y que por eso se nos alborota el talento, de pura aburrición.

—A lo mejor debería tratar de escribir uno yo.

—No veo por qué no. Tal vez tienes ese don y ni siquiera lo sabes.

A Nora se le iluminó la cara. Sus ojos lanzaron un destello. Nora, la poetisa. Nora, la creadora de pasiones. Nora, la guardallaves por excelencia del corazón de los hombres.

¿Me copia alguien?

¿Quién es?

Soy Sorry-eyes, ¿me copias?

Órale, carnal, es Wiseguy de Syracuse.

¡Ay, Diosito! ¿Dónde te has metido?

Pasé otra piedra hace dos semanas. Estuvo horrible. Acabé en el hospital.

¿Y ya estás bien?

Sí, ¿tú crees? No es tan fácil deshacerse de mí.

'Tá bueno, pues. ¿Cómo se ve el I-90 pa' l este?

Más vale no traer mucha carga, porque las románticas están abiertas desde temprano y andan chequeando el peso de la carga.

Yo las básculas me las paso por los güevos. Llevo una carga de plátanos a Nueva York.

¿Otra vez? Ya ni la chingas. ¿No te has hartado de cargar tanto plátano?

Ya van tres veces que el dispatcher me manda a Nueva York.

Se me hace que te adora.

Es un cabrón. Me cae de madres que el año que entra me independizo. Hablé con Melquiades González el mes pasado y le va requetebién. ¿Te acuerdas de Melquiades? Ahora quiere que le digamos Abundio.

¿Abundio González?

Ajá.

¿Todavía anda trayendo a la niña?

Uy, sí. Gana dinerales llevando esos Caterpillars a la frontera. Ya se hizo fama con los troqueros de carga pesada.

No'mbre.

Y la niña también. La habías de ver. Chequea la lona, revisa que esté bien amarrada, se trepa por todo el pinche troque. Aguanta todo, si es como la quinta rueda. ¿Conoces a Sonia?

¿Quién no?

Ahora quiere cuidar a la niña, pero Abundio no la deja ni acercarse. Ya ves lo raro que es cuando se trata de la chamaca ésa.

¿Nomás con la chamaca? ¡Todo en él es raro! ¿Y qué ha pasado con el Museo de Cuatritos Chocados? ¿Tiene nuevos coches? Sonia se la pasa actualizando el lugar ése con carros cada vez más destrozados.

Uff, sí. Es como gana más dinero. Todos los turistas se paran a ver. Bola de morbosos.

Anda pues. Oye, me tengo que ir, ¿has visto un zorrillo o un palomo por ahí?

Está todo limpio hasta la línea del estado, métele pata, Wiseguy. Ái nos vemos. Y guarda esas piedras para hacerle un anillo a tu señora.

Tú sí que eres chistoso, Sorry-eyes.

Cuando conocí a Sonia tuve una pesadilla en la que amenazaba con arrojarse enfrente de un troque a toda velocidad. Me desperté con miedo, desorientada, y la oí en su cuarto hablando y riéndose con mi papá. La luz tenue que salía de la puerta entrecerrada iluminaba el pasillo, pero no me atreví a tocar, menos a entrar. Era su casa, y aunque era yo una niña, entendía que era de mala educación interrumpir. Me enrosqué en el piso afuera del cuarto esperando a que mi papá viniera a dormir conmigo, pero no supe más.

Cuando abrí los ojos, estaba en mi cama. Mi papá entró para decirme que Sonia nos estaba preparando unos chilaquiles de salsa de tomatillo fresca y jugo de naranja. Podíamos haber ido a desayunar al Jolly Trucker, que estaba a unos cuantos pasos. Como Sonia era la dueña, nos podía haber mandado ahí a gastar nuestro dinero, pero tenía interés en cuidarnos. Dijo que nos quería. Tal vez no era tan temible como yo la había imaginado, aunque lo pareciera. Era delgada, frágil y pálida, con unas mechas de canas largas. Se vestía de negro siempre y nunca daba un paso sin su bastón. Tenía treinta y ocho años.

Al principio no me animaba a acercarme a ella. Era yo una niña con habilidades afectivas raquíticas. No la saludaba ni permitía que me abrazara. Trató de agradarme de varias maneras. Regalitos. Trucos. Sobornos. Nada funcionó hasta el día en que me descubrió subida en un banquito intentando alcanzar la canasta de buñuelos que estaba en el estante más alto detrás del mostrador, y al momento supo qué ofrecerme para ganar mi cariño. Sus famosos buñuelos hechos en casa fueron lo que me obligó a permitir que me abrazara alguien que no era mi papá.

—Un buñuelo por un abrazo.

—Dos buñuelos por un abrazo —dije. Para tener sólo cinco años, era buena para regatear.

—Está bien. Dos. Ricos y doraditos.

Me dio los buñuelos en una servilleta de papel y me abrazó. Yo me quedé quieta, sin pestañear ni saber qué hacer mientras la servilleta absorbía la grasa de los buñuelos fritos y me ensuciaba los dedos. Dejé que Sonia me envolviera con sus brazos largos y cuando ya no pude más, me zafé.

—Vas a estar bien —me dijo, y me acarició el pelo.

¿Habrá querido decir que no estaba bien entonces, pero que lo estaría en el futuro? ¿Había algo mal en mí?

No era fácil entender a Sonia, pero con el tiempo aprendí a quererla. Era buena con nosotros. Lograba que mi papá se riera y ni siquiera tenía que hacerle cosquillas. Él se quedaba a dormir con ella, y yo tenía mi propio cuarto. Un día puso un oso de peluche en mi almohada para que me apartara mi lugar cuando andábamos de viaje. Y bueno, los buñuelos.

Cuando puso el museo pasábamos a visitarla cada vez que estábamos cerca, para ver las novedades que tenía en exhibición. La idea se le había ocurrido después de que un conductor casi la mata, un turista que llevaba a su familia a ver el monumento de White Sands. Sonia se pasó dos meses en el hospital, y fue ahí donde lo imaginó todo. El primer montaje de la exposición sería el de su choque. Como ella fue la única sobreviviente, tuvo que negociar con la compañía de seguros para comprarle la chatarra. Su coche estaba irreconocible. Era un Corolla verde del que sólo quedaron fierros retorcidos.

En cuanto se sintió mejor, remozó la bodega que tenía detrás del truck stop junto a la cafetería. Un enorme letrero luminoso sobre la gran puerta decía: Museo de Cuatritos Chocados, y debajo, el lema: No existen los hubieras...

Gracias al arduo trabajo y determinación de Sonia, el museo no tardó en convertirse en uno de los atractivos turísticos más populares de la región. En poco tiempo disponía ya de sesenta montajes de vehículos chocados y, elegantemente colgados de la pared con todas las de la ley en materia de museografía, de recortes de nota roja con la noticia, fotos del accidente, semblanzas de los muertos y un texto explicativo de la desgracia y de cómo pudo haberse evitado. Por lo general, los coches eran chatarra que Sonia compraba a las compañías de seguros, como había hecho con el suyo. Aunque después comenzó a aceptar vehículos donados por los familiares de las víctimas. Éstos le ofrecían incluso fotos del funeral, de los difuntos y de los seres queridos que quedaron viudos o huérfanos. Algunos hasta le daban escritos en los que detallaban los planes y proyectos truncados por la tragedia.

Los visitantes usaban los baños públicos, compraban boletos

para entrar al museo y corrían a ver los montajes más populares. Para algunos viajeros, el museo era una advertencia, una amenaza o una premonición. A otros les atraía con un morbo irresistible. Querían ver sangre, pero encontraban mucho más. En el parabrisas estrellado de un coche había un pedazo de piel embarrado, todavía con pelo. En otro, el zapato y calcetín ensangrentados del conductor estaban prendidos entre el metal aplastado. Un bombero había tenido que serrucharle el pie a la altura del tobillo para poder sacar el cuerpo; el testimonio de cómo el rescatista había recuperado por fin el cadáver lucía en la pared, escrito a máquina, junto a su fotografía. Otro montaje era el del coche volteado de un joven que había firmado el libro de visitas del museo meses antes de matarse por ahí cerca.

Tras recorrer la vereda que serpenteaba entre las instalaciones, los visitantes llegaban a la tienda del museo, donde compraban tarjetas postales y souvenirs como cochecitos, carros de bomberos, grúas y ambulancias de juguete. A cambio de una módica suma, el cajero destrozaba los juguetitos de un martillazo, como si hubieran protagonizado un accidente, y entregaba los pedazos en una bolsa. A la salida, los visitantes tenían que pasar por la cafetería, donde inevitablemente se abastecían de golosinas y refrescos para el camino. Sonia había pensado en todo.

Crecí sabiendo poco de su pasado. Había estado casada. Su marido se mató camino a Cabo San Lucas. Tenía la intención de arrojar al mar, como símbolo de su rompimiento, su anillo de bodas y el de Sonia justo en la playa donde se casaron, pero al llegar a un escabroso tramo de la carretera escénica de Baja California no supo negociar una curva peligrosa y acabó en el fondo de un barranco. Tiempo después, Sonia viajó al deshuesadero de autos donde le habían dicho que estaban los restos del coche. Fue a buscar los anillos para cumplir el deseo de su marido. Y aunque ignoraba el color, año, marca y modelo del auto (porque en su última misión su marido había conducido un coche rentado) y en ese cementerio de autos había amontonados más de doscientos vehículos convertidos en chatarra oxidada, encontró los anillos todavía en su estuche original—luego de una exhaustiva y metódica búsqueda que duró tres semanas—atorados en el cenicero de un Galaxy azul.

"Pero a fin de cuentas no los tiré al mar. Los dejé en el cementerio de coches. No se merecían otra cosa", dijo.

Después se mudó a Las Cruces donde abrió el Jolly Trucker con el dinero del seguro de vida de su difunto esposo, y tiempo después sufrió su propio accidente en el que casi muere.

Años más tarde, en la cafetería, yo hacía una tarea de matemáticas y mi papá y Sonia decidían mi futuro. Hablaban como si yo no estuviera ahí.

—Quiero decirte algo importante, Abundio.

—Romeo. Soy Romeo.

—¿Desde cuándo?

—Desde hace tres segundos —dijo, y le besó cada uno de los dedos de la mano, sin quitarle la mirada.

—Ya deberías dejar de hacer eso. No me da ni tiempo de aprenderme un nuevo nombre cuando ya te lo cambiaste, Romeo... He estado pensando en nuestra plática del otro día.

—Ahí vas de nuevo.

—Es en serio. Tienes que tomar una decisión. ¿Cómo vas a darle estabilidad a tu hija? Ya tiene trece años.

—¿Y?

—Necesita ir a una escuela, tener amigos, un novio.

—¿Novio? No tiene edad.

—¿Tú qué sabes? Si ya lee libros de nivel universitario, ¿por qué no habría de poder tener novio? ¿Le has preguntado?

—No, y no lo voy a hacer. En menos de lo que te imaginas, se casa y se va. No tengo prisa, Sonia.

—Se podría quedar conmigo. Hay una muy buena escuela en Las Cruces. ¿Cómo ves?

Sonia le arregló delicadamente el cuello de la camisa, apenas rozando su piel, y lo miró a los ojos. De haber tenido más experiencia en el arte de la seducción, me habría dado cuenta de que, además de su amistad, compartían momentos apasionados, muchos tal vez; pero esa área de mi educación había sido muy pobre, y estaba por debajo de mi nivel escolar. Aunque aprendía rápido, lo único que sabía era que a mi papá le gustaba dormir con ella.

—¿Oíste lo que te dije, Joaquín?

—Soy Romeo.

—Está bien, Romeo. ¿No le ves ventajas a lo que te estoy proponiendo?

—No la voy a dejar quedarse contigo, Sonia. Y no es que no confíe en ti. Lo que pasa es que, además de ser mi hija, es mi socia en el negocio. La necesito. ¿Qué te hace pensar que atender las mesas de tu cafetería es mejor vida para ella?

Mi papá empezaba a perder la paciencia. Yo lo sabía por la manera en que se mordía los labios cuando terminaba de hablar. Era su reacción cuando se sentía amenazado. Volví a mi libro, a ser invisible.

—Ya es hora de que tenga una vida normal.

—¿De qué hablas? Nuestra vida es normal. Y yo conozco a mi hija mejor que nadie. Estamos bien así.

Sonia había dicho cosas que él no podía tolerar y yo no entendía. ¿Qué no era normal en nuestra vida?

—Piénsalo, Romeo.

—¿Pensar qué? —gritó por fin—. ¿Pensar qué?

Para entonces ya había perdido la compostura y, sintiéndose acorralado, se levantó y aventó al piso platos, tazas y vasos. Todo lo que había sobre la mesa acabó roto y derramado en el suelo. Las páginas de mi libro de matemáticas se mancharon de chícharos y puré de papas, y todos los troqueros que estaban en la cafetería voltearon al rincón del pleito.

—¿Qué ven? ¡Si no es circo! —les gritó mi papá, y con todas sus fuerzas lanzó unas sillas contra tres clientes que apenas las libraron antes de esconderse bajo su mesa.

Sonia cojeó con dificultad y se metió detrás del mostrador, repleto de aromatizantes para coche y calcomanías. Mi papá se resbaló al fin con el puré de papas y cayó en un vaso roto que le cortó la mano izquierda.

Se levantó y me jaló.

—Con permiso.

Apenas tuve tiempo de recoger mi cuaderno lleno de puré. Tal vez podría rescatarle algunas páginas.

Nos fuimos a toda prisa. No dijimos una sola palabra en diez millas. —¿Vamos a regresar al Jolly Trucker? —pregunté por fin, con miedo a oír la respuesta que no quería.

Mi papá se mordió los labios.

> Nubes. Mantas insuficientes para la tierra. Demasiado altas para proteger. Mejor en su forma de agua. Quiero verlas viajar despacio sobre mi prisión, como una manada de borregos camino al rastro.

¿Cuánto tiempo ha pasado desde que besé? Prefiero no tratar de recordar. En las noches más que nunca deslizo los dedos por mi piel, primero tímidamente, después con todo el peso de mis palmas. Brazos, piernas, pechos. Con fuerza alrededor de mi cuello, y con un apretón final en los hombros. Afuera, alguien querría acariciarme. Lo sé y es mi castigo.

Libertad disfrutaba el viento fresco del aire acondicionado recién instalado en el hueco que antes había sido una ventana de la oficina. Veía a la directora Guzmán pasear de un lado a otro repasando su lista mental de tareas.

"También quiero que organices los archivos de contabilidad. Son un desastre y nos van a hacer una auditoría el mes que viene. Por suerte el auditor es primo de mi esposo".

Libertad asintió y tomó nota en una pequeña libreta. Le gustaba trabajar para la directora, aun sin obtener ingresos. La Matriarca le había pedido que regresara. Cuando se la encontraba en la playa le decía que ninguna de sus suplentes había sabido trabajar con el profesionalismo al que ella la había acostumbrado. Que eran flojas y que el techo de su cuarto estaba lleno de telarañas. En el excusado había aparecido un anillo asqueroso a la altura del agua, y se tenía que poner las blusas arrugadas. Extrañaba la manera en que Libertad acomodaba las almohadas de pluma de ganso y doblaba los edredones formando un triángulo invitando a dormir, como si hubiera sido recamarera de un hotel de cinco estrellas. Pero a pesar de esos ruegos, Libertad respetaba su acuerdo con la directora e iba a trabajar a su oficina todos los días. Admitía que este empleo tenía sus ventajas. Había papel. Plumas. Lápices. Gomas. Gratis, si nadie los echaba de menos. La pasaba bien.

—Nos vemos mañana.

—Tempranito.

Libertad se dirigió a la puerta.

—Espera.

—Dígame, licenciada.

—Esos libros que les lees a las muchachas en el Club de Lectura, en realidad no son... bueno, lo que quiero decir es que sé qué estás haciendo.

—¿Sí?

La directora registró detrás de la puerta para cerciorarse de que nadie las escuchaba. No quería que se conociera el secreto de la licencia literaria de Libertad.

—Son buenas. Las historias.

—Gracias.

Libertad le lanzó una mirada de ya sé que sabes. Casi cada semana la veía parada afuera de la biblioteca. Abría la puerta apenas lo suficiente sin que nadie la viera, excepto Libertad, para enterarse de la lectura.

—Mañana es miércoles. ¿Por qué no va a la biblioteca?

—No sé. El Club de Lectura es una actividad de las internas. No quiero causar tensión con mi presencia —dijo, como si fuera la directora de un internado de señoritas.

—¿Por qué no hace el intento, licenciada?

Libertad sabía que la directora Guzmán no rechazaría la propuesta, y le dio gusto verla entrar al día siguiente a la biblioteca junto con las internas y sentarse en la banca de enfrente, entre la Maciza y la Culebra, quienes ya habían sido advertidas por Libertad de que tendrían que portarse como alumnas estrella.

Abrió *El viejo y el mar* en la página 46.

Debo haber tenido catorce años cuando me hice de mis primeros brasieres. Viajábamos bajo una lluvia abusiva. Un huracán categoría cuatro llamado Florencia había arrasado el día anterior las costas texanas del golfo, aunque se debilitó cuando entró a tierra, y al girar al oeste se redujo a tormenta tropical. Un troquero nos avisó por el radio CB de la alerta de inundación en algunos condados. Pero seguimos. Llevábamos un cargador frontal de Corpus Christi a McAllen. Nuestro cliente nos esperaba en la frontera de Reynosa y debíamos llegar a tiempo para transferir la maquinaria a su troque o pagaríamos una cuota por entregar tarde. Nos enfilamos por la autopista 281, y al llegar a Falfurrias, con su gran cisterna en la que un oxidado anuncio espectacular promovía la mejor mantequilla del mundo, mi papá dijo: "Por este pueblo ya pasó el futuro".

Unas millas más adelante, vimos un coche descompuesto mal orillado en la cuneta. A pesar de que llevábamos un ligero retraso y de que mi papá creía que todos los viajeros en coches descompuestos eran soldados mexicanos disfrazados de civiles para tenderle una emboscada y vengar el asesinato del capitán, le rogué que nos detuviéramos a prestar ayuda. Era lo correcto, y consideré que se trataba de una oportunidad inofensiva para que mi papá enfrentara su miedo. Rechinó los dientes, pero aceptó y se estacionó enfrente del coche. Nos bajamos del troque sin que nos importara el chubasco.

Al vernos, el automovilista se bajó de su carro. Intentó cubrirse con un periódico, pero era inútil. Ya estaba empapado.

—Debe ser la batería.

—¿Tiene luces de emergencia? —le preguntó mi papá.

—No. Están fundidas.

—¿Un trapo rojo? Necesita alguna señal o le van a chocar.

Una camioneta llena de niños pasó velozmente, tocando el claxon.

—¡Pinches cuatritos! —gritó mi papá, ofendido por la insolencia y haciendo un ademán grosero con el dedo.

—Déjeme buscar algo rojo —dijo el hombre.

Lo seguimos a la cajuela de su coche. Al abrirla dejó ver cientos de brasieres de todos colores, estilos y tallas, cuidadosamente acomodados en un mostrador portátil.

No pude menos que admirar tan fascinante mercancía. Durante meses había tenido un sueño recurrente en el que me probaba un brasier verde frente a un espejo. Cubría mis pechos con las manos como para medirlos, y cuando volvía a ver mi imagen, mi rostro se había transformado en el de mi mamá.

Mi papá me hizo a un lado y escogió un bustier rojo para amamantar talla 44DDD, lo amarró a una vara que encontró a la orilla de la carretera y me ordenó que me parara detrás del coche para alertar a los conductores.

Estuve un rato bajo la lluvia ondeando el bustier como si fuera bandera. Un par de coches acuaplanearon en el pavimento mojado. Otros tocaron sus cláxones. Alguien hasta tuvo tiempo de bajar su ventana para maldecirnos. Mi papá corrió al troque por unos cables y una batería de repuesto y le pasó corriente al coche mientras el vendedor de brasieres trataba de echarlo a andar, hasta que oímos el motor. Mi papá cerró el cofre. Yo devolví el bustier. Habíamos ayudado.

—¿Cuánto le debo? —le preguntó el vendedor a mi papá.

—Nada, por Dios.

—Al menos déjeme venderle algunos de mis productos a mitad de precio.

—¿Y para qué demonios quiero yo unos brasieres?

El vendedor miró mis pechos grandes y erguidos, los pezones pegados a mi camiseta mojada por la lluvia.

—¿Qué tanto le ve a la niña? —le preguntó mi papá, desafiante, bravo y a la vez temeroso de enfrentar la evidente realidad.

—Creo que tengo de su talla.

El vendedor sacó rápidamente de su cajuela seis brasieres talla 34D de diferentes colores, los metió en una bolsa de plástico y me los entregó.

—Son gratis, linda.

—Gracias.

—Que tengan buen día —nos dijo.

Arrancó su coche y desapareció detrás de la cortina de lluvia. Mi papá y yo nos quedamos parados en la cuneta, mojándonos, sin decir palabra. Lo único que yo quería hacer era abrir la bolsa de plástico y tocar los brasieres. Deseaba sentir la tela, pasar los dedos por la curva de la copa. Me estaba convirtiendo en mujer y un desconocido lo había notado. Mi papá me miró confundido, irritado por el incidente.

—Ni creas que te vas a poner las cosas ésas hasta que crezcas.

Las hierbas devoraban la playa. El salón de belleza se había vuelto un almacén de cajas con tubos y grifos del negocio de artículos de plomería del director de Servicios a Centros Penitenciarios. Los postres ya eran cosa del pasado. Debido a las prohibiciones de la directora Guzmán, los ánimos de las internas estaban más bajos que las reservas nacionales.

La Vedette, amante de un conocido narco y buena amiga de la Diva, hizo contacto con los secuaces de su hombre—los pocos que quedaban libres—y tramó con ellos el secuestro del marido de la directora Guzmán. Pedirían como rescate que la vida en el penal volviera a ser como antes de que se descubriera el mercado negro de artículos de costura.

"Ojo por ojo", dijo la Vedette, expresando su inquebrantable sentido de justicia.

Hasta las integrantes del Clan Cuelloblanco, quienes preferían no meterse con las mujeres de los narcos, apoyaron el proyecto. Se habían previsto los detalles. Todo estaba decidido y aprobado. El marido de la directora Guzmán sería interceptado al salir del restaurante de mariscos donde había cenado todos los martes de los últimos dieciocho años con sus amigos del dominó. Se le trasladaría a una bodega en las afueras de Tijuana cuyo dueño era el gobernador. Nadie lo buscaría ahí.

Pero el secuestro nunca se llevó a cabo. Mientras los secuaces del narco esperaban afuera del restaurante, el marido de la directora Guzmán se asfixió con un camarón a la diabla. Cayó al piso entre las mesas, haciendo esfuerzos por respirar hasta que quedó inconsciente. Sus amigos del dominó gritaban instrucciones contradictorias y lloriqueaban frustrados. Hicieron cuanto se pudo para salvarle la vida: empujaron con los dedos el cuerpo extraño atorado en la garganta y le metieron un tenedor a manera de anzuelo. Y después de tomar turnos para bombearle el pecho, y en el intento romperle a golpes tres costillas, llegaron a la silenciosa conclusión de que ninguno de ellos sabía aplicar la maniobra Heimlich.

El funeral fue todo un éxito. Cualquiera que se consideraba alguien estuvo ahí. Los periódicos publicaron varias esquelas en honor del señor Guzmán, una de ellas tamaño robaplanas con doble borde y tipografía en negrillas. La directora lució mejor que nunca en un espectacular atuendo negro de seda. Cubrió sus ojos llorosos con unos lentes de sol, los más grandes que permitía la moda del momento, como era de esperarse entre las viudas de estreno.

Dijo adiós a su marido hablando suavemente, abriéndose camino las palabras entre sus dientes apretados, para que nadie en la funeraria la pudiera escuchar.

"Esperaba que tuvieras una muerte más apropiada, más a

tono con mi carrera pública, un escándalo incluso, o hasta un asesinato. Habría sido más emocionante que te hubieran secuestrado o ejecutado", dijo, sin saber que efectivamente ése habría sido el fin de su esposo de no haberse topado primero con el camarón. "Pero este encuentro fatal estaba marcado en tu destino, amor mío, y nada podía yo hacer para cambiarlo. Espérame en el cielo".

La directora Guzmán era una de las figuras más influyentes del gremio, y en tan trágicas circunstancias cualquiera habría hecho lo que fuera por mitigar su dolor. Así, el director del Servicio Médico Forense cumplió su petición en persona y sin chistar. Fue a la morgue, extrajo el camarón a la diabla de las entrañas del señor Guzmán y se lo entregó a la directora flotando en formol dentro de un frasco de crema de cacahuate. Ella le pegó una cinta adhesiva con la palabra "Asesino" escrita con un marcador indeleble. Después del entierro, le ordenó al superintendente que hiciera un agujero en el muro más lejano del penal, colocara dentro el camarón y lo sellara con cemento.

La noticia de la muerte del señor Guzmán fue para las internas tan poco grata como las hemorroides. Tendrían que encontrar otra manera de extorsionar a la directora para que levantara el castigo. Pero al cabo de varias semanas cayeron en la cuenta de que la muerte del buen hombre les había beneficiado. Libertad fue la primera en saberlo, tan pronto como la directora regresó a la oficina después de su ausencia de luto. Durante quince minutos le gritó al abogado en el teléfono, sin importarle la presencia de Libertad:

—¿Que se lo dejó todo a ella? ¡No tiene derecho a hacer eso! ¡Yo soy la esposa! ¡Me vale madres si llevaba diecisiete años con la puta ésa! ¡No por eso deja de ser la amante!

Como su marido no le dejó un solo centavo de su fortuna, la directora se vería obligada a vivir de su salario, y de cualquier suma extra que pudiera obtener en la prisión.

—Ni una palabra de esto —le dijo a Libertad luego de azotar el auricular sobre el escritorio.

—Ni media, licenciada.

Y lo cumplió. No le fue necesario explicar a nadie por qué la directora Guzmán había cambiado de pronto su manera de manejar la economía del penal.

Lo primero que hizo después de colgar el teléfono fue ordenar al superintendente abrir el agujero en el muro más lejano de la cárcel. Sacó el camarón a la diabla que aún flotaba en el frasco y cambió la cinta adhesiva por otra con la palabra "Héroe". Después, en una ceremonia a la que no invitó a nadie, lo fue a enterrar en medio de la playa.

A las pocas semanas había devuelto todos sus privilegios a las integrantes del Clan Cuelloblanco. El salón de belleza, el café, la tienda de ropa. Todos los negocios habían reabierto. Las internas volvieron a intercambiar favores, dádivas y concesiones con las custodias y gendarmas. La época del castigo fue bautizada por la Matriarca y sus amigas como el oscurantismo.

"La Guzmán no es la Madre Teresa", decía la Matriarca. "Necesita el billete. ¿Y de quién lo va a conseguir si no de nosotras?"

Cualquiera que hubiera sido la razón, la Matriarca estaba tan complacida con la nueva política de libre comercio que se le ocurrió una promoción para aumentar el número de socias de su playa. Ofreció entrada gratuita el día de la reinauguración si todas ayudaban a desyerbar el terreno y a recoger la basura que se había acumulado durante el oscurantismo. Estaba segura de que si daba una probadita de su exclusiva playa a internas que de otro modo no podían pagar la cuota, crecería su base de clientas. Cualquiera podía ahorrar lo suficiente si se le motivaba en forma adecuada.

La playa estuvo hasta el tope el día de la Gran Reinauguración, por supuesto. La señorita representante de los productos Avon hizo un pedido desmesurado de bronceadores; pero como la mercancía tardó dos semanas en llegar muchas internas sufrieron graves quemaduras de sol. Aún el miércoles siguiente en el Club de Lectura, Libertad percibió el vinagre que su público se había aplicado para calmar el dolor. Ese aroma en particular pasó a ser el símbolo del triunfo. Incluso quienes usaban poca vinagreta en sus ensaladas comenzaron a inundarlas. Se había acabado la austeridad. No más restricciones. Otra vez, todo era negociable.

Para recuperar el tiempo y los ingresos perdidos, la directora Guzmán se dio a la tarea de crear y poner en marcha nuevas ideas que le procuraran al penal un renacimiento económico, como la venta de artículos usados, bazares navideños, rifas y concursos. No tardó en percatarse de que, al castigar a las internas, se había castigado a sí misma.

Fue durante esos tiempos de recuperación que llegó a las playas de Ensenada un barco carguero lleno de refugiados vietnamitas. Los viajeros, hambrientos y agotados, habían planeado desembarcar en las costas californianas, pero fallaron en su lectura de los astros. Y tan pronto como pisaron territorio mexicano, las autoridades migratorias los detuvieron.

Los hombres fueron encerrados en la cárcel de Tijuana. Las mujeres, en el CEPEFERESOMEX: Hong, Nga y Tran, todas ellas de apellido Nguyen. Ningún parentesco entre sí. La única que podía hablar otro idioma que no fuera el vietnamita era Nga. Había rescatado algunas palabras en inglés de su anterior intento migratorio a los Estados Unidos, donde terminó un curso de manicure de seiscientas horas en una escuela de belleza en San Gabriel, California, antes de ser deportada de nuevo a su país.

Como Libertad era de las pocas que entendían el escaso inglés de Nga, se enteró de todo esto durante la primera semana de la llegada de aquélla al penal.

—Tal vez se le podría ayudar a poner un salón de manicure —le sugirió Libertad a la directora Guzmán—. Está ese cuartito junto a la cocina donde antes estaba el congelador.

—Me quitaste las palabras de la boca, Libertad —dijo la directora, emocionada por la idea.

A las pocas semanas, Nga ya hacía manicures, pedicures y uñas acrílicas. Resultó ser una experta en curar uñas enterradas, y hasta logró controlar los constantes brotes de infección por hongos y de pie de atleta a base de aceite de árbol de té, poniendo fin a la epidemia crónica que había prevalecido en las regaderas durante años. La demanda de sus servicios era tal que tanto internas como custodias y personal administrativo y de seguridad tenían que hacer cita con por lo menos dos semanas de anticipación. Y como Nga no hablaba español, hizo un tablero con dibujos de los diferentes estilos de uñas y demás servicios para que sus clientas pudieran escoger con sólo un ademán.

Tran había sido una experimentada tejedora de canastas en su país, y aplicó sus habilidades para inventar complicados chongos y peinados de cientos de trenzas delgadas como colas de ratón. De inmediato se unió a las demás peluqueras y comenzó a adiestrar a un par de aprendices. La Diva no tardó en mandarse a hacer un moño de pelos embrollados que Tran le diseñó en exclusiva, y, como la líder de la moda que era, muchas la imitaron, lo que despertó en ella sentimientos encontrados: por un lado le complacía ser única, original, pero por otro deseaba tener seguidoras. Hong trabajaba con Nga en el salón de manicure. Mientras las clientas se arreglaban las uñas, les masajeaba los pies cansados y les sobaba las espaldas tiesas por tantos músculos en espasmo. Pronto empezó a hacer manicures también. Llamaron al cuartito aledaño a la cocina Nguyen Salón y Spa.

Libertad comenzó a frecuentar a Nga después de que ésta le hizo un lindo manicure francés con una chispita de diamantina justo en el centro de cada uña, y no tardaron en sentarse juntas en la cafetería. Se sonreían una a la otra, compartiendo las pocas palabras en inglés que Nga podía hablar, hasta que se olvidaron de las molestias del idioma y se acomodaron en una muda amistad.

Un domingo por la mañana Libertad invitó a Nga a la playa, y mientras tomaban el sol recostadas sobre dos tumbonas Nga le tomó la mano y la puso sobre su vientre. Segundos después, Libertad sintió una patadita. Y luego otra. Nga sonrió y casi al mismo tiempo se le dejó venir un lloriqueo angustioso.

—Mi bebé, mexicano —dijo entre lágrima y lágrima—. No bebé americano.

—El destino es muy tramposo y siempre termina transándonos —dijo Libertad, pero Nga no le entendió.

Se había aventurado a la travesía desde Vietnam, haciendo una escala en las Filipinas para realizar trabajos forzados en una fábrica de ropa americana a cambio de algunos centavos, y más tarde había viajado en un buque carguero, sufriendo hambre, sed, condiciones inhumanas y, para colmo, mareos de embarazo, con el fin de que su bebé naciera en Estados Unidos y fuera un legítimo ciudadano de ese país. Ahora, después de tantos sacrificios, la criatura nacería en otra nación tercermundista. Para eso, se hubiera quedado en su casa.

> He abandonado a las nubes. Por ahora. Sé que regresaré a ellas. Somos iguales. Cuando libres, se deslizan sobre todo lo que existe y siguen adelante, siempre en busca del cielo más lejano. Cuando presas en los valles, agolpadas contra las sierras, se mezclan con sus nubes amigas y se convierten en una del tipo cúmulus. Después lloran hasta morir.

> Todo esto que me envuelve: un muro permanente de concreto, piso de cemento que hierve con el cenit, cielo despoblado de nubes, una rebanada de luna y mujeres protegidas por armaduras de negación. Ésta es mi cárcel. ¿Cuántos años me llevará alcanzar la putrefacción?

Cuando dejó de llover, mi papá y yo fuimos a la agencia de troques más cercana. Yo abrazaba mi bolsa de brasieres, temerosa de que me la arrebatara y la arrojara por la ventana.

"Ya no podemos dormir juntos", dijo.

El patio del lugar era enorme, con troques de todas las mejores marcas y modelos estacionados en hilera tras hilera. Caminamos un largo rato, las suelas de mis tenis derretidas por la temperatura del pavimento, hasta que dimos con un Kenworth W900L clásico azul con un sleeper Studio AeroCab que tenía una mampara a la mitad para formar dos pequeños dormitorios. Deslumbraba.

El vendedor, un gordo de traje y chaleco con un sombrero Stetson que no lo protegía de los 118 grados Fahrenheit que nos imponía el sol, no cabía por la puerta de la cabina. Luego de varios intentos por trepar, se rindió y nos dejó inspeccionar solos el troque mientras nos gritaba su rollo de venta desde el centro del patio.

—Es como un supertren. Carga de todo. ¡Sin esfuerzo! Usted maneja esto y es dueño del paisaje.

—¿Qué características tiene? —preguntó mi papá desde adentro.

—Éste es el mero jefazo de todos los troques, señor. El rey de los caminos. Tablero de lujo, instrumentos cromados, tanques de combustible de ciento cincuenta galones. ¡No le pide nada al transbordador espacial de la NASA!

—¿Y el sleeper?

—Ah, el sleeper, ¡el sleeper! Usted más que nadie va a apreciar el doble dormitorio solicitado al fabricante especialmente para personas como usted y la señorita. Ventanas panorámicas, techo de siete pies, cortinas con broche, alfombra de pared a pared, escritorio plegable, refrigerador de alta capacidad, enchufes precableados para la televisión, licuadora, cafetera, lo que usted quiera, jefe. Nomás cheque. No hay nada igual en el mercado.

Mi papá se asomó por la ventana.

—¿Cuánto tarda en rotular las puertas?

El vendedor tomó la pregunta como un "Sí, lo queremos comprar", porque empezó a dar saltitos de emoción, como un niño al que le prometen un helado.

—Dos días si usted nos proporciona el logotipo.

Y añadió para sus adentros, aunque lo alcanzamos a oír: "¡Golazo!"

Cuando regresamos a recoger nuestro nuevo troque, llevaba yo puesto un brasier verde debajo de mi camiseta. El letrero, pintado con pincel de aire, que cubría la puerta de la cabina decía: TRANSPORTES GONZÁLEZ E HIJA. Destellaba con los rayos del sol. Deletreé cada palabra casi en silencio. Yo era la "Hija". La sin nombre. Esas palabras contenían mi identidad. ¿Era yo algo sin mi padre? No. ¿Una empresa podía llamarse "Transportes e Hija"? No. ¿Podía yo vivir de otra manera? Tardé más en contestarme esta pregunta. Pensé en los personajes de los libros que tanto leía, en su vida excitante, llena de intríngulis, de conflicto y aventura. Podía ser cualquiera de ellos, si quería. Podía elegir cualquier libro en ese momento y empezar a leer. Me dieron ganas. Pero tenía una misión que cumplir.

Le di la vuelta al troque buscando abolladuras, golpes, defectos. Revisé la quinta rueda con toda atención para asegurarme de que no estuviera gastada. Me trepé al cofre, sobre el motor, y pasé los dedos por los hules de los limpiaparabrisas para confirmar que fueran nuevos. Inspeccioné los tambores de los frenos y las mangueras. Les di el visto bueno a los ajustadores de frenos y el diferencial. Probé que no estuvieran fundidos los reflectores, calaveras y faros. Revisé cada una de las dieciocho llantas y me aseguré de que el hule grueso de las loderas que cuelgan detrás para protegerlas de salpicaduras de barro y piedras no se hubiera gastado. En cada lodera había una imagen conocida por todos los troqueros: la silueta en metal cromado de una joven sentada en una posición provocativa que enfatizaba sus pechos generosos y su pelo ondeando en el viento. Era la famosa Mujer de la Lodera que aparecía en calcomanías, camisetas, llaveros, guardafangos, gorras y todo tipo de mercancía. Era la compañera silenciosa de quien se considerara habitante de los caminos. Por ella me decidí a aprobar el troque.

Además, todo estaba limpio y funcionando y era del color requerido. Me di cuenta de que estaba adquiriendo la obsesión por la seguridad. Y quería ser una perfeccionista. Pero no me preocupó. Aunque todavía no tenía edad para manejar, sabía que la seguridad estaba antes que nada. Era supervivencia.

Entré al doble dormitorio detrás de la cabina y me senté en la cama que estaba en el lado que mi papá me había asignado. Este espacio diminuto sería mi nuevo hogar. Como perro que orina en los arbustos del jardín de su amo, saqué un plumón negro del bolsillo de mis shorts y escribí con letra pequeña justo en la cabecera: "Mujer de la Lodera". A partir de entonces, ése sería mi apodo para quien me conociera en las carreteras, mi yo. Así marqué ese mínimo territorio con mi nueva identidad, como lo había hecho mi papá. Él mandó rotular su filosofía en la parte trasera del remolque, justo arriba de la placa: "La necesidad enseña más que la universidad".

Una vez que aprobamos el troque, fuimos a la oficina para cerrar el trato. Mi papá cobraba y pagaba en efectivo, como los narcos que evitan dejar huellas de papel. Nunca le hacían preguntas. La gente tomaba los dólares y se quedaba callada. No teníamos tarjetas de crédito ni chequeras, por miedo a ser rastreados por las autoridades mexicanas, así que guardábamos nuestro dinero en hoyos que cavábamos en el campo, al lado de algún cerco, en alguna cueva o en sembradíos por todo el país. Cuando lo necesitábamos, regresábamos por él.

Mi papá abrió una bolsa de papel y sacó varios fajos de billetes que acomodó sobre el escritorio. El vendedor le dio un apretón de manos y salimos de la agencia en nuestro nuevo hogar.

Este acontecimiento marcó el fin de mi infancia. No volví a dormir acurrucada junto a mi papá, como lo había hecho durante catorce años. Ambos sabíamos que por la noche nos haría falta el calor del cuerpo del otro, pero era el momento de tener camas separadas. Yo ya no era una niña, y por fin él lo había admitido.

Me llevó casi un año acostumbrarme a dormir sola, aun sabiendo que mi papá estaba a unas cuantas pulgadas de mí, al otro lado de la mampara que dividía nuestros dormitorios. Estaba tan cerca que incluso podía oírlo e imaginar qué estaba haciendo.

Una noche leía bajo las sábanas *La caída de la Casa Usher*, pero el sleeper se sacudía tanto que no podía fijar la vista. Tuve que leer el mismo párrafo tres veces:

"...Conservé, sin embargo, suficiente presencia de ánimo para no excitar con ninguna observación la sensibilidad nerviosa de mi compañero. No era nada seguro que hubiese advertido los sonidos en cuestión".

Los sonidos en cuestión eran voces, gemidos y risas que provenían del otro lado de la delgada pared que separaba nuestros cuartos. Una mujer llamada Linda visitaba a mi papá.

—Ándale, dámelo —decía él.

—No. Todavía no. Quiero más.

—Ya basta. Me toca a mí.

El troque se meció hasta que por fin me quedé dormida. En mi sueño tenía siete años. Me mecía en un columpio rojo en medio de un patio escolar lleno de niños. Todos vestían el mismo uniforme, excepto yo. Estiraban los brazos para tocarme, pero yo me alejaba cada vez más. Un niño trató de bajarme del columpio.

—Ándale, dámelo —decía él.

—No. Todavía no. Quiero más.

—Ya basta. Me toca a mí.

Una niña lo empujó e intentó alcanzarme.

—Vamos a tu casa —me dijo.

Otra alzó los brazos, pero no me pudo tocar.

—Quiero ver cómo es tu casa. ¿Tienes un cuarto de juguetes?

Yo enmudecía. Mis ojos se llenaban de lágrimas.

Me desperté con los primeros rayos de sol en la cara. El troque estaba quieto. Miré por la ventana y vi un gran letrero al lado del camino: Truth or Consequences Truck Stop, con un lema debajo: Es el nombre del juego. Y justo afuera del troque, mi papá besaba a Linda.

—Con mi nuevo tinte rubio, ¿no sientes que estás besando a otra? —preguntó ella.

—Sí, pero con sólo agarrarte las nalgas, recuerdo con quién estoy —dijo mi papá, remarcando su respuesta con un pellizco en el trasero.

—¿Nos vamos a volver a ver?

—La próxima vez que tenga que recoger una carga por acá, te busco. Prometido, Linda. De veras te lo prometo.

—Ándale, bombón, ya sabes dónde vivo.

Linda le dio otro beso largo, uno escéptico, y se fue en su cochecito.

En la pared de mi compartimiento, detrás del calendario de un taller mecánico con la foto de un Porsche reluciente con una chica sexy sentada en el cofre, llevaba yo la cuenta de las mujeres con las que mi papá había dormido en distintas ciudades del país. Con mi plumón anoté un nombre más en la larga lista: Linda, de Truth or Consequences.

Esta costumbre de mi papá provenía de la búsqueda incansable de mi mamá en cada mujer con la que se topaba. Yo era demasiado joven para saberlo, pero ahora me doy cuenta de lo mucho que él la extrañaba. ¿O era que extrañaba a Sonia?

Después de dejar a Linda, nos dirigimos al norte para recoger un bulldozer en Wichita Falls. Mi papá manejó. Yo iba sentada a su lado quitando del tablero envases de comida rápida, envolturas de dulces, latas de Coca-Cola, un mapa arrugado, anteojos de sol. La basura tiene la manía de multiplicarse cuando uno no está atento. Íbamos en silencio. El centro-norte de Texas inspira silencio a veces, sobre todo cuando va uno atravesando la División Callahan, allá por Abilene. Mirar esas praderas que no terminan, los zacatales y esos valles de mezquites, juníperos y cedros, me ponía en una especie de trance. En un viaje anterior había cruzado justo ante nosotros un armadillo. Casi lo aplastamos. Ahora tenía la esperanza de ver otro, así que pegué la frente a mi ventana, limpiando de cuando en cuando el vaho opaco que dejaba mi respiración. Alcancé a ver un par de conejos cola de algodón, un mapache y un correcaminos.

Todo estaba en orden y el universo palpitaba alrededor de nosotros en total sincronía, hasta que se me ocurrió hacer una pregunta que creí inocente.

—¿Papá?

—¿Eh?

—¿Cuándo voy a empezar a dormir con hombres que conozca en las carreteras?

Frenó con todas sus fuerzas. El troque se patinó y las llantas rechinaron contra el pavimento hasta que nos detuvimos en medio de la autopista. Un coche tuvo que maniobrar de emergencia para no estrellarse contra nosotros.

—¿Qué eres? ¿Una puta? ¿Dónde he fallado en tu educación? ¿Me crees idiota?

Eran demasiadas preguntas para contestar a la vez. Pensé en las mujeres que trabajaban en los truck stops. Yo sabía que dormían con los troqueros, mi papá uno de ellos. Las había visto bajarse de un Peterbilt para subirse a un Freightliner mientras otros troques se formaban detrás. Las había visto regresar a los comedores, alborotado el peinado, sus mejillas embarradas de lápiz labial, a reportarse con sus padrotes y pasarles su comisión.

—Las mujeres no andan durmiendo con los que conocen en las carreteras. ¡Eso lo hacen sólo los hombres! —me gritó.

—Entonces, si sólo los hombres lo hacen, ¿con quién duermen? ¿Con vacas?

Mi pregunta lo dejó sin habla, porque lo único que hizo fue darme una cachetada.

—Más te vale respetarme, o te encierro.

Sentí el calor del golpe en mi mejilla, y mi reacción me sorprendió.

—¿Eso en qué cambiaría las cosas? Llevo encerrada en un sleeper toda la vida.

—¡Lárgate!

Me bajé del troque y me adentré en un sembradío. El universo se había desplomado en dos minutos exactos.

¡Lo sabía! Tarde o temprano iba a empezar a surtírsela. Así son todos los papás.

Yo digo que se tardó demasiado. Los papás no aguantan esa clase de groserías. Yo andaba en pañales cuando mi papá me empezó a educar.

Pues algo pasó ahí, con tu educación, digo.

¿De qué hablas, carnala? Yo sé lo que es bueno y lo que es malo. Que esté encerrada en este tambo no quiere decir que no tenga mi juicio bien puesto.

Es que nomás no lo usas, ¿qué no?

Tú sabrás.

Yo soy inocente.

Ajá. Eso mismo dicen todas.

Al fondo de cada piso en las diferentes alas del penal había un área forrada de azulejos blancos que contaba con diez regaderas. Cada mañana antes del desayuno las internas formaban una fila, jabón y toalla en mano, para darse un baño de tres minutos, a menos que pagaran una cuota adicional a la custodia en turno. Sólo así podían extender hasta seis minutos su estancia bajo el chorro de agua, si tenían suerte. Tiempo atrás algunas internas pudientes habían logrado negociar el derecho a regaderazos nocturnos, muy bienvenidos durante las frecuentes olas de extremo calor; pero con las permanentes condiciones de sequía que azotaban al estado y los altos niveles de contaminación del río Nuevo, ni siquiera una fortuna les podía comprar ya ese beneficio. El Departamento de Aguas cortaba el suministro por la tarde y lo restablecía a las seis de la mañana, lo que causaba un cuello de botella en el lavado de trastes en la cocina y un caos séptico que dejaba los excusados desbordados, impregnando las celdas de olores fétidos hasta el amanecer.

Libertad había usado baños públicos toda su vida y no se quejaba de tales condiciones. Sabía cómo sacarles la mayor ventaja a los recursos disponibles. Era una Usuaria Frecuente Premier de Regaderas Públicas. Pero en ese programa que se inventó para divertirse, no era posible acumular puntos. ¿Cuántos galones de agua habría visto desaparecer por las cañerías públicas de los truck stops? No fue hasta que llegó a la prisión que por fin obtuvo el premio de un regaderazo gratuito.

Recién encarcelada se enteró de las infecciones de hongos que pululaban en las regaderas del CEPEFERESOMEX, y supo de inmediato qué precauciones tomar. En cuanto pudo le compró unas chanclas de hule a la señorita Avon a cambio de un mes de postre. Al menos en la cárcel no necesitaba monedas para accionar las regaderas. El agua la pagaban los contribuyentes, y ella les estaba muy agradecida.

Esa mañana, mientras esperaba su turno para bañarse y pensaba en la suerte que habían tenido todas de que su amiga vietnamita acabara con la epidemia de hongos, una mujer llamada Cleta le hizo plática. Esto no era común. Normalmente, a esa hora de la madrugada la mayoría de las reclusas parecían haber sido desprovistas de su capacidad para hablar. Además, Cleta pertenecía a un grupo que no convivía mucho con el resto de la comunidad. A Libertad le pareció doblemente extraño que la abordara.

—'Tá bien chido tu tatuaje.

—Gracias —dijo Libertad, sin mostrar mayor interés en la charla.

—¿Qué pues con Virginia?

—Nada.

No estaba de humor para hablar. No estaba de humor para estar despierta. Había escrito en su diario durante dos horas, y la Culebra había pasado una mala noche digestiva, como le sucedía cada vez que servían caldo de frijoles negros para cenar, así que Libertad no había podido dormir.

—¿Chupó faros?

—Sí.

—¿Me prestas tantito tu jabón? Cuando acabes.

—Sí, claro.

Libertad se bañó en tres minutos exactos y le dio a Cleta su barra de jabón.

—No me esperes. Yo te lo llevo al ratito. Ya sé cuál es tu celda.

Libertad se fue pensando que tal vez era demasiado confiada. Seguramente tendría que comprar otro jabón, pero ahora aprovecharía para probar un detergente. Había oído que era más suave para el pelo y el cuero cabelludo.

Contra todas sus predicciones, su jabón regresó esa misma noche. Antes de que las celdas se cerraran con llave, Cleta fue a buscarla y se lo devolvió, además de regalarle un juego de barajas. Gastado y maltratado, pero completo.

—Hay que echarnos un jueguito un día de éstos —dijo Cleta.

—Órale. Chance el viernes.

Tú, con tu relleno vaporoso y tu blancura, llena de nada, nube solitaria que vas de paso, toda promesa, ¿nos darás algo de lluvia hoy? Tenemos sed los de abajo.

> Mi madre es un cubo de hielo en el desierto, una pluma fuente con la tinta reseca, un borrón de polvo en el espejo retrovisor. Es una piedrita de grava proyectada contra el chasis. ¿Cómo puedo recordar a alguien que sólo conozco a través de las palabras de mi padre? Virginia. Es un nombre impregnado en mi piel. Es historia. Soy yo.

Había llorado más de la cuenta, recargada contra un cerco a la orilla de la carretera. Mi papá debió arrepentirse de su arranque, porque me fue a buscar y se sentó a mi lado. Traía una caja de Kleenex, y me pasó uno para que me limpiara los mocos.

"Vámonos".

Me levanté de mala gana.

Una manada de motociclistas pasó en sus Harley-Davidsons junto al troque, probablemente rumbo a su encuentro anual a Laughlin. Me subí a la cabina.

Fue durante los días que siguieron a nuestra pelea que comencé a escribir poesía sobre mi mamá muerta. Como nunca la conocí, la inventé. Me pasé el año entero viajando con mi papá y garabateando páginas con definiciones de mi mamá. Después echaba los poemas por la ventana. Sólo con mi escritura podía yo dejar huellas en el pavimento. Veía por el espejo retrovisor el trozo de papel arrugado volando detrás de nosotros, jalado por la estela de vacío que dejábamos con el troque, para acabar sus días tirado en la cuneta, como perro atropellado. No creía que estuviera ensuciando las carreteras. Deshacerme de esos poemas era mi manera de adueñarme del espacio donde caían. Ese rito, esa ceremonia secreta que oficiaba a diario, me daba el arraigo que tanto deseaba. La carretera era mi casa y medía ochenta pies de ancho y seis punto cuatro millones de millas de largo y no tenía muebles. Para hacerla habitable, memorizaba los poemas y recordaba dónde los lanzaba, para recitarlos cuando pasara de nuevo por ese lugar.

Espérate a que se muera mi mamá —le dijo la Maciza a la Diva, sentada a su lado en la biblioteca—. Le voy a escribir un poema que la va a hacer que escarbe más profunda su pinche tumba.

—Ya cállate, güey —le contestó la Diva, enterrándole el codo entre dos costillas.

Libertad detuvo su lectura, como hacía cada vez que alguien hablaba o interrumpía.

—Si tienes algo que decir de tu mamá, ¿por qué no se lo dices a ella ahora que todavía está viva? —preguntó Libertad, pensando de golpe en cien cosas que le hubiera gustado decirle a la suya.

—Ándale, para que le duela más. Buena idea.

Libertad sintió el deseo de levantarse y llevar a la Maciza a la playa para que cada una hablara de su madre hasta el agotamiento. Tal vez podría ayudarle a desahogarse si la Maciza se lo permitía. Pero no era posible hacerlo. Tenía público y la función debía continuar.

Mi papá manejó hasta que tuve quince años. A partir de entonces, yo me hice cargo del volante. Pero antes tuvimos que conseguir una licencia de manejo para mí. Fuimos a visitar a Cholito a Santa Ana. No le agradó el encargo.

—¿Seguro quieres que la niña maneje el tremendo troque ése?

—¿Qué tiene de malo?

—Nomás pregunto.

—No preguntes. Dedícate a lo que sabes hacer.

Regresamos al día siguiente a recoger mi licencia de California. Según ella, yo tenía veintiún años.

Con mi nueva edad y mis documentos en orden, mi papá me llevó a caminos poco transitados donde pudiera aprender a manejar el troque. El desierto de Mojave estaba lleno de caminos así. Ni un coche que se metiera a nuestro carril. Cero colinas. Y los policías de caminos, ausentes.

La primera vez que me senté frente al volante y eché a andar el motor, el primer momento en que por orden mía las llantas comenzaron a rodar, entendí por qué tanta gente soportaba carreteras congeladas, café requemado, la crueldad de la policía de caminos, el constante rugido de la máquina, aliento matutino que duraba todo el día, descargas en Nueva York, hemorroides crónicas, viajeros navideños, paga infrahumana, problemas de riñón, dispatchers abusivos y groseros, interminable construcción y reparación de caminos, fechas de entrega imposibles, turistas veraniegos y el en medio de la nada de todo el asunto. También entendí por qué el resto del mundo tenía la romántica idea de que el negocio del transporte consistía en viajes, aventuras, camaradería, poder y valor. Ambas visiones eran ciertas. El transporte era todo eso. Aquel día, a mitad del desierto, mientras apretaba entre mis manos el volante y jalaba una carga de sesenta toneladas, asumí mi nueva identidad. Había dejado de ser copiloto. Ya no era pasajera de la vida de otro. Por fin tenía control. O al menos eso fue lo que creí.

Oye, Speedo Guido, ¿qué radio traes?

Es un Cobra 500, Sweet & Low. Ando en la carcacha hoy.

¿Quién trae el troque nuevo?

¿Qué?

¡El troque nuevo!

Diez cuatro. Es que no te oía. Dale vuelta, no te copio bien. El jefe se llevó el troque nuevo. Esta mierda ni siquiera tiene un buen radio.

Si vas rumbo al sur en la I-80, hay un DOT en la intersección con la I-39. Anda chequeando la velocidad con el láser y poniendo tickets a quien se deje. Fuera de eso está todo limpiecito hasta Chicago.

Gracias, Speedo. Oye, por cierto, ¿a quién crees que me encontré ayer en el Flying J? A Inocencio González.

¿El que anda con la niña?

Ya maneja la chamaca.

Ah, chingá. ¡Si es una mocosa!

¡Qué va! ¿No la has visto últimamente? Yo cambiaría a mi media naranja por ella, que ni pensarlo. Esa niña tiene tetas, te digo.

Eso no quiere decir que sepa manejar.

Maneja, y maneja bien. Va a ser una buena trailera de las de cuarenta y ocho estados, me cae. Anoche me rebasó afuerita de Davenport y te cuento que iba en control total del troque, carnal.

Dirás misa, Sweet & Low, pero esa chamaca está muy chica para andar manejando un dieciocho morenas. ¿Qué hace si se le poncha una llanta? ¿La podría cambiar ella sola? No es un trabajo para una muchachita.

Ya vas, Speedo, de acuerdo, pero la tienes que ver para creerlo. Esa niña trae dísel en la sangre.

¿Y qué? ¿Le vas a llegar?

¡Cómo crees! Era broma. Inocencio no deja que se le acerque nadie.

Por esas tetas, a lo mejor valen la pena los madrazos.

¿Qué te pasa? Yo me surto a González cuando quieras.

No hablaba de los madrazos de González, sino de los de tu media naranja.

Los viernes de baraja con Cleta se habían convertido en costumbre. Cualquier cosa que sucediera dos veces ya era una tradición, y en la cárcel había muchas y variadas. Libertad había aprendido póker, veintiuno y otros juegos en los truck stops. Eran útiles sobre todo en enero y febrero. Se acordaba de una ocasión en que ella y su papá tuvieron que ir de Fargo a Saint Cloud, y la autopista I-94 estaba cerrada por nieve. La temperatura era bajo cero, la tormenta pegaba con rabia y estaban demasiado cansados para poner cadenas. Ella había perdido su bufanda en Spokane hacía dos semanas y no había comprado otra. Sin libros que leer, las barajas eran tan celebrables como un rayo de sol.

Esta vez le habían conseguido una nueva amiga. Jugaban hasta el toque de queda los viernes, y el sábado Cleta buscaba a Libertad para comentar la noche anterior. A veces se topaba con ella a horas y en lugares extraños y Cleta se sentaba a su lado, y en el desayuno le regalaba su telera.

—Me caga —dijo la Maciza.

—Sólo quiere agradar.

—Se pasa.

Libertad juzgó que los comentarios de la Maciza eran una señal de celos, pero, ¿qué sabían ellas sobre esos temas entre mujeres? ¿Qué sabían de la amistad? Tal vez Cleta la admiraba. Una ocasión se pasó una hora comentando los pasajes que había leído en el Club de Lectura, y elogió sus habilidades como lectora y narradora. Otra vez se apuntó para ayudarle a desempolvar los libreros de la biblioteca. Quizá hacía todo aquello porque quería algo a cambio. ¿Qué podía ser? ¿Un poema?

—Escríbeme un poema, Libertad —le dijo el viernes siguiente.

—Sabes que cobro.

—Tengo lana.

—Está bien. ¿Para quién es?

—Para mí —Cleta tomó a Libertad de las manos y la miró a los ojos—. Piensa en mí cuando lo escribas.

Libertad se soltó y dio un paso atrás.

—No puedo.

—Pero si me dijiste que Virginia había chupado faros.

Entonces comprendió.

—Virginia era mi mamá. Está muerta. Este tatuaje es un homenaje a ella. Perdón si te di a entender otra cosa.

Cleta no respondió. Se quedó en el pasillo del segundo piso viendo a Libertad alejarse.

—Perdón, de veras —insistió Libertad, ya escaleras abajo—. No soy tu chava. No soy chava de nadie.

Cleta se asomó por el barandal, esperó a que Libertad pasara justo debajo de ella y le lanzó un gargajo gordo, verde y gelatinoso. Quería darle en la cabeza, pero le falló el tino y la flema resbaló por el hombro y el pecho de Libertad.

Miró hacia arriba.

—Chinga tu madre —leyó en los labios de Cleta.

Los viernes pasaron, muchos, y Cleta parecía haber desaparecido. Antes del malentendido, de los juegos de baraja, Libertad se la encontraba de vez en cuando en la playa, o en alguna fiesta de cumpleaños. Ahora había dejado de ir al Club de Lectura, y no comía en la cafetería. Libertad le ocultó el incidente a la Maciza, pero ésta había acumulado mucha más astucia callejera de la que Libertad creía y lo había adivinado por su cuenta.

—Te lo dije.

—No hablaste claro. No es justo.

—Te lo debías de haber imaginado desde el primer día. ¿Por qué crees que anda con todas esas tortilleras?

—Fue mi culpa. Le di falsas esperanzas sin saberlo. Soy demasiado ingenua.

—Tan siquiera lo admites.

Esa noche, de las que no tienen luna, Libertad se olvidó de su diario y se dedicó a pensar en su falta de malicia, en el merecido escupitajo de Cleta. Pensó en su mamá. Le daba rabia que se hubiera muerto. También sentía rabia contra su papá, por no haberle enseñado los códigos no escritos de la amistad entre mujeres. ¿Lo había hecho a propósito? ¿O simplemente no estaba equipado, por ser hombre, con ese tipo de conocimiento? Conoció muchas mujeres durante su vida de trailera, pero se sentía más cerca de los personajes femeninos de sus queridos libros. Mujeres que se odiaban unas a otras, conspiraban contra las demás en tramas y subtramas enmarañadas, traicionaban a las que más confiaban en ellas y se amaban con el ardor de diosas míticas.

¿Había alguna diferencia con las mujeres de los caminos? Las muy reales putas también se amaban y odiaban con gran intensidad. ¿Cuántas veces no las había visto Libertad en los baños de los truck stops aplicándose maquillaje espeso para cubrir rasguños y moretones? Sabía que esas heridas no siempre las causaban los clientes. Nadie ignoraba que esas mujeres eran capaces de matarse unas a otras con tal de ganar la atención de sus padrotes y de aliarse para atacar a la competencia en el siguiente truck stop. ¿Y los travestis? Entre algunos troqueros estaba de moda vestirse de mujer aunque no fueran homosexuales. Libertad entendía por qué les excitaba ponerse un brasier, sobre todo si era verde. ¿Y las meseras? Esas mujeres eternamente cansadas, reventando uniformes siempre una talla más chicos, que, le parecía a ella, en cualquier cafetería le regalaban una mirada de lástima. Algunas hasta le decían entre dientes "¡Pobre chamaquita!" como si estuviera parada con los ojos vendados frente a un pelotón de fusilamiento. Y claro, también estaban las traileras. Iban y venían, siempre a contrarreloj. Algunas eran sólo voces en el radio CB; a otras las conocía de una u otra ruta. ¿Cómo era posible hacer amistad con alguien que siempre está de paso?

Ninguna de esas mujeres, ninguna turista o viajera con las que se había encontrado brevemente en las áreas de descanso y las cafeterías, le había enseñado lo que era la amistad, y su padre no había servido para eso. Le pareció que hubiera visto a aquellas mujeres vivir sus dramas detrás de un parabrisas, como por televisión.

Extrañaba a Sonia. Deseó como nunca uno de sus buñuelos. Pero deseó aún con más fuerza que su papá se hubiera casado con ella en vez de haberla dejado después de esa patética y catastrófica pelea, que recreaba en su mente cada vez que quería sentirse desdichada, como esa noche. Si Sonia hubiera sido su madrastra, ya la habría visitado en la prisión. Mejor aún, ni siquiera estaría encarcelada. Estaría trabajando en el Jolly Trucker y tendría una familia feliz, un hogar feliz, una vida feliz. Con el ejemplo y los consejos de Sonia habría aprendido a hacer amistad con prostitutas, meseras y traileras, e incluso con algunos de los travestis más afeminados. En cambio, el destino la había arrojado a una cárcel en la que tenía que pasar los días enteros rodeada de mujeres. En el arte de cultivar una amistad era autodidacta, y le dolía.

"Te tienes que acordar que vas cargando una grúa de treinta toneladas", me aconsejaba mi papá, sentado en el asiento del copiloto. Yo manejaba el troque por la carretera 160, entre Cortez y Durango.

Otra manada de motociclistas en sus Harleys nos pasaron; cada uno de ellos volteó a verme mientras me rebasaban a toda prisa, tal vez de camino a su encuentro anual en Albuquerque.

Bajé la velocidad para dejarlos pasar.

—¿Cuánto falta para Aztec? Podríamos parar a comer ahí.

—Tenemos que pasar por Durango primero. Yo diría que un par de horas.

—¿Cuándo nos esperan para entregar la carga?

—El jueves.

—¿Podemos ir a las cavernas de Carlsbad? Están de pasadita. Quiero ver los murciélagos otra vez.

—Ahora no. En lugar de entregar en El Paso, el cliente nos va a esperar en Palomas. Supe que desde la Navidad instalaron un retén militar antidrogas cerca de la frontera. Ya hice el cambio de ruta.

De pronto, mi papá vio algo en la carretera que lo puso en estado de pánico.

—¡Párate!

"Por supuesto, frené", leyó Libertad a su público, esta vez pequeño en comparación con su casa llena habitual. Las finales de volibol se realizarían al día siguiente y las integrantes de los diferentes equipos, muchas de ellas asistentes regulares al Club de Lectura, estaban practicando en la cancha.

Mi papá se bajó de la cabina del troque y se escondió en el piso de la grúa, bajo una lona que llevaba ahí previendo un caso como éste. Yo encendí el motor y continué. A lo lejos vi una barrera de la policía de caminos. Mientras avanzaba la fila de coches y camiones, me preparé para la farsa a la que ya estaba acostumbrándome. Cuando por fin llegué a la barrera, me detuve y bajé la ventanilla.

—¿Me permite su licencia, señorita? —me pidió el oficial de caminos.

Se la di, fingiendo total confianza.

—Nueva.

—Sí, me la dieron hace tres meses.

—Es buena la foto, cosa rara. ¿Qué no debería ir conduciendo con un adulto?

—Soy adulta, oficial. Tengo veintiún años, ¿ve la fecha?

—Quise decir alguien mayor de veintiuno.

—Según el reglamento, no es necesario, señor.

El policía me devolvió la licencia y me mostró la foto de un hombre simpático, sonriente, con una gorra de beisbol. Podría haber sido un papá que entrenaba al equipo escolar.

—Hay un tipo peligroso en una minivan azul. Es sospechoso del asesinato de dos adolescentes en Lubbock, y tal vez quiera cruzar la frontera a México. Si lo ve, no se detenga por ningún motivo y llámenos.

Unas millas más adelante, me estacioné para que mi papá subiera de nuevo a la cabina.

—Ni te estaban buscando a ti, papá —le dije mientras se ajustaba el cinturón de seguridad—. Deja ya de hacer esas tonterías.

—No quiero arriesgarme.

Miró por uno de los espejos retrovisores. El sudor de las axilas le había manchado la camisa hasta la cintura.

—Ya pasó mucho tiempo. ¿Crees que alguien se acuerde?

—La venganza no caduca. Y menos para esos tipos. Todavía pueden andar tras de mí. Y tengo que pensar en tu seguridad también.

—Entiendo que te vuelvas loco de pánico en México, pero aquí estamos en Estados Unidos. Nunca he comprendido tu miedo a los retenes en este lado de la frontera. ¿Desde cuándo las autoridades de los dos países han coordinado esfuerzos? Si no pueden encontrar a plena luz a cinco millones de trabajadores indocumentados, ¿crees que te van a encontrar a ti?

—La diferencia es que a los indocumentados no los quieren encontrar. A mí me quieren vivo o muerto. Debo tener los ojos bien abiertos todo el tiempo.

—Te pasas, papá. Esto ya parece enfermizo, ¿no crees?

—Me tienes que entender. Sí es más seguro este país, y por eso estamos aquí; pero si no quieres que me conviertan en comida para tiburón, es mejor estar prevenidos en cada oportunidad que tengan de atraparnos.

—¿No nos podrían proteger tus amigos de la universidad? ¿No andan ahora todos metidos en la política?

—Precisamente. Ya no son de confiar, y tampoco podemos confiar en los otros.

—Pero las cosas han cambiado en México desde los sesenta, papá. El gobierno ya no se sale con la suya como antes. Lo lees en los periódicos a cada rato.

—¿Y quién cree en lo que dicen los medios? Son igual de corruptos. Además, ¿qué sabes tú de México? Nunca has estado ahí.

Tenía razón. ¿Qué podía saber de un país que sólo conocía por lo que mi papá me contaba y lo que yo leía en los libros y veía en la televisión, en las noticias? Deseé cruzar la frontera y recorrerlo todo; pero con los miedos que paralizaban a mi papá, esa posibilidad estaba tan lejos como el otro lado del mundo.

—¿Y ahora te vas a cambiar de nombre otra vez?

—Ajá.

—¿Qué te parece Macbeth? Ése no lo has usado. Macbeth González.

—Suena bonito. Es por protección, tú lo sabes.

—Que si lo sé, papá, Macbeth o quien seas. Nombres que no son los nuestros, documentos falsificados, identidad oculta. Es como si estuviéramos en un programa de testigos protegidos, sólo que sin programa, testigos ni protección.

Viajamos hasta el anochecer sin descansar.

"Tuvimos suerte", dijo mi papá.

Sí, habíamos tenido suerte, pero de todos es sabido que la suerte se agota.

El poema de Nora resultó ser una bomba de pasión. En ataque frontal a la creencia popular de que los poemas no sirven para excitar a los hombres, ambos novios—un mecánico y un panadero de repostería—se habían enamorado salvajemente de ella. Nora empezó a llegar tarde a su trabajo luego de pasar noches enteras jugando con la herramienta de uno o lamiendo betún de pastel de novios del ombligo del otro. Hasta se reportó enferma cuatro días seguidos, y al final del mismo mes simplemente no se presentó en dos ocasiones. Cuando por fin reapareció, se paseaba por las instalaciones del penal con la mirada entornada, silbando una melodía inidentificable. También dejó de tomar su habitual trago de tequila mañanero. Eso provocó que olvidara cerrar con candado algunas rejas interiores de las que era responsable. Y se veía agotada.

"El amor es pura trabajadera", dijo la Maciza.

Una noche calurosa la Maciza patrullaba el ala norte para evitar que alguien se portara mal en ausencia de Nora. Había asumido la labor de supervisar el comportamiento de sus compañeras. No quería retrasar su liberación un solo día por ser injustamente culpada de cualquier falta al orden y los reglamentos cometida por otra presa.

Libertad la acompañaba. Iba complacida por el efecto que su poesía causaba en los hombres, aunque no fueran de ella. Tal vez algún día podría volver a tener uno. Sería alguien a quien pudiera cuidar, alguien a quien amar y que la amara. Esta vez se las ingeniaría para que no se buscara otra. El recuerdo de esa parte de su pasado le produjo un malestar repentino que pronto se volvió intolerable, así que cambió esa dolorosa imagen por otra más positiva, algo posible en un futuro imaginario, en el que todavía no existían las penas.

Su nuevo hombre le compraría una casa de tres recámaras. No tenía que ser una casa especial. Incluso se contentaría con un departamentito, siempre y cuando pudieran pasearse desnudos si querían. Cada mañana se estirarían en su cama matrimonial y escucharían a los vecinos hablando del otro lado de la pared. Todas las noches después del trabajo entraría por la puerta y diría: "¡Hola mi amor, ya llegué!" Querría tener un perrito miniatura llamado Peterbilt, y ese nombre sería a lo más que llegaría su contacto con el mundo de los camiones, troques y tráilers.

Luego, a manera de autogol, y porque ya se estaba ilusionando demasiado, pensó en todos los maridos y novios que se habían olvidado de sus mujeres en cuanto éstas cruzaron la reja de la prisión. ¿Realmente querría tener un hombre? ¿Lo necesitaba? ¿No sería más feliz disfrutando ella sola del departamento, la plática de los vecinos, la cama matrimonial y el perrito miniatura?

—¿Te acuerdas de la pluma que te di cuando llegaste? —dijo la Maciza de pronto.

—Sí, ¿qué?

—No me la has pagado.

—Pensé que era un regalo de bienvenida.

—Bienvenida, mis ovarios. No te hagas pendeja.

—¿Y? ¿Quieres que te pague ahora?

—Con intereses.

—¿Qué necesitas?

—Está en la oficina de la licenciada.

"Delirio de persecución: creencia falsa, inflexible y persistente de que otros traman dañar al individuo", leyó Libertad entre susurros.

La linterna que Nora no recordaba haberle prestado—de tanto amor que cargaba entre pecho y espalda—escupía su luz tenue sobre la página. "También conocida como paranoia, esta condición puede presentar otras características, tales como agresión y temores infundados. Las personas afectadas no muestran comportamientos graves que impidan su conducta normal. Sus actos no se consideran excéntricos o fuera de lo ordinario, y ahí es donde reside el peligro de pasar por alto este síndrome".

Libertad cerró el libro y lo guardó debajo de su colchón junto con la linterna. La Diva roncaba. La Culebra producía más gas que un depósito de la Cangrejera. La luna, nada, de vacaciones. Afuera, el viento traía la música de alguna boda en la ciudad. Y entretejidas con la melodía, las voces anónimas de los libres hacían llegar a los oídos de Libertad palabras como pastel, novio, ramos de flores, damas, viaje de bodas, casa. Alguien se mudaba a una casa. Volvió a pensar en su papá. Recordó que, siempre que podía, él le explicaba por qué nunca habían vivido en una casa, como justificando su comportamiento.

"Si no permití que te quedaras a vivir con Sonia para ir a la escuela, fue porque era más fácil que nos encontraran", le dijo en una ocasión en que se habían tenido que orillar tres horas en medio de una tormenta de nieve en las afueras de Duluth hasta que pasó la barredora y abrió un carril. "No estamos en ninguna base de datos. No aparecemos en ningún directorio telefónico. No tenemos aseguranza. No usamos tarjetas de crédito, ni poseemos cuentas de banco. Pagamos impuestos bajo nombres y números de seguro social falsos. Cualquiera puede apellidarse González. Podríamos no tener apellido, que sería lo mismo de tan común que es, y así me gusta. No existimos".

Delirio. Paranoia. Joaquín González, el profesor, el troquero, el espectro. Ahora era inofensivo. Cómo deseó Libertad haber podido salvarlo de sí mismo. Sacó el libro de vuelta de debajo del colchón y lo leyó y releyó hasta el amanecer.

Un mal intento de invierno se acomodó en Mexicali. El aire era un par de grados más fresco del que soplaba en verano. Libertad buscaba el momento adecuado para hablar con la Maciza sobre el pago por la pluma, así que el domingo después del desayuno, en vez de asistir a misa de nueve como hacían normalmente, la invitó a la playa. Estaba casi vacía a esas horas. Tres internas platicaban con amigas que tenían del otro lado del muro. No se conocían, pero se identificaban por sus voces. En días claros con vientos ligeros, la actividad de la ciudad perdida que en años recientes se había establecido ilegalmente alrededor de la cárcel se escuchaba con toda nitidez. Esa mañana, las presas y las moradoras del otro lado comentaban los pormenores del episodio anterior de una telenovela. Libertad y la Maciza pensaron que podrían hablar a sus anchas sin ser oídas, así que se recostaron lado a lado en un par de tumbonas en el otro extremo de la playa.

Ninguna tenía dinero para pagarse el lujo de loción bronceadora, pero la Maciza se las había ingeniado para robarse una botellita de aceite de cocina de la despensa, y mientras se lo aplicaban una a otra acordaron los detalles de lo que Libertad haría por su amiga a cambio de la famosa pluma (a la que se le había acabado la tinta desde tiempos inmemoriales).

—Tengo que encontrar a alguien —dijo la Maciza, cuidando de no ser escuchada por oídos ajenos al tema.

—¿A Pollito? —preguntó Libertad tal cual, sin preámbulos.

A la Maciza se le derramó el resto del aceite sobre la toalla.

Los ruidos de la ciudad del otro lado del muro llegaban con más volumen: música norteña que escapaba distorsionada de radios baratos, guajolotes que picoteaban el suelo de patios polvorientos en busca de semillas que comer, mujeres que lavaban ropa en el arroyo que salía del desagüe de la prisión, perros que se peleaban por un hueso roído y vuelto a roer mil veces, hombres que cortaban leña para las estufas. Los ruidos de los libres.

—¿Quién te dijo de mi Pollito?

—Nadie. ¿Qué crees que hago todo el día en la oficina de la licenciada? Organizo expedientes.

—Los mirojeas, metiche, eso es lo que haces. ¿Le has contado a alguien de mi niño?

—No.

—¿Ves? Yo también tengo mis secretitos.

—Si no quieres contarnos de Pollito, es tu asunto y lo respeto.

—Es que sí quiero, pero nomás a ti.

—Ándale pues, cuéntame.

—Me da mucho miedo que su papá lo encuentre primero y se lo lleve a Colombia. Pollito está viviendo con una familia de crianza en alguna parte de California.

—¿Dónde?

—El Departamento de Servicios Infantiles es el único que conoce su paradero. Si ninguno de mis familiares sabe dónde está, nadie le puede decir al papá. No va a saber dónde buscar, el inmensísimo cabrón.

—¿Quieres que te ayude a encontrar a Pollito?

—No es una dádiva ni un favor. Es pago por la pluma. Sólo necesito que me averigües dónde está. En cuanto salga, me lanzo pa'llá y lo recupero.

La Maciza se volteó en la tumbona para asolearse la panza.

—El expediente está incompleto —dijo Libertad.

—¿Incompleto, así como que faltan papeles?

—No dice dónde está Pollito. Hay páginas perdidas. Las voy a buscar.

—¿De veras, manita?

—Ya te contaré cómo me va.

—Nomás no te vayas a meter en una bronca por mí. No vale la pena.

—Déjame decidir por quién vale la pena meterse en una bronca. ¿Qué nunca has tenido amigas?

—¿Para qué?

—Para meterte en broncas por ellas. Es la muestra de afecto por excelencia.

La Maciza tardó unos segundos en descubrir que las palabras de Libertad eran una declaración de amistad. Le sonrió sin saber si ésa era la reacción adecuada.

La mañana se perdió en el pasado sin que ninguna se diera cuenta de lo asoleadas que estaban hasta que la Maciza se levantó para voltearse una vez más en la tumbona.

—¡Puta madre! —dijo—. Ahora vamos a tener que ir por compresas de vinagre al spa.

Se levantaron de inmediato y fueron directamente y en traje de baño al Nguyen Salón y Spa, para que Tran les aplicara uno de sus famosos tratamientos de vinagre y aceite de jojoba. Pero afuera del spa se toparon con una larga fila de mujeres, así que, sin pensarlo, se formaron detrás de la última de ellas. Ya asegurado su lugar en la cola, podrían averiguar por qué estaban todas formadas y decidir si se quedaban o no.

"Es la promoción dominical", les explicó la interna que estaba adelante de ellas. "Dos por uno. ¿Qué no se enteraron?"

Tran había enseñado a otras tres reclusas a cortar el pelo y ése era su primer día como peluqueras profesionales. Libertad y la Maciza optaron por aguantarse el ardor de piel y usar su poco dinero en hacerse un lindo corte.

Cuando llegó su turno, Libertad se sentó en el cajón de madera que servía de asiento y vio a la estilista alborotarle los rizos y meter tijera. A diferencia de su más reciente corte, en la oficina de la directora, esta vez sólo pidió un pequeño despunte. La Maciza se instaló en otra caja junto a Libertad y revolvió con los pies descalzos el tapete mullido de restos de pelo de las cuarenta mujeres que ya habían pasado por ahí esa mañana. Tran había pegado en la pared recortes de revistas con fotos de artistas de cine como ejemplos de los variados cortes que sus aprendices ya dominaban.

—Quiero verme igualita a ésa —le dijo la Maciza a la peluquera, señalando una foto de Madonna.

—Sí, mi reina... Como ya tienes los bíceps, ¿ahora quieres la carita? ¡Ni soñando, maestra!

—¿Y qué si se me da la gana parecerme a la Madonna ésa? ¿Qué te pasa, pendeja?

La Maciza se le acercó a un centímetro sin importarle que la estilista tuviera en la mano un par de afiladas tijeras tamaño sastre.

—Ni te hagas ilusiones. Mírate. Yo no puedo hacer milagros.

Cuando Libertad se dio cuenta de lo que pasaba, jaló a su amiga a un lado.

—No creo que sea oportuno pelearse con la peluquera antes de que te corte el pelo —le susurró al oído.

Renegando todavía, la Maciza se sentó de nuevo en su caja y dejó que la peluquera hiciera de las suyas. La de sacrificios que hago por Libertad, pensó.

A la hora de la cena la Maciza ya se había hecho una coleta que parecía haber sido mordida por una mula y se había olvidado del asunto. En cambio, a Libertad le preocupaba la facilidad con la que su amiga se alebrestaba. Pensó en las muchas peleas que había presenciado en las que la Maciza se imponía con demasiada fuerza sin prever las consecuencias.

—¿Cómo puedes golpear así a alguien? ¿No es difícil?

—Podría vivir de eso.

—¿Quién te enseñó?

—Mi papá, supongo. ¿Ves esto aquí?

Le mostró una cicatriz en el muslo. Las reclusas que cenaban junto a ellas en la cafetería también se asomaron a ver.

—Ésa fue la hebilla del cinturón. No me podía aprender los pronombres. Ya sabes, "yo, tú, él, ella, nosotros, vosotros, ustedes, ellos y los demás". Si no me sabía algo de la escuela, me hacía que me desnudara antes de darme con el cuero, porque decía que no era culpa de la ropa que yo fuera tan tonta. ¿Y ves esto de acá?

La Maciza hizo un puchero para que Libertad viera otra cicatriz en el labio.

—Se me olvidó mi suéter nuevo en casa de mi prima. Tenía como seis años. Que llega mi papá después del trabajo y que me acusa mi mamá, y que mi papá se enoja y me da con el revés de la palma y que el anillo me raja la boca, uno de turquesa que un compadre le había traído de Nuevo México. Otra vez, ya estaba yo más grande, me tiró estos dos dientes, y ya eran de los permanentes; hubieran sido todavía de los de leche, no me habría importado tanto.

La Maciza sonrió y Libertad vio el agujero donde antes había habido un par de dientes. Ahora el espacio estaba lleno de tamales a medio masticar.

—¿No te digo? Seguro que me habrá enseñado uno que otro truquito.

—Sí. Los papás son buenos maestros, y ni cuenta se dan.

Sus palabras, dichas casi en silencio, para nadie, le trajeron a Libertad el recuerdo de su papá. ¿Qué cicatrices le había hecho que no estaban en su piel? Podía encontrarlas enterradas en las profundidades de su memoria. Él también había sido un buen maestro.

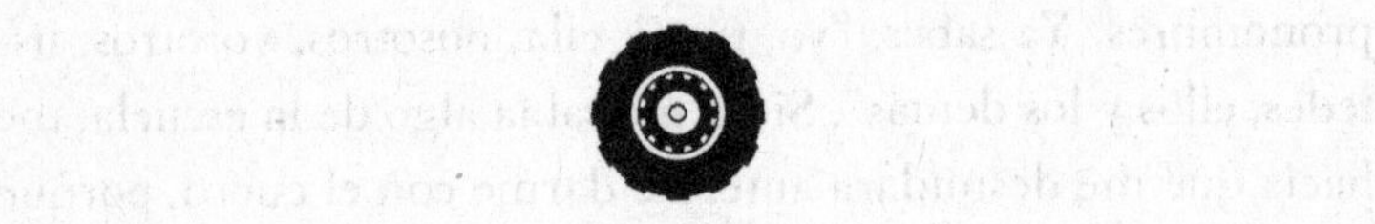

Cuidadito, Piñata; si vas hacia el oeste en la I-10 allá por Deming, ten mucho cuidado. Te ha de venir alcanzando un troquero de esos que no conocen los frenos.

Gracias, Wonderboy. No soporto a los que le pisan el fierro a fondo. Son los que nos dan mala fama. ¿Vas a parar en el Kactus Kafe?

Sí, me tengo que echar un duchazo antes de llegar a Tucson. Además le estoy vendiendo otro juego de espejos con calentón a Macbeth González, y los voy a ver a él y a su chamaca en San Simón para entregárselos.

¿Te cae? ¿Otros espejos? Si su troque ya parece arbolito de Navidad. ¿Para qué quiere más?

Sepa la bola. A lo mejor mete mucho la reversa.

Eso sí que está de asustarse, mano. Yo vi su troque el mes pasado parqueado en el Detroiter allá en Woodhaven y de veras que ya no hay lugar para un solo espejo más. Espejos convexos, laterales, panorámicos, de tocho morocho. Es como si tuviera que saber quién chingaos viene detrás en todo momento.

Ándale, un troquero con delirio de persecución. Lo que hacía falta.

He visto cosas peores. Bueno, ya sueno a chismoso. Ya me voy.

¿Me alcanzas en el Kactus Kafe? Tiene buenos tacos.

Ándale pues, güey. Ahí nos videamos.

Con *La insoportable levedad del ser* en la mano, Libertad se dirigió a su público mientras éste buscaba lugar en las bancas.

—¿En qué nos quedamos?

—En el retén.

—Ah, sí. Creo que ya acabamos ese episodio.

Hojeó el libro y se detuvo en la página 83.

—A ver, vamos pues.

A pesar de la paranoia de mi papá, nos iba mejor que nunca en el negocio. Yo manejaba. Él administraba nuestras ganancias. En una ocasión dejamos Barstow al alba para entregar un bulldozer en Yuma antes de la comida. Si ustedes hubieran sido águilas rebanando el cielo, podrían haber visto lo que parecía un pequeño troque deslizándose por un hilo de camino rodeado de montañas verdes, púrpura y chocolate. Éramos hormigas cargando trocitos de hojas por veredas inciertas. A veces, muy de vez en cuando, hablábamos con otros viajeros, como hicimos esa mañana.

Una camioneta vieja, bien arreglada, tocadita, con alas pintadas a los lados, se había descompuesto y nos llamó la atención. Llevaba una carga demasiado grande para su capacidad, cubierta por una lona enorme amarrada con cuerdas.

Una mujer hermosísima de unos treinta y cinco años alertaba a los demás automovilistas con un rebozo rojo de seda que flotaba sin peso en el aire del desierto. Su pelo largo color ala de cuervo parecía ondear hacia donde el chal le indicara, sin cuestionarlo ni protestar. Un hombre vestido de luchador, con alas de ángel y una máscara cuya diamantina brillaba bajo el sol, nos señaló la llanta ponchada.

Quizá por la belleza mítica y deliciosa de la mujer (razón suficiente para mi papá, olvidado esta vez del miedo a ser emboscado por las autoridades mexicanas) o por la musculatura de atleta del ángel luchador debajo de ese traje ajustado (ésta fue mi razón: tenía que ver de cerca al dios aquel), nos detuvimos a ayudar sin que ninguno de los dos sospechara que ésa era una cita con el destino.

—Los birlos se barrieron —dijo el ángel.

—Tengo la herramienta necesaria —le contestó mi papá, y sacó una pistola de aire de su caja junto con un lubricante para aflojar los birlos oxidados. El calor de la mañana era cruel. Los hombres trabajaban.

—¿Tú manejas ese monstruo? —me preguntó la mujer.

—Sí.

—¿Es difícil?

—No, realmente no. Es bastante mansito. ¿Para dónde van?

—A Los Ángeles..¿Y tú?

—Mi papá y yo vamos a dejar este equipo a la frontera de Yuma. ¿A qué van a Los Ángeles?

—Me estoy mudando para allá con mi hija.

—¿Es tu marido? —miré en dirección del luchador, que cambiaba la llanta.

—Va a serlo en cuanto lleguemos a Los Ángeles.

—¿Allá está tu hija?

—No. Viene en la parte de atrás de la troca.

No vi a nadie, sólo la pesada carga que llevaban. Pero en ese momento podía creerle lo que fuera.

—Ah.

Los hombres apretaron el último birlo, bajaron y guardaron el gato y se limpiaron las manos con un trapo. Caminaban triunfantes hacia nosotras.

—Llevábamos horas aquí atorados. Gracias —le dijo el luchador a mi papá.

—No hay de qué.

La mujer fue a su camioneta, trajo la figurilla de un santo y me la puso entre las manos.

—Llévatelo. San Antonio es muy milagroso.

—¿No te irá a hacer falta?

—Por mí ya hizo mucho —y luego me susurró al oído—: Guárdalo paradito de cabeza. Te va a encontrar un hombre que vas a amar.

Cuando la mujer regresó a su camioneta, acarició al pasar la lona que ocultaba la gran carga. Se subió, cerró la puerta y se fue con su ángel. Yo me quedé parada en la orilla de la carretera viendo cómo desaparecían en la distancia mientras mi papá guardaba sus herramientas.

Inspeccioné la figurilla. Hecha de yeso, pintada a mano, con pestañas de pelo de verdad y ojos de canica. El santo sostenía a un Jesús bebé con tal ternura que no resistí la tentación de darle un beso.

"¿De verdad me vas a encontrar un hombre a quien amar?" le pregunté en voz alta, como esperando una respuesta.

¿Cómo podría yo conocer a un hombre así? Nunca estaba dos veces en el mismo lugar. Dormía a un lado del camino en noches de coyotes y madrugadas índigo. Huyendo de nadie, camuflada por el terror de mi papá. Irreconocible. Inidentificable. El mundo entero con sus posibilidades infinitas se desparramaba afuera de mi parabrisas y yo estaba ahí, sin poder siquiera decidir a dónde ir. Era cautiva de la libertad.

—Todavía podemos llegar a Yuma a tiempo para comer ahí. Casi no hay tráfico —dijo mi papá al saltar en el asiento del copiloto.

"Vas a tener que trabajar triple turno", le dije a San Antonio antes de meterlo de cabeza en mi bolsa de ropa para lavar que colgaba de un clavo detrás de mi asiento.

Esa misma semana paramos en un truck stop pequeño, de los independientes que todavía sobreviven. Tenía un gran letrero de neón intermitente en el techo: Mi Casa; luego, un lema: Nunca se sentirá tan cerca, y encima una caricatura gigante de un troquero levantando un gran tarro de cerveza, todo en neón de colores. Nos estacionamos junto a varios troques. El murmullo eterno de la autopista parecía arrullarlos, de tan quietecitos que estaban.

Confirmé que las cadenas que afianzaban un vibropactor que llevábamos estuvieran fijas y apretadas alrededor del remolque. Le di la vuelta a todo el troque e inspeccioné los tanques de dísel. Estaban montados adecuadamente; no tenían golpes ni goteaban. La manguera de retorno estaba segura. Mi papá se sentó en el escalón de la cabina y consultó un mapa en su *Guía del troquero* con una lupa, alumbrándose con una linterna. Era una noche como cualquier otra en el truck stop.

—Cenemos algo —dijo—. Si logramos sentarnos y que nos atiendan en menos de una hora, llegaremos a la media noche a Chaparral.

—Lo dudo. Este lugar siempre está atascado.

Adentro, la atmósfera ofrecía iluminación fluorescente, sillas de vinil, mesas de formica y pisos de linóleo por todas partes. Los comensales, todos troqueros, vaciaban rápidamente sus platos de puré de papa, hamburguesas, papas fritas, macarrones con queso, tacos y la especialidad de la casa: costillas bañadas en salsa de barbacoa. Algunos jugaban dominó, inyectados sus ojos de tanto no dormir. Otros veían la televisión. Había un juego de basquetbol que no valía la pena mirar. Otros más buscaban novedades en la tienda. Desodorizantes de ambiente para el troque. Tarros de café con tapa a prueba de derrames. Lentes de sol. Mapas. Chicles y dulces. Una rocola oxidada gritaba música norteña en una esquina. Dos prostitutas arrastraron a un troquero al baño de mujeres, los tres riendo a carcajadas.

Encontramos un gabinete vacío y pedimos de cenar. Teníamos hambre y se nos antojó medio menú. Por más que comíamos (y lo hacíamos con gusto y sin freno), no engordábamos. Nunca supe si esto era una bendición o una maldición. Entre troqueros se nos conocía por enclenques, y en cierto modo eso nos hizo trabajar el doble para ganarnos el respeto del gremio. Mi papá culpaba de nuestro físico a la genética, y su conclusión era que no podíamos hacer nada para remediarlo. Yo estaba convencida, en silencio, de que pasar tanto tiempo trepando montañas, recorriendo praderas de horizontes lejanos y bajando a cuevas sin fondo colgados de cuerdas para encontrar los sitios ideales donde esconder nuestro dinero equivalía a hacer ejercicio, algo que los demás troqueros casi nunca podían incluir en su apretada rutina. Una prueba más de que la genética y el ambiente van de la mano.

Mientras esperábamos nuestra comida, saqué de mi mochila el cuaderno de matemáticas y lo abrí en la página donde había dibujado una gráfica de campana. Mi papá señaló el punto más alto de la cresta.

—¿Estás segura de que la media es justo aquí?

—Sí.

Sonrió, orgulloso de mí, y marcó una paloma en la esquina de la página con una pluma roja.

—¿Cuándo me vas a dejar ponerte un nueve siquiera, matadita?

En ese momento notó que un troquero joven, simpático, sentado en la mesa de enfrente, me miraba. Yo vi sus ojos, brillantes y alegres, detrás de unas gruesas gafas. Al principio lo ignoramos. Continuamos con mi lección de estadística, llegó nuestra comida, platicamos. Pero a media cena mi papá se paró sin avisarme y fue a la mesa del troquero. Se le acercó tanto que de seguro pudo oler su aliento a anillos de cebolla.

"¿Vas a dejar de fijarte en mi hija o me vas a dejar romperte esos anteojos?"

Tuve que mirar para otro lado. Mi papá regresó a su asiento. El troquero echó unos billetes sobre su mesa y se fue, no sin antes regalarme una última mirada.

—A estos idiotas no los paras con nada.

—¿Qué hizo? —pregunté, sabiendo la respuesta.

—¿No viste? Casi te lamía con los ojos.

—¿Con esos lentes? Si sólo me sonrió. Hasta se me hizo buena persona.

—No, no lo era. Sólo parecía. Ten cuidado con esos tipos. Por lo general son unos desgraciados con las mujeres. Y a ése le apestaba la boca.

Miré hacia la ventana. El troquero se subió a su troque y lo maniobró hacia la carretera. ¿Lo volvería a ver algún día?

Terminamos de cenar y nos fuimos a Chaparral por un trecho largo y oscuro. De pronto, mi papá dijo: "Ningún hombre en el mundo te va a cuidar tanto como yo".

No le contesté. Suponía que podía cuidar de mí misma. Tenía lo necesario para sobrevivir por mi cuenta, sin importar lo que mi papá opinara. Su manera de pensar me había parecido convincente durante muchos años, pero esa noche cuestioné por primera vez sus ideas. Si algún día llegara a tener un hombre, sería porque lo quisiera, no porque lo necesitara.

Pero un mes después de ese incidente, concluí que algo terrible le ocurría a mi papá. ¿O era a mí? Estábamos descargando una excavadora en una obra en San Ysidro. Era una operación complicada. Nuestro cliente, un norteño alto con ancho bigote y docenas de verrugas en la cara, ya estaba ahí, y llevaría la máquina a México a la mañana siguiente. Se llamaba Xavier. Dos mexicanos le ayudaban.

"¡Con cuidadito! ¡No la golpeen, que este armatoste ya se está desarmando de por sí!" gritó mi papá.

Una vez que bajaron la excavadora al suelo, mi papá entró al cobertizo improvisado que servía de oficina para llenar los papeles faltantes. Nos habían pagado por adelantado; así de famosos y confiables éramos. Y el pago había sido en efectivo, por supuesto.

Uno de los trabajadores mexicanos, un joven de nombre Jesús, se me acercó. Estábamos afuera, junto a la máquina que acabábamos de descargar. Me sonrió, mostrándome un diente de oro.

—¿Te vas a quedar de este lado de la frontera hoy en la noche?

—Sí. Nos tenemos que ir a Yuma mañana temprano.

—¿Has ido a Tijuana?

—Mil veces —mentí—. ¿Quién no?

—¿Conoces el Bailongo? Es un lugar de baile bien padre.

—No. Nunca he estado ahí.

Mi deseo más intenso era pisar tierra mexicana. Pero sabía que ése no era el momento adecuado. No me interesaba Jesús, y cuando yo estaba a punto de dar por terminada la conversación, noté que mi papá, aún dentro de la oficina, nos miraba por la ventana. Xavier le decía algo, pero mi papá ya no lo escuchaba, atento a todos mis movimientos.

—Yo y unos cuates vamos a ir al Bailongo a la noche. No sé si quieras venir —prosiguió Jesús.

Sentí la mirada de mi papá y volteé a verlo.

—No, gracias. Ya tengo plan.

—Ni modo. Nomás quería invitarte. Soy Jesús, por cierto.

Me dio un apretón de manos, de los norteños, fuerte y seguro, y en ese momento mi papá salió de la oficina y corrió hasta donde estábamos. Levantó a Jesús de la camisa y lo sacudió como un par de maracas al ritmo de una alegre canción tropical.

—¡No te atrevas a tocar a mi hija!

Xavier y el otro asistente corrieron a defender a Jesús.

—¡Ya párale, cabrón! —gritó Xavier.

El asistente arrancó a Jesús del brazo de mi papá. Nuestro cliente lo hizo a un lado y comenzó a patearlo. Una patada voladora le aterrizó en el pecho, lo lanzó al suelo y ahí se quedó tirado en medio de una nubecita de polvo.

—¡Lo mataste! —le grité a Xavier. Los otros dos se acercaron para ver si era cierto.

Pero mi papá parecía recuperarse. Succionó estruendosamente una bocanada de aire, se levantó y empezó a dar de golpes sin tino. Dos de los hombres lo detuvieron por atrás para que Jesús pudiera golpearlo. Me miró como si necesitara aprobación. Le grité: "¡Ya déjalo!", pero me ignoró. Mi papá se dobló por el dolor de los golpes y casi se caía, pero se zafó y le dio a Jesús en la nariz. Un hilito de sangre le escurrió por el bigote. Entonces Xavier pateó a mi papá en los testículos y lo derribó de nuevo, y entre los tres lo golpearon, con sus botas de trabajo, en las costillas, la cara, la espalda. Mi papá se retorcía en el polvo sangrando, derrotado, tratando de respirar. Jesús se limpió la sangre con la manga rota de su camisa. El otro mexicano se sacudió. Xavier, sudando, levantó polvo agitándolo con los pies para que le diera a mi papá en la cara. Mi papá tosió. Se ahogaba.

—Llévate a tu pedazo de mierda y lárgate de mi propiedad —me dijo Xavier sin siquiera mirarme a los ojos.

Yo manejé. Mi papá iba sentado en silencio a mi lado, revisándose las costillas y limpiándose la sangre con una toallita húmeda. Cientos de coches nos rebasaban, metiéndose delante de nosotros en el endemoniado tránsito fronterizo, ignorando las dimensiones de gladiador de nuestro troque. En cada calle donde yo tenía que dar vuelta, debía hacer muchas maniobras.

—No es manera de tratar a un cliente, papá —dije por fin.

—¡Su estúpido empleado te estaba ligando!

—Me invitó a salir. Los hombres hacen eso, invitan a salir a las muchachas. ¿No lo hiciste tú cuando eras joven?

—Sí, claro que lo hice. ¿Y sabes cuáles eran mis intenciones? No eran bailar. No eran platicar. No eran ir a tomar un cafecito. Se ve que no conoces a los hombres.

—Y se ve que nunca los voy a conocer.

Un coche se nos metió de pronto y tuve que frenar con fuerza.

—Maneja, ¿sí? Olvídate de los hombres. No quiero que te hagan daño, ¿me entiendes?

No volví a pensar en la prohibición de mi papá hasta un par de meses después, cuando conocí a Martín en el truck stop de Las Ánimas.

Libertad les sacaba punta a unos lápices. La directora Guzmán se reparaba una uña con Kola-Loka. Era una mañana tranquila en la prisión. Ninguna de las dos ponía atención al escritorio: un desorden de expedientes a la espera de ser archivados, documentos aquí y allá, un altero de papelitos con llamadas telefónicas por devolver, un cepillo, un tubito de brillo para los labios, una torta a medio comer, un tarro de café de la ratona Mimí, la foto del difunto marido de la directora y una vela, encendida para el perdón.

—Tengo que ir a San Diego el miércoles, Libertad, y me voy a perder la lectura. ¿Me podrías decir quién es Martín?

—Sí, claro. El jueves.

—Quise decir hoy.

—Todavía no puedo revelar eso. Lo siento.

—¿Por qué no? Soy tu patrona. ¿Qué no confías en mí?

—Usted me ha enseñado a no confiar en nadie. No quiero que se corra la voz del siguiente episodio antes de tiempo. ¿Qué tal si alguien nos está escuchando?

—Yo sé de un lugar donde nadie nos puede oír. He hecho miles de tratos secretos ahí.

La directora Guzmán metió a Libertad al clóset donde guardaba los artículos de oficina y cerró la puerta. En la oscuridad de ese pequeño espacio, Libertad tuvo que hacerle un detallado resumen de su siguiente lectura, y le permitió que la interrumpiera cada vez que tenía alguna duda. Después de un rato, abrieron la puerta y salieron a la oficina, donde las recibió un inspector de la Secretaría de Salud.

—Me dijeron que la encontraría aquí.

La directora se acomodó el peinado. Parecía estar acostumbrada a que se le descubriera saliendo de ese clóset acompañada de alguna interna, porque sostuvo la conversación como si estuviera sentada en su escritorio.

—¿Nadie lo escoltó?

—Una custodia. Me trajo para acá. ¿Recibió la orden de inspección que le mandé la semana pasada?

—No va a encontrar nada nuevo desde la última vez.

—Tengo que revisar los baños, las regaderas y la cocina.

—El estado de nuestras instalaciones todavía es mucho más bajo que el promedio. No tenemos presupuesto para nada —dijo, y luego, asegurándose de que el inspector la oyera, añadió, dirigiéndose a Libertad—: Y como te pedí, mientras regreso acaba con la plaga de cucarachas en ese clóset. Puedes usar mi spray para el pelo. Está en el segundo cajón del escritorio. No hay presupuesto para insecticida.

Le lanzó una mirada de entendimiento y se fue con el inspector a recorrer las instalaciones.

—Este lugar es una pocilga, licenciado. Ya lo verá.

Libertad la oyó alejarse. Sabía que sus quejas no eran más que trucos para pedir un aumento de presupuesto. La había visto en acción anteriormente con otras autoridades. Les mostraba las partes más deterioradas de la prisión y los rincones de mayor riesgo, siempre evitando ciertas áreas, como la playa.

La directora Guzmán estaría con el inspector por lo menos un par de horas, así que Libertad se dio a la tarea de buscar la documentación de Pollito.

La tercera y más gruesa de las carpetas que comprendían el expediente de la Maciza contenía únicamente la primera página de un informe en inglés. En ella se explicaba, en un solo párrafo, que la Maciza tenía un hijo en Caléxico, California. El estado se hizo cargo del niño cuando la vecina que se había quedado cuidándolo mientras la Maciza iba de compras al sur de la frontera se enteró de su detención. Libertad buscó el resto del documento en las otras dos carpetas, pero no encontró nada. Sacó todos los papeles del archivero, pero ninguna de las muchas hojas arrugadas y amarillentas que extrajo del fondo de la gaveta tenía que ver con la Maciza. Revisó los expedientes de otras internas junto al de la Maciza. Uno de ellos pertenecía a una reclusa que había sido liberada dos años antes. Otro contenía los documentos de una presa que había fallecido en la cárcel. Algunos expedientes estaban perdidos, tal vez a propósito, como el de ella. Casi toda la documentación archivada consistía en declaraciones, correspondencia con los abogados, fotografías y transcripciones de los juzgados.

Encontró por fin los papeles con la información sobre Pollito luego de varias semanas de buscar por todas partes, incluso en el archivero personal de la directora, para el que meses atrás, cuando le entró curiosidad por leer el testamento de su jefa, una custodia le había hecho una llave a cambio de un masaje de pies. En una de tantas carpetas relegadas al fondo de la tercera gaveta de una vieja cómoda que para entonces ya se usaba como mesa lateral en el pasillo, halló un informe en inglés del Departamento de Servicios Sociales de California, doblado por la mitad y acurrucado entre otras hojas. Era el de Pollito. Cómo había ido a dar a la carpeta de otra interna, no era ningún misterio. Libertad sabía que, en la oficina de la directora, el caos era la norma.

El padre del niño fue el primer marido de la Maciza, un colombiano que había sido deportado a su país después de que ella dio a luz. Cualquiera podía regresar fácilmente a los Estados Unidos. Quien hubiera vivido al sur del río Bravo sabía lo porosa que era la frontera con ese país. Pero, aparentemente, el colombiano nunca había vuelto a aprovechar la oportunidad.

Cuando la Maciza asesinó a su segundo marido con un cuchillo de carnicero justo en medio de la sección de carnes y pescados de un supermercado en Mexicali, el niño, al que había dejado encargado en California, fue asignado a una familia de crianza en La Mirada. El informe estaba firmado por una trabajadora social de nombre Nancy Bagley.

Esa noche, Libertad se imaginó a Pollito. Tendría unos doce o trece años. ¿Se parecería a la Maciza, fuerte, alto y moreno?

¿Habría sido informado de que su mamá mató a su padrastro? ¿Sabría que ella estaba cumpliendo una condena en una prisión mexicana? Crecía, quizá, en casa de personas desconocidas, bajo la supervisión de la mamá de otros, mendigando gotitas de amor prestado.

Las preguntas se le amontonaban en la cabeza como mujeres durante la venta final en una tienda de saldos, pero sabía que no obtendría respuestas a menos que se pusiera en contacto con Nancy Bagley. No quería ilusionar inútilmente a la Maciza, así que decidió no comentarle nada hasta tener la seguridad de haber encontrado a Pollito. Lo buscaría por su cuenta. Reposó la cabeza en la almohada y se miró de frente con la luna, llena y brillante y lejana, asomada en una esquina del tragaluz.

Traté de arrancar el troque, pero el motor sólo echó unas gárgaras tímidas. Mi papá abrió el cofre para indagar cuál era el problema. Traté otra vez. Nada.

—Creo que perdimos la mitad de la caja de cambios —fue mi diagnóstico.

—Espero que no. Tal vez vamos a tener que reemplazar el juego de piñones de la transmisión.

Mi papá revisó diferentes partes del motor durante un par de minutos, y finalmente regresó con una cara larga.

—Se nos quemó la transmisión. De aquí no vamos a ningún lado.

Lo dejé hacer un berrinche. Pateó la puerta y golpeó uno de los espejos, como si el troque hubiera tenido la culpa de descomponerse.

—Troque malo —dije.

—¡Ya cállate! —gritó él, furioso.

Para evitar un pleito, me fui a Jiffy's, una tienda con una minúscula cafetería junto a la carretera donde se nos había averiado el troque, y me entretuve hojeando una revista de modas. Era la única que quedaba en el mostrador, y estaba tan manoseada que las esquinas de las páginas se habían doblado. El artículo que me interesó tenía por título "Cómo las estrellas de cine se tratan los granos en la cara".

"¿Qué? ¡No puedo quedarme aquí sentado seis días!" le gritaba mi papá a alguien en el teléfono. "Ya estoy atrasado para entregar una carga y no tengo otro troque que me releve. ¿No me lo podría mandar antes?"

Deseé que el troque se nos hubiera descompuesto en otra parte. Pueblo, Colorado Springs. Incluso Lamar habría sido un punto más interesante para esperar la refacción que Las Ánimas. Ahí no ocurría nada. Recordé haber parado a comer alguna vez en ese lugar y haber pensado que sería más divertido pasarse un fin de semana metida en un ataúd.

Por la ventana de Jiffy's, entre las calcomanías de tarjetas de crédito, carteles publicitarios y logotipos de cervezas en neón, vi que construían una casa junto al estacionamiento. Sería una casa grande con cuartos amplios y baños limpios, puertas que podrían quedarse abiertas todo el día para dejar entrar la brisa, una cocina enorme y práctica y una salita de estar donde los moradores podrían consentirse unos a otros y hacer lo que normalmente hacen las familias. Pero el elemento más deseable sería un gran buzón en el que se recibirían dichosamente invitaciones de bodas, postales de familiares en vacaciones, cartas de amor, facturas de luz, gas y teléfono, estados de cuenta y hasta folletos, volantes y todo tipo de correo publicitario.

Salí para apreciarla mejor. El primer piso estaba casi terminado. Los albañiles entraban y salían, encalando los muros exteriores. Había un par de draigualeros terminando de armar paredes interiores. Uno de ellos me miraba desde una ventana del segundo piso; al ondear, sus rizos amarillos lanzaban destellos por los rayos del sol de la tarde. Cuando vio que me fijaba en él, me saludó moviendo el brazo como limpiaparabrisas. Yo le devolví el saludo y volteé rápidamente adonde estaba mi papá, preocupada de que se hubiera dado cuenta de nuestros gestos silenciosos. Pero no. Seguía negociando en el teléfono la urgente llegada de la refacción. Y cuando me volví de nuevo hacia el muchacho, ya se había ido.

Mi papá y yo nos sentamos un rato en la única mesa de Jiffy's para tomar un refresco y compartir un pan de manzana. Analizamos nuestras opciones. Si íbamos a Denver, podíamos recoger la refacción y regresar en uno o dos días en vez de tener que esperar a que la enviaran a Las Ánimas. Pero nos tendríamos que ir de inmediato para llegar antes de que cerraran la tienda.

Parecía un buen plan. Lo que yo ignoraba era que minutos más tarde mi vida tomaría a toda velocidad una curva cerrada. El destino tiene maneras abruptas de desviarle el curso a la gente, pero yo no la vi venir. David y Carmen llegaron a Jiffy's sin percibir el cambio que estaban a punto de causar. Una inocente pareja de troqueros de cuarenta y ocho estados como nosotros. Nos habíamos topado con ellos durante años entre alguna de las cuatro esquinas del país. Esta vez los acompañaban sus dos hijos. En cuanto los vimos entrar, supimos que eran nuestro aventón a Denver.

"Pero sólo hay lugar para uno de ustedes", dijo David luego de que mi papá le explicó la situación.

Ante la idea de dejarme sola, a mi papá se le puso la cara colorada, se le ensancharon las fosas nasales como toro de lidia y se comenzó a rascar la panza. Tenía que tomar rápidamente una decisión.

"Está bien, mi amorcito, quédate aquí a cuidar la carga mientras voy por la refacción. Regreso, ojalá, mañana en la noche".

Después le pidió a Benigna, la mánager de Jiffy's, que estuviera al pendiente de mí. Ella le ofreció invitarme a dormir a su casa, a unas cuantas cuadras de la tienda. Siempre había querido tener una hija, le dijo a mi papá, como para atenuar su evidente ansiedad.

—Me voy a quedar con Amalia en Denver.

Recordé la noche en que él había invitado a Amalia a dormir en el troque. Era de las que gemían, y mucho. Había tenido que ponerme tapones en los oídos.

—Le va a dar gusto verte. La otra vez estuvo encantada —le dije.

—Puede ser. No he hablado con ella desde hace un año. ¿O más? Las mujeres son muy buenas para llevar la cuenta de esas cosas.

Empacó una muda de ropa en un maletín, y antes de subirse al troque de David y Carmen me dio un papelito con el número de teléfono de Amalia.

—Llámame si me necesitas para algo. Y quédate en el sleeper durante el día.

Lo vi alejarse. Por un rato me quedé parada en medio del estacionamiento de Jiffy's, sola por primera vez en mi vida. De pronto supe, a los dieciséis años, que podía cambiar de piel como las serpientes. Podía salir de mi cubierta y convetirme en alguien que no fuera sólo la hija de mi papá. Podía ser como una de las mujeres de las loderas, pero no habitaría en la parte de atrás de los troques protegiendo las llantas contra el barro y el fango de las carreteras, lejos de la acción, como algo pensado a posteriori, sino al frente. Sería la Mujer de la Lodera, dueña de mi vida. El viento que me envolvía olía a dísel y pavimento y llantas gastadas, pero yo lo entendí como profecía y posibilidades.

Creí escuchar la voz de mi papá pidiéndome que limpiara la cabina de nuestro troque. Lo hice. Luego creí oírlo pedirme que entrara a Jiffy's y ayudara a Benigna a atender a los clientes; y aunque en toda la tarde no se había detenido nadie por ahí, fui y ayudé. Pero después su voz, esas palabras suyas dentro de mi cabeza, se debilitó poco a poco, como los síntomas de una enfermedad al restablecernos. Me sentí ligera, liberada. Así que caminé a la casa en construcción. Dos albañiles se iban ya, sudorosos y exhaustos. Fueron al patio de enfrente y guardaron sus herramientas en un gran baúl, cerraron el candado y escondieron la llave debajo de una piedra cercana. Yo los miré desde el lindero de la propiedad. No se fijaron en mí. Uno de ellos abrió el grifo de una manguera y se lavó para quitarse el polvo acumulado durante el día. Sus músculos se contraían al cubrirse de agua fría. Pasé a su lado y entré a la casa.

¡Cómo crees! ¿De verdad va a ir a buscar al albañil ese? —interrumpió la Maciza, revolviéndose en su asiento, nerviosa por el peligro inminente—. ¿No ve que todos los güeritos son como manojos de broncas?

—¿Sólo los güeritos? —fue el comentario de la Diva—. No te le acerques a un guapo a menos que sea gay, y sólo para intercambiar consejos de belleza o dietas. Esa regla es de principiantes.

—Oigan, pues —dijo Libertad.

Subí a un cuarto grande. Tenía una ventana arqueada, la misma por la que el albañil me había saludado. No había nadie. Un radio portátil barato manchado de pintura y cal estaba en el piso. Lo prendí. La música, en inglés, era suave, no pedía nada. Encontré un pedazo de gis azul, de esas tizas que usan en las construcciones para marcar medidas en las paredes. Lo recogí y pinté un tapetito en el piso de aglomerado. Dibujé una cama en el lugar que probablemente ocuparía una real en el futuro, con almohadas y todo. Una cajonera junto a la puerta. Cortinas a los lados de la ventana. Y un autorretrato.

La tarde se instaló en la casa, una intrusa silenciosa, como yo. Sentada en el piso, me recargué contra la pared y admiré mi cuarto. Lo imaginé amueblado, con papel tapiz y cortinas de gasa. Mi autorretrato sería mejor que el que acababa de dibujar. Me vi al lado de la ventana recibiendo la brisa, con un vestido de seda floreado como el que siempre había querido tener. El albañil de pelo rubio regresaría, bañado, rasurado, vestido para salir. Me abrazaría fuerte entre esos brazos bien formados teñidos de sol. Yo se lo permitiría, nuestros movimientos más lentos que el aire. La luz del atardecer jugaría en nuestra piel, como en esos videos musicales que tanto me gustaba ver en las televisiones de los truck stops.

De pronto volvió la voz de mi papá. Me llamaba. "¿Adónde vas? Nos tenemos que ir". Abrí los ojos. Él se hallaba a millas de distancia, pero su voz me habitaba, presente, vívida. El cuarto estaba a oscuras y vacío. La noche había caído en Las Ánimas, y yo seguía sola.

Regresé a Jiffy's y pedí un burrito de frijoles y papas fritas para llevar. Benigna me recibió con la cabeza llena de tubos y prendedores. Había sido mesera aun antes de nacer. Me dio una cajita desechable dentro de una bolsa de papel y pagué.

—Te puse un poco de salsa. Es pico de gallo.

—Gracias.

—¿Seguro no quieres pasar la noche en mi departamento? Tengo una rollaway y un juego de sábanas especial para visitas.

—No, gracias, Benigna. Como te dije, tengo que cuidar la carga.

—¿Y está de acuerdo tu papá en que te quedes sola en el troque?

—Lo hacemos todo el tiempo.

—Pero dijo que te quedaras conmigo.

—Voy a estar bien, no te preocupes.

—Bueno, enciérrate nomás, chamaca.

—Nos vemos mañana.

Fui al troque a recoger mi libro, una linterna, mi almohada y una cobija, y regresé al cuarto que había decorado en la casa en construcción. Mi cuarto. Ahí pasaría la noche. Sabría de primera mano lo que era vivir en una casa mía. Me tiraría en el piso, justo donde dibujé la cama, y estiraría las piernas lo más posible. Miraría el techo alto, altísimo. Oiría a los perros de los vecinos ladrar afuera de mi ventana. La mantendría abierta para dejar que la frescura de la noche me arrullara.

Prendí el radio tan bajo que apenas podía escucharlo, cené mi burrito de frijoles y leí de *Gringo viejo*:

"Arroyo pensó al mismo tiempo, mirando al cielo, que todo tiene un hogar, pero él y las nubes no".

Interrumpí mi lectura y pensaba en las nubes, vapores sin casa, deambulando por el cielo, esperando a disiparse en la nada, cuando la imprevista luz de una linterna me dio en la cara. Me cegué por un momento. Luego apunté mi propia luz hacia el otro rayo. Era el albañil.

—Encontraste mi radio —dijo—. ¿Ves? Aquí dice Martín. Ése soy yo.

—Si fuera mío, aquí diría la Mujer de la Lodera —dije a mi vez, todavía sorprendida por su presencia, tan de repente.

—¿Así te llamas?

—Es uno de mis nombres.

Se sentó a mi lado, entendiendo mi respuesta.

—Entonces así te voy a decir. Mujer de la Lodera. Qué bueno que fuiste tú y no otra persona. Ya me robaron un radio como éste en otro trabajo.

Le subió el volumen.

—Ya me iba —dije.

—Y yo nada más vine a recoger mi radio.

Pero ni yo me fui ni él recogió su radio.

—¿Dónde está el cuate con el que estabas en la tarde?

—¿Mi papá?

—Ah, es tu papá.

—Sí.

—Qué bien; digo, qué bueno que es tu papá.

—Fue a Denver a comprar una refacción para nuestro troque. Se descompuso.

—Con todo y almohada, supongo que piensas dormir aquí.

—¿Está bien?

—No veo ningún letrero que diga que no.

Martín repasó el cuarto con la luz de su linterna como si buscara un aviso y descubrió mis dibujos.

—¿Tú hiciste esto?

—Se despinta, ¿verdad?

Me preocupaba que se enojara por mi acto de vandalismo.

—¿Por qué querría alguien despintar esto?

Me sonrió divertido. Se levantó y caminó por el cuarto mirando cada uno de mis dibujos. Trazó las líneas con la punta de sus dedos. La cama. Las almohadas.

—¿Le vas a poner pintura blanca encima? —le pregunté, esperando no haber causado daños permanentes.

—Te voy a enseñar cómo se van a ver estas paredes cuando estén terminadas. Ven conmigo.

Me levantó. Su mano acunó la mía y no la dejó ir. Caminamos con los dedos entrelazados y entramos a otro cuarto, uno ya terminado en el primer piso. Las paredes estaban pintadas de blanco.

—En cuanto el pintor termine su trabajo el lunes, el cuarto que dibujaste se va a ver como éste. Colores pálidos. Paredes rectas. Muerto de todo a todo.

—Gracias a Dios que no destruí nada.

Mi mano se sentía tibia rodeada por la suya. Quería dejarla ahí, a merced de sus dedos, que se aventuraban entre los espacios de los míos, pero de pronto me soltó y sacó un gis azul de su bolsillo.

—¿Cómo se verá el resto de la casa con tus muebles?

—Pero este cuarto ya está terminado.

Martín me miró travieso, rompió el gis en dos y me dio un trozo.

—¿Dónde va a querer el sofá la señora?

Iluminados sólo por nuestras linternas, dibujamos más muebles en las paredes: un sofá, una televisión, cuadros, una mesita, un florero. Jugamos a sentarnos en un sillón y nos caímos al piso. Martín dibujó perillas en la televisión y un monigote en la pantalla. Nos reímos. Hablamos. Regresamos al cuarto del segundo piso. Se comió las sobras frías de mi cena.

—¿Dónde vives? —me preguntó.

—Mi papá no quiere tener casa. Vivo en todas partes.

—Yo vivo en una casa de barro a quince minutos de aquí.

—¿De barro?

—Yo la hice.

—Debe ser lindo tener un lugar adonde te llegue el correo.

Martín me tomó la mano de nuevo.

—¿Me prestas tantito tus labios? —preguntó.

Pero no esperó mi respuesta. Me besó despacio, y yo lo permití. Su aliento encontró el camino a mi nariz y lo inhalé profundamente hasta sentirlo en mis pulmones, donde lo sostuve mientras correspondía el beso.

—Ahora vete, por favor —le dije, luchando por impedir que esas palabras salieran de mi boca—. Mi papá podría regresar en cualquier momento. Nos mataría a los dos.

Sospeché que Martín no entendería lo intenso de mi temor, pero yo sabía que era completamente justificado.

—Mi buzón se muere de hambre. ¿Me vas a escribir? —me susurró suavemente, sus labios apenas tocando los míos.

—Desde donde vaya.

Sacó un lápiz mordisqueado del bolsillo de su camisa y apuntó su dirección en la bolsa de mi burrito de frijoles.

Me besó una vez más, un beso mínimo de los que parecen

decir, "Ahora vuelvo", y se fue. Desde la ventana lo vi irse en su troca.

La noche transcurrió oscura y en silencio, sin luz de linternas o risas, sin besos ni dedos entrelazados. Recostada en ese cuarto ajeno, me mantuve despierta, abrazando la almohada y pensando en la figurilla de San Antonio de cabeza dentro de mi bolsa de ropa para lavar, afuera, en mi troque. Le agradecí con una oración que inventé en ese momento, como me había enseñado mi papá, ese par de horas con Martín, aunque nunca lo volviera a ver.

Lo que sentía no era amor. No podía serlo. No habíamos sobrellevado dificultades juntos, ni compartido penas o júbilo, ni satisfecho las necesidades del otro. Era simplemente el primer latido de una posible unión entre dos personas, pero me asustaba más que el genocidio, la hambruna, la guerra, la plaga, el racismo, la traición, los desastres naturales y la política. Culpé a mi papá de una parte de ese miedo. Pero también me sentía inadecuada para la emoción del amor.

Quise detener a Martín e irme con él, ¿pero qué podía ofrecerle? Entendí el dolor agudo dentro de mi pecho como arrepentimiento por haberle pedido que se fuera. Sostuve la imagen de sus ojos, azules y profundos, su pelo ondulado y salvaje, sus labios, su aliento. Y sus palabras. Cada una de ellas. Aun en la inocencia de los dieciséis años, supe que besar a Martín había sido el atrevimiento más peligroso de mi vida. Entonces me di cuenta de que no se había llevado el radio.

"¡Increíble! Más le vale no escribirle cartas al güey ése. Se la va a fregar tarde o temprano", dijo la Maciza. Se había sentado en la playa junto a Libertad. Era domingo y todo el mundo estaba ahí. Esta vez las dos amigas arrastraron sus tumbonas bajo una sombrilla. Protegidas del sol, podían hablar durante horas y no sudar tanto. La sequía había roto el récord de todos los tiempos, así que sólo se les permitía bañarse una vez por semana. La Maciza bordaba las iniciales S&M en una funda para almohada en forma de corazón. "Ya lo verás. Conozco a los hombres", siguió. "¿Dónde va a querer el sofá la señora?" dijo, burlándose de Martín y fingiendo una voz grave. "Ajá, me lo creo todito".

A Libertad le incomodaba esa conversación. Quiso confesarle a la Maciza todo sobre Martín. Pero ni siquiera lo intentó. No le saldría bien. Esperaría hasta el siguiente miércoles.

—¿Quién es S&M?

—Sinvergüenza y Maciza.

—Pensé que no te gustaba bordar.

—No, y tampoco me gusta tejer, pero no me digas que no es divertido bordar estas pinches iniciales —se sonrió, y al decirlo se picó con la aguja y una gotita de sangre manchó la *S*.

—Válgame, pues —suspiró—. Nada es perfecto.

Libertad le tomó la mano y presionó el piquete con la orilla de su blusa.

—Todas las heridas se curan.

—Que si no.

La mañana huyó y ni cuenta se dieron. Las dos amigas intercambiaron chismes, durmieron una siesta y se tomaron un vaso grande de horchata con hielo, cortesía de la Matriarca, quien seguía tratando de convencer a Libertad de que volviera a ser su sirvienta. Pero ese tranquilo día terminó en forma brusca cuando Rarotonga, en estado de pánico, fue a buscar a Libertad.

—Es Nga. Pregunta por ti.

Muchos niños habían nacido en la enfermería de la prisión aun tan abandonada y triste como estaba. La mayoría de los partos eran fáciles. Aquellas mujeres no le huían al dolor, ni siquiera al más profundo de todos, el que los hombres nunca podrán sentir por más que lo intenten practicando deportes de contacto como el hockey sobre hielo. Las nuevas madres volvían a su celda apenas horas después del parto. Las compañeras de celda no sólo daban la bienvenida al bebé, sino que exigían el título de tías. Algunas hasta se peleaban por ser las madrinas. Los nacimientos en la prisión eran motivo de alegría. Pero Nga, que había dado a luz inesperadamente cuatro semanas antes de su término, se desangraba.

Libertad le apretó la mano y le dijo al oído palabritas reconfortantes en inglés. Le acercó a la bebé para que pudiera besarle la cabecita.

La directora había ido al hospital más cercano a buscar a un médico. Tran y Hong lloriqueaban en un rincón sabiendo que no podían ayudar, y decían cosas que nadie entendía. Nga temblaba. Rarotonga le rezaba a la Virgen de Guadalupe, cuya estatua de yeso pintado lucía en un altarcito de madera colgado en la pared y adornado con veladoras, foquitos navideños y rosas de plástico polvorientas. A la enfermera se le habían terminado las toallas hacía una hora, y limpiaba la sangre con su delantal.

La directora Guzmán regresó con el doctor, un pasante de medicina que hacía su servicio en el pabellón de maternidad del Hospital Municipal. En cuanto vio la escena, de inmediato se dio a la tarea de detener la hemorragia de Nga.

Nga le pidió a la directora que se acercara y le dijo: "Mi bebé, niña mexicana. Usted cuide, señora licenciada". Le apretó la mano y miró a Libertad fijamente, para cerciorarse de que hubiera escuchado su último deseo.

Un día después del entierro de Nga en la fosa común del cementerio local, la directora Guzmán llevó a la bebé a la iglesia de San Judas Tadeo para bautizarla bajo la fe católica. “Le puse Bienvenida”, dijo. “Pero le pueden decir Nida. Nida Guzmán”. Y ese mismo día llamó a sus contactos en el Registro Civil y consiguió que la registraran como su hija natural.

—¿Y si le preguntan por qué parece asiática? —preguntó el empleado.

—Nunca he tenido que dar explicaciones a nadie, ni a mis propios padres —contestó molesta la directora, y ahí murió el asunto.

También les ofreció a Tran y a Hong su libertad. Legalmente no tenía autoridad para liberar internas por iniciativa propia, pero ya lo había hecho antes y a nadie pareció importarle. Les dijo que podían regresar a Vietnam o quedarse en México. Hasta podían intentar cruzar la frontera a los Estados Unidos, si ése era su deseo. En otras palabras, podían hacer lo que les diera la gana. Sin Nga como traductora, a Libertad le fue difícil explicarles la cuestión en inglés, pero por fin las dos mujeres entendieron. Intercambiaron algunas palabras y, entre el poco español que habían aprendido en el spa y algunos ademanes, le solicitaron a la directora quedarse a vivir en el penal. A ésta no le sorprendió la petición.

“Se pueden quedar siempre y cuando aprendan español y le enseñen vietnamita a Nida”, dijo.

A partir de ese día, Hong se hizo cargo del Nguyen Salón y Spa y Tran se volvió la nana de Nida.

Me peiné frente a un espejo. Mis rizos mojados se estiraban y rebotaban, rebelándose contra mis dedos, que los jalaban y castigaban. Me acababa de bañar en un pequeño truck stop a tres cuadras de Jiffy's, después de una noche sin dormir en la casa en construcción. No había podido dejar de pensar en los besos de Martín. Un par de traileras se lavaban los dientes y hablaban con la boca llena de pasta dental.

—En este nuevo trabajo no tienes que correr cuarenta y ocho estados, te dan plan de jubilación, no estás obligada a cargar ni descargar, no te tienes que quedar a dormir por ahí en la ruta, y ¿qué crees? ¡No hay que ir a dejar nada a Nueva York!

—¿De veras? Yo me cambio. ¿No sabes si contratan equipos de marido y mujer?

—Claro que sí. Sandie y Julio Pérez acaban de entrar. Te digo, éste es el mero negocio para cualquiera que tenga su propio troque.

—Tengo que hablar con Elías. Estamos hasta la madre de Norton. No hemos ido a la casa en tres semanas. ¿Y sabes lo que me dijo el dispatcher? "¿Quién te está esperando, tu estúpido gato?"

—Cómo hay cabrones, en serio.

Yo les ponía atención, hasta que se dieron cuenta de mi presencia.

—Y tú, ¿cada cuándo vas a tu casa? —me preguntó una de ellas.

—Yo siempre estoy en mi casa. Vivo en el sleeper.

Parecían saber quién era yo.

—Oh, sí. Tú eres la hija de González. Los de carga pesada. Benigna nos habló de ti. Yo soy Nina, mi reina. Traigo el

Freightliner con el contenedor refrigerado que está parqueado aquí afuera. ¿Has oído hablar de Mammarama?

—No.

—Pues soy yo. Mammarama.

—Es la dueña del panorama —balbuceó la otra trailera al tiempo que escupía pasta dental al lavabo—. Acuérdate de ese nombre, chiquilla. Tiene más de treinta y dos años de experiencia en carreteras. Yo soy Rita.

—La más dura, señorita —dijo Nina—. Y no es broma.

—Yo soy la Mujer de la Lodera —me presenté—. Mucho gusto.

Nina se aplicó crema de afeitar en las cejas y se las rasuró mientras hablaba.

—Mira, chulis, si necesitas cualquier cosa, échame un grito. Voy a andar por aquí hasta mediodía.

No pude menos que fijar mi atención en Nina. Sus ojos parecían saltar ahora que no tenía cejas.

—Gracias. Mi papá va a regresar pronto.

Nina sacó un delineador negro de un estuche de maquillaje y se pintó un arco dramático y grueso arriba del ojo izquierdo.

Rita me ofreció un cigarro, que rechacé con un gesto educado.

—Tú no tienes mamá, ¿verdad? Es lo que he oído.

—Exacto.

—¿Se fue?

—Se murió.

—Ay, nenita, yo sé lo que se siente. La mía falleció cuando yo tenía nueve años, que en paz descanse. A lo mejor por eso andamos pa'llá y pa'cá todo el tiempo, buscando un reemplazo.

—Te entiendo, de veras —recogí mi toalla y mi ropa sucia—. Adiós. Espero que lleguen pronto a su casa.

—¡Eso quisiera! Todavía tengo que ir a la yarda para hacer el papeleo de los gastos.

Regresé a Jiffy's. Era demasiado temprano para pensar en el desayuno, pero cualquier distracción del dolor que sentía por haberme despedido de Martín era aceptable. Me alboroté los rizos con los dedos para no desbaratarlos y, al acercarme a mi troque, vi a Martín sentado en el cofre, recargado contra el parabrisas, tomando de frente los primeros rayos del sol, con su radio en la mano. Se bajó de un salto para recibirme.

—Tenía la esperanza de que no te hubieras ido todavía —me dijo—. Ven conmigo, a mi casa. Si no tienes otros planes.

No lo pensé dos veces. Mi papá no había regresado. Yo volvería antes que él. Nunca se enteraría, me convencí.

—No. No tengo otros planes.

El público del Club de Lectura parecía haberse duplicado. Se había corrido la voz. "La cosa se está poniendo que arde", fue el chisme que rondó de celda en celda los días previos. La directora Guzmán ocupaba un asiento en primera fila. Le daba a Nida su biberón.

Consciente de las expectativas de las internas, Libertad leyó mirando por encima del libro de vez en cuando, para medir la atención de su público.

Subí al sleeper, colgué la toalla de un gancho, guardé en mi mochila un rollito de billetes de a veinte, un suéter y, envuelta en él con cuidado y de cabeza, la estatuilla de San Antonio, no sin antes darle un beso de agradecimiento. Me instalé en el asiento del copiloto en la troca de Martín y nos fuimos sin dar una sola explicación a Benigna.

—Me tomé el día libre para hacerle unas mejoras a mi casa. Me podrías ayudar a terminar la caballeriza de Salpicón —me dijo—. Está casi lista.

—Nunca he construido nada.

—Es facilísimo. ¿Has hecho tortas de lodo?

—Sí, claro, cuando era niña.

—Es lo mismo.

Pasamos por una región de campos verdes, y luego el camino nos llevó por un área semiárida de salvia y juníperos. Era una pradera con tramos greñudos, aunque ciertos parches arenosos hacían creer que quería ser desierto. El horizonte distante cambió de planicies a montañas. "Ésos son los Picos Españoles", dijo Martín, tan orgulloso de la belleza de esos montes como si él hubiera sido su dueño.

Por primera vez viajaba con un hombre que no era mi papá. Me fue imposible ignorar su habilidad al volante, un poco más agresiva, inesperada. No ponía atención al camino, pero yo tampoco podía dejar de mirarlo, y ésa era su distracción. Quise que me besara de nuevo, que pasara sus manos por mis muslos. Tenía la urgencia de tocar su piel, de enredar mis dedos en su pelo. Quería casarme con él todos los días y dormir a su lado a partir de ese momento. Pero mis sentimientos y mis ideas chocaban entre sí. La voz de mi papá se repetía en mi cabeza: "Las mujeres no andan durmiendo con hombres que conocen en las carreteras". Por otra parte, yo no había conocido a Martín en la carretera. Una casa, por definición, es lo opuesto a una carretera.

Nos adentramos en una brecha de terracería llena de baches hasta llegar a un cañón, y al dar vuelta entramos a una planicie cobijada por pastos verdes y sauces llorones. Nos rodeaban murallas naturales de piedra formadas por capas de colores, algunos tan raros que no tenía nombre para darles. Y escondida en este espejismo exuberante, sobre una pequeña colina cercada por un arroyo, se hallaba una casa circular a la sombra de una familia de ponderosas. Los pastos que le crecían en el techo la hacían parecer una cabeza humana con una abundante melena, sus ventanas los ojos asombrados.

Martín se estacionó en el patio de enfrente. Un caballo color chocolate salpicado de manchas blancas se mantenía al fresco de la sombra de un sauce junto a la casa. "Ese es Salpicón. Un Appaloosa puro", dijo Martín. "Y ésa es su caballeriza".

Estaba a medio construir cerca de la casa principal, y también era circular.

Entonces abrió la puerta de la casa y me invitó a pasar. "¡Tatatatán-tatán!" exclamó, orgulloso de su creación.

Entramos. La casa era redonda y cálida y placentera como un vientre materno. Vigas rústicas sostenían el techo de madera. Los muros no tenían esquinas, y su color de tierra y textura arenosa me recordaban la arquitectura de adobe de Nuevo México que tanto me atraía. Los pisos eran de duela machimbrada. Los muebles, informales, invitadores, y por todos lados cojines mullidos y tapetes. Una cama sin tender estaba cubierta por un grueso edredón y descansaba sobre un tapanco al que se accedía por una escalera. Cada ventana enmarcaba con cuidado un paisaje fascinante que los vidrios de segunda clase hacían reverberar. Recorrí el lugar asimilando ese nuevo ambiente, asombrada de que pudiera existir algo así.

—¿De verdad la construiste tú?

—Con mis propias manos. Mi abuelo me heredó el terreno cuando murió. Unos cuantos acres, pero más de los que podría necesitar. Mi mamá me visita seguido. Vive en Colorado Springs con mi abuelita. Son chicas de ciudad, tú sabes.

Enchufó su radio portátil y le subió el volumen.

—¿Notas algo raro, diferente, extraño? —me preguntó como si me estuviera examinando.

—¿A qué te refieres? Todo es extraño.

—La música. ¿Cómo es que el radio está enchufado si los postes de electricidad no llegan hasta mi propiedad? ¿De dónde viene la luz?

Miré a mi alrededor y le devolví una expresión de ignorancia. Me llevó a la ventana y vi afuera, en el patio de atrás, una especie de paneles metálicos.

—Cosecho rayos de sol —dijo—. Todo mi ranchito funciona con energía solar.

Luego me llevó a la cocina. Un fregadero de azulejos estaba lleno de trastes sin lavar. Abrió el grifo y un grueso chorro de agua inundó la tarja.

—¿Y cómo explicas esto?

Me encogí de hombros.

—Es agua del arroyo. La acumulo en una cisterna. Tengo más de la que puedo necesitar.

Observé los platos sucios y tuve que decir:

—Me imagino.

Nos reímos. Si San Pedro me estuviera dando un gran paseo por el cielo, lo disfrutaría casi tanto, menos el deseo imperioso de tocar sus labios con los míos.

—¿Lista para jugar con lodo? —me preguntó.

La música del radio invadió la casa, salió por las ventanas al patio y rebotó contra las paredes del cañón, produciendo un eco. Todavía era temprano. Podríamos trabajar un par de horas antes de que el sol otoñal nos obligara a buscar la sombra. Ayudé a Martín a preparar una mezcla de barro, arena, agua y paja. Después, entre los dos tomamos las cuatro esquinas de una lona, la llenamos de mezcla y la mecimos como hamaca, suavecito.

—Es una técnica de construcción antiquísima. La aprendí en Óregon —me dijo.

Donde fuera que hubiera aprendido qué, yo sólo sentía deseos de soltar la lona y correr a sus brazos. Quise lamer el sudor de su piel. Él se dio cuenta de que lo miraba con quién sabe qué ojos, y cuando añadió agua a la mezcla me miró con una sonrisa que sostuvo por un largo segundo. No tuve que imaginarme lo que en realidad quería estar haciendo. Seguimos.

—Ahora el baile —dijo.

Bajamos la lona al suelo y nos quitamos los zapatos.

—Es el baile del lodo.

Nos subimos a la lona y empezamos a bailar descalzos sobre la mezcla, desbaratando los terrones más grandes. Luego añadimos la paja, dejando caer puñados como una llovizna dorada. Al caer, se mezclaba con la tierra. Martín me enseñó la técnica para hacerlo de manera uniforme, abrazándome por detrás. No pude resistir y me recargué contra él. Sentí un bulto dentro de sus jeans. Él se me acercó aún más. Yo apreté.

Una vez que terminamos de uniformar la mezcla, nos hincamos a un lado de la lona e hicimos bolas de barro que se parecían en tamaño y forma a pelotas de fútbol americano. Las amasábamos como si estuviéramos haciendo pan. Martín me tomó de los brazos y guió mis movimientos. Su piel olía a la tierra seca cuando recibe las primeras gotas de lluvia. "Te dije que era divertido", y su sonrisa me hizo temblar.

Cuando terminamos de hacer las pelotas de fútbol, como les llamaba Martín con aire de autoridad, se trepó a la barda de la caballeriza. Yo le pasaba los bultos de lodo, que parecían haberse endurecido en cuanto les dimos forma, y él los acomodaba como si fueran tabiques. Al avanzar el día, el muro creció en altura. Interrumpimos un par de veces antes de concluir para tomar agua fresca de un termo.

—Ahora sólo le hace falta el techo y la puerta, pero eso será el próximo fin de semana.

Nos paramos en medio del patio, cubiertos de lodo, y admiramos nuestro trabajo. Martín me abrazó, me dio un largo beso agradecido y me llevó a la casa.

Sabía que iba a caer redondita. ¡Qué idiota! —la Maciza estaba furiosa—. Ahora sí que éste es un hijo de su puta madre, Libertad.

—¡Cállate, amargada! —gritó la Rata.

—¿Amargada? Espérate tantito. Estas mosquitas muertas son los peores. ¿No ves que la está usando como esclava para que le ayude a construir su estúpida caballeriza?

—Suspendo la lectura ahora mismo si no se callan —dijo la directora Guzmán—. ¿Quieren doble taller de tejido?

Las internas se habían olvidado de la presencia de la directora. Todas se quedaron calladas de inmediato. Libertad continuó, preocupada por la idea de que la Maciza, su querida amiga, no aceptara a Martín.

—A ver, nos detuvimos cuando entran a la casa, ¿sí?

Abrió el libro de nuevo.

Entramos a la casa. Yo estaba exhausta. Me dolía el cuerpo. Tenía hambre. Pero gocé cada minuto de esa mañana. Había construido algo con mis propias manos, y se quedaría en ese sitio. Había convertido tierra en una vivienda, y entretanto me había cargado con la fuerza de un nuevo sentimiento de deseo. Me di cuenta de que, más que ninguna otra cosa, quería tener cerca a Martín, y no sabía cómo lograrlo. Quise que mi mamá se hubiera quedado conmigo para confiarme este secreto.

Miré a mi alrededor. Ésta era su casa. La casa de Martín. Sus huellas digitales estaban por todas partes, en el adobe de las paredes. Su redondez me hacía sentir bienvenida. Su calidez me acariciaba. Siempre pensé que una casa debía ser cuadrada. Su techo, de dos aguas. Pero estaba desaprendiendo pronto.

—Seguro leíste a Tolkien —dije.

—¿A quién?

—¿No te sientes a veces como un hobbit viviendo en esta casa?

—¿Un qué?

Pensé que, claro, había gente que no tenía que leer libros para imaginarse las cosas.

Martín me llevó al baño, un pequeño recoveco, un capullo de barro con un tragaluz sobre la tina y una puerta, la única en toda la casa. Abrió la llave de la regadera.

—¿Te puedo tomar prestada un ratito? —preguntó.

Me metió a la regadera y me dio un beso en la frente. Luego en la mejilla. Al fin en los labios. Yo lo besé también. Me quitó la camiseta, cubierta de lodo, y al desvestirnos todo lo demás se volvió irrelevante. Dejamos que el agua nos lavara el lodo de la piel. Nos tocamos. Una medalla del Sagrado Corazón colgaba de su cuello. La lavé.

—Hoy estoy haciendo cosas que nunca antes había hecho, —le dije.

Puso su dedo suavemente sobre mis labios.

—Ya sé —me susurró.

Hicimos el amor bajo el chorro abundante de la regadera. Él me lavó. Yo lo enjuagué. Jugó con mi pelo. Nos secamos uno al otro con toallas limpias.

Me puse unos shorts suyos y una camiseta talla extra grande. Nos desparramamos sobre el sofá, compartimos una cerveza y no dijimos mucho. Oía su aliento; el aire entraba y salía de su cuerpo aún impulsado por la excitación de nuestro amor. Quise que nunca cesara su respiración. Quise poder oírla durante una eternidad. Y una vez más, como sucedía siempre que pensaba en mi mamá, la vulnerabilidad de la vida se estrelló contra mi pecho como un gorrión contra un parabrisas. Quise que este hombre viviera para siempre, conmigo a su lado. Pero moriríamos algún día, y habría dolor, mucho. Martín me frotó los pies.

—¡Ay! Tengo una ampolla.

Fue al baño y regresó con una curita que me puso en la ampolla con sumo cuidado.

—Se me olvidó decirte que el baile del lodo es fatal para los pies tiernos. Pero eso sí, bailaste el merengue como una campeona. Sólo tienes que caminar más seguido descalza por tu casa para endurecer las plantas de los pies.

—No tengo casa.

—¿Qué tal los truck stops? —dijo, juguetón—. Han de tener pisos muy limpios.

¿Y qué tal los pisos de las cárceles? —preguntó la Culebra.

Algunas internas soltaron risillas nerviosas. Lo necesitaban. Era imperante un chiste para dejar escapar las emociones. La escena de la regadera había sido demasiado intensa para algunas de las más necesitadas de amor. Aunque las visitas conyugales eran permitidas, e incluso promovidas por la directora, y ciertas celdas en un área remota de la cárcel estaban equipadas con camas matrimoniales para tal efecto, casi todas las internas habían sido olvidadas por sus hombres y rápidamente reemplazadas por mujeres fuera del penal, más disponibles. Las únicas que recibían visitantes continuamente eran las prostitutas. Habían hecho arreglos previos con la directora, quien generalmente conocía a la clientela, en su mayoría políticos de segunda y funcionarios menores.

—¿Qué tienen los pisos de la prisión? —preguntó a su vez la directora, que no aceptaba críticas tan fácilmente.

La Culebra se hundió en su asiento, esperando algún tipo de castigo, y luego dijo:

—Habrá que duplicar esfuerzos al barrer y trapear, ¿qué no?

Algunas internas cerca de ella le lanzaron miradas que, de haber sido dardos, la habrían matado.

—Continúa por favor, Libertad —dijo la directora Guzmán.

Martín empacó unos sandwiches y una cantimplora y nos montamos en Salpicón. Cabalgamos por una brecha angosta alrededor del cañón, meciéndonos en la silla al ritmo de los pasos del caballo. Yo deseaba a Martín y quería que mi cuerpo fuera más grande para que le cupiera más de ese sentimiento.

Cuando llegamos al final de la brecha, amarramos a Salpicón al tronco de un álamo y comenzamos a trepar las rocas ancestrales que formaban el cañón hasta que alcanzamos una cueva oculta. Entramos. Martín encendió su linterna y alumbró las paredes como lo había hecho en la casa en construcción, sólo que, en lugar de dibujos con gis azul, estas paredes de piedra estaban llenas de pictogramas prehistóricos. Cabras montañesas, venados con cornamentas enramadas y espíritus humanos.

—Nadie sabe de esto. Y así pienso dejarlo.

Observé las imágenes con respeto, respirando lentamente como para no alterarlas. Martín me tomó de la mano; salimos de la cueva, cegados por la luz del día, y nos detuvimos en el margen de las rocas. El horizonte era eterno, como me gustaba. La casa de Martín se distinguía abajo, en el cañón.

—¿Cómo encontraste este lugar?

—Buscando dónde construir mi casa.

—¿Y por qué no la construiste aquí? Este lugar es perfecto.

—Precisamente por eso. Es tan perfecto que no puede mejorarse. ¿Por qué querría yo arruinarlo poniendo una casa aquí? Preferí construirla en un terreno menos agraciado para mejorarlo llevándole agua y plantando árboles. Lugares como éste deben dejarse así. Son sagrados.

—¿Hay más lugares sagrados en tu rancho?

—Uno más.

Cabalgamos en Salpicón vereda abajo hasta que llegamos a un pequeño maizal.

—Ésta es mi primera milpa.

—Va saliendo muy bien. ¿La riegas?

—Hice un canal para traer el agua del arroyo. Siente la tierra.

Martín se arrodilló, cogió un puñado y lo desmoronó entre sus dedos—. ¿Ves cómo está un poco húmeda?

Me senté en el suelo a su lado y toqué la tierra que quedaba en su mano, dejando ahí mis dedos un segundo más de lo necesario. No lo pude evitar. Nos besamos de nuevo e hicimos el amor, esta vez resguardados por los surcos de la milpa. Sentí su medalla del Sagrado Corazón golpeteando mi barbilla a un ritmo silencioso, alternando con gotas de sudor que caían de su frente. Su piel era cálida, suave y bronceada. La mía era ligeramente morena, como la tierra que nos sostenía y se amoldaba a la forma de nuestros cuerpos semidesnudos. Las hojas del maíz se empezaban a secar, anunciando que pronto estarían listas para la cosecha.

Él susurró: "Quédate conmigo siempre".

Estuvimos un rato abrazados a la orilla de la milpa, recargados en el borde del canal. Comimos nuestros sandwiches acompañados del atardecer, nubes naranja, rasguños en el cielo sobre los pastizales.

—Fui concebida en una milpa —dije.

—¿Vamos a continuar la tradición familiar?

Miré a Martín dudando de si debía asustarme por esa idea.

Apenas oscurecía cuando regresamos a la casa. Al bajarme de Salpicón sentí la ampolla en mi pie. Martín se dio cuenta y me cargó a la casa.

Desperté al día siguiente en la cama del tapanco. Martín dormía a mi lado. Yo traía puesta su camiseta. Bajé la escalera y miré la casa circular. Parada en el centro la veía toda. Martín se asomó desde el tapanco.

—Qué bien te ves, y tan temprano —dijo.

Le agradecí el cumplido, y después tuve que preguntar:

—¿Dónde guardas tus libros?

Bajó por la escalera. Traía puestos sólo sus calzones.

—¿Mis libros? Acá.

Revolvió algunos cojines esparcidos sobre el sofá y sacó un libro: *Cómo construir su casa de barro.* Limpió la tierra seca que se había pegado a la maltratada portada y me lo dio.

—¿Es todo?

—Sí —dijo con vergüenza—. Pero tiene muchas ilustraciones y fotos.

—Pues tienes más libros que yo, eso sí.

—Voy a las librerías, pero no sé qué escoger.

—¿Y tus libros de la escuela? ¿No los guardaste?

—No. Me salí en noveno grado. Tenía unos de la primaria, pero mi papá se llevó todo cuando nos dejó.

—¿Te dejó para siempre?

—Un día de Acción de Gracias mi mamá y yo regresamos de visitar a mi abuelita en Colorado Springs, y nos encontramos con la casa vacía. Ni libros, ni muebles, ni papá.

De pronto pensé en mi papá, miré el reloj de pared de la cocina y sentí un dolor agudo entre las costillas.

—Pero no importa —dijo Martín—. Nunca estaba con nosotros. Y yo no podía leer los libros. Leo muy despacio. Me salto letras, líneas completas, las palabras me bailan en la página. Hasta me duele la cabeza si hago demasiado esfuerzo.

—Si te vuelvo a ver, iremos juntos a una librería. Te voy a ayudar a escoger un libro y te lo voy a leer en voz alta. Soy muy buena para eso.

—¿Qué quieres decir con eso de que "si te vuelvo a ver"?

—me preguntó desconcertado—. Te vas a quedar conmigo, ¿no?

No pude contestar. Cualquiera habría perdido el habla ante tal idea. Me abrazó y dijo:

—No quiero apresurarte a hacer cosas que no deseas. Es que sé que podría vivir contigo toda la vida.

—Es mi papá —le dije casi en un susurro—. Tengo que regresar a explicarle lo que está pasando entre nosotros. Pero debo estar de vuelta antes de que él regrese a Las Ánimas. No tengo permiso para estar aquí.

Camino a Jiffy's saqué de mi mochila la estatuilla de San Antonio y se la di a Martín.

—Parece que se dedica a unir amantes. Guárdalo. Tal vez nos veamos pronto.

Y aunque había mucho que decir, no hablamos. Al entrar al estacionamiento, vi a mi papá parado junto a nuestro troque.

Estimada señorita Bagley:

Ésta es la tercera carta que le escribo sin obtener respuesta. Espero que por fin llegue a sus manos.

Me dirijo a usted para averiguar sobre un niño que vive con una familia de crianza en La Mirada, California (vea por favor la documentación adjunta que lo indica y el informe que explica por qué el niño fue puesto al cuidado del estado). Se llama Juan Martínez. Su mamá, María, está cumpliendo una condena en el CEPEFERESOMEX en Mexicali y pronto será puesta en libertad. Como soy su mejor amiga y hablo inglés, me ha pedido ponerme en contacto con usted para saber dónde se encuentra el niño y posiblemente iniciar las gestiones necesarias para unirlos de manera permanente en cuanto ella salga de la cárcel. Le agradezco su amable interés en este asunto de gran importancia para la interesada.

Atentamente,

Filomena Hernández

Libertad firmó la carta a Nancy Bagley con el nombre que aparecía en su licencia de manejo y se las arregló para colarla en el correo oficial de la prisión justo antes de que la directora Guzmán entrara a la oficina. Venía seguida de Tran, que cargaba una enorme pañalera y empujaba la carreola donde Nida dormía.

Tras adoptar a Nida, la directora fue a San Diego y compró todo tipo de monerías: ropita de bebé en las boutiques más sofisticadas, una carreola que podía haber sido diseñada por un ingeniero aeroespacial, dos sillas altas fáciles de limpiar para alimentar a la bebita—una para la casa y otra para la oficina—y un asiento para el coche al que sólo le hacían falta una bolsa de aire y un volante para pasar por un vehículo de lujo. Mandó a hacer las sábanas de la cuna a Tijuana con una señora de Barcelona que también hacía vestidos de novia para la elite de la ciudad.

La directora le puso a Nida bronceador en la nariz, le caló un lindo sombrerito y la envió a la playa con Tran para asolearse. Los niños de la guardería estaban jugando afuera con algunas de las mamás, trabajadoras sociales, monjas y voluntarias, y de seguro que Nida la pasaría bien.

—Regresen en media hora —le pidió a Tran, mostrándole su reloj de pulsera.

Tran asintió y se llevó a la bebé.

—¿Crees que debamos comprar juguetes nuevos para la guardería? —le preguntó después la directora a Libertad.

Desde la llegada de Nida, la directora había empezado a poner más atención en los niños que vivían en la cárcel. La guardería había estado en funcionamiento desde antes que la directora Guzmán ocupara este puesto. Pero últimamente se había empeñado en mejorar las instalaciones de la guardería cambiando los pisos, añadiendo algunos muebles y, ahora, sugiriendo la adquisción de juguetes nuevos.

—Educativos —dijo Libertad.

—De acuerdo.

—¿Alguna vez se ha preguntado por qué Nga decidió dejarle a Nida, licenciada? —preguntó Libertad, quien había aprendido que la mejor manera de hablar con la directora era hacerlo en forma directa.

—Nunca. Siempre lo supe. De todas las mujeres que la rodeaban en la prisión, soy la más rica y poderosa. No tengo hijos. Y estoy libre. Tuvo que pensar rápido. Se moría. Tomó la mejor decisión.

¿Quién podía refutar ese razonamiento? Libertad pensó en su mamá. No tuvo tiempo para tomar ninguna decisión sobre el destino de su hija. De no haber sido exceptuada de esa difícil tarea por la rapidez de la bala, ¿habría querido que se criara con su papá?

—¿Viene al Club de Lectura hoy en la tarde?

—¿Crees que me lo perdería?

Martín se estacionó junto al troque. Mi papá se acercó a nosotros. Abrí la ventanilla.

—Bájate —me ordenó.

Recogí mi mochila y mi suéter.

—Te dije que te bajes, niña.

Me bajé de la troca. Nunca había visto tan enojado a mi papá, y Martín se dio cuenta, así que abrió su puerta y se acercó a él.

—Buenos días, señor. Es mi culpa.

—¡Deja a mi hija! —le gritó mi papá, y lo empujó con todas sus fuerzas.

Martín se tambaleó, pero no cayó. Mi papá lo empujó de nuevo. ¿Cómo podía Martín defenderse de manera respetuosa y detener la agresión de mi papá? No tuvo tiempo para pensarlo. Mi papá le lanzó un gancho al estómago y siguió pegándole. Martín, que pesaba más que mi papá, puro músculo, paró los golpes, agarró a mi papá de los brazos, lo tiró al suelo, se le sentó encima y lo prendió con las rodillas.

—Cálmese, señor. No lo voy a lastimar, pero estése quieto.

Mi papá no se podía mover bajo el peso de Martín. Intentó tranquilizarse. Martín lo dejó ponerse de pie cuando se convenció de que se había calmado. Mi papá se sacudió.

—Dile adiós a tu amigo —me dijo, escupiendo polvo—. El troque ya está arreglado.

Me arrastró. No podía seguirle el paso y casi me tropiezo. Martín nos siguió.

—No hizo nada malo. No le haga daño, por favor.

—No te metas con mi familia.

—¡Escríbeme! —le oí gritar.

Mi papá me empujó dentro del troque. No dijo una sola palabra. Encendió el motor y nos enfilamos hacia la carretera. Se mordió el labio con tal fuerza que una gota de sangre le rodó hasta la comisura. Me pregunté si al final de su vida le quedaría algún pedazo de labio que pudiera morder.

Nos fuimos de Las Ánimas. Viajamos largas horas antes de decir nada.

—¡Se la diste! —escupió estas palabras como si fueran gotas de cianuro en la punta de su lengua.

No entendí de qué hablaba. ¿Qué le había dado? ¿Mi dirección? ¿Mi número telefónico? No teníamos nada de eso. ¿Cómo podía habérselo dado?

—¡Le diste al cabrón ése la virginidad! —mi papá no podía concentrarse en el camino—. Contéstame, ¿se la diste?

Me pregunté si debía sentir culpa. ¿Cómo algo tan magnífico podía ser tan horrendo? Le había dado mi virginidad porque así lo había querido yo.

—¿Me vas a decir mentiras?

Esto sí me ofendió.

—Nunca te he mentido, papá, y lo sabes —dije por fin. Y luego añadí, con voz más suave—: Sí hice el amor con él. Tres veces.

Azotó el puño contra el volante.

—¿Qué crees que hubiera pensado tu mamá de ti?

—Lo mismo que pensó de ella cuando se enamoró de ti.

—No es lo mismo. Tu mamá era diez años mayor que tú cuando nos conocimos. Ni te pienses que estás enamorada. No sabes nada de esas cosas. Ese tipo sólo te quiere para tener una aventura sexual. ¿No te das cuenta?

¿Era ése mi papá? ¿El liberal, el activista que había querido parecerse a John Lennon, que participó en movimientos estudiantiles, vivió en amasiato con mi mamá antes de casarse y ahora tenía una mujer en cada pueblo? Su actitud no me cuadraba, pero nada tenía sentido en esos días. Saqué la bolsa de mi burrito con la dirección de Martín y le planché las arrugas con la palma de la mano.

—Voy a estar en contacto con Martín. Le voy a escribir cada semana y me voy a casar con él algún día y vamos a vivir en su casa circular. Tiene una casa. Una de verdad.

Mi papá me arrancó la bolsa y la aventó por la ventana.

—Ya no te hagas la vida difícil. Olvídate del idiota ése.

Derrotada, abrí mi ventana para ver desaparecer la bolsa. Le eché un vistazo rápido al freno como una alternativa imposible. Mi papá pisó el acelerador como si estuviera aplastando una tarántula. Toqué la superficie de uno de los espejos con la punta de los dedos, tratando de sentir la imagen de Martín, una textura en el vidrio a la cual aferrarme. No había memorizado su dirección. Sentí el dolor de un músculo acalambrado. Mi corazón. Después de un rato, lo único que podía ver entre mis lágrimas era el pequeño punto donde las líneas paralelas de la carretera se unían, volviéndose insignificantes.

Todas en el penal sabían que no debían molestar a la Maciza cuando hacía ejercicio. Tenía su rutina. Y era sagrada. Subía y bajaba las escaleras durante una hora antes del amanecer (había conseguido la concesión especial de la directora de salir de su celda antes que las demás), hacía trabajos pesados aquí y allá durante el día (como almacenar y organizar las cajas de compras en la bodega y lavar las ventanas de la oficina colgada de un frágil andamio a tres pisos de altura) y por las tardes entrenaba boxeo con Rarotonga, suplente de la Chapopota, en lugar de sentarse a ver telenovelas como las demás.

Cuando Libertad la encontró, estaba subiendo a las mesas las bancas de la cafetería para poder fregar los pisos. Hacía lo mismo todas las noches después de la cena sin necesidad de ayuda. Era una labor monumental que debían realizar cuatro miembros del personal de limpieza; pero si la Maciza no hacía ejercicio hasta el punto del agotamiento, no podía dormir.

—Ya sé dónde está Pollito —le dijo Libertad desde el otro extremo del salón vacío.

La Maciza bajó la banca que acababa de levantar y se sentó en ella. Libertad se sentó a su lado y le entregó la carta firmada por Nancy Bagley dirigida a Filomena Hernández.

—No te imaginas lo que he tenido que hacer para conseguir esta información. Podría ser detective.

La Maciza tomó la carta y la observó sin decir palabra.

—En cuanto salgas, cruza la frontera y ve a La Mirada. Aquí está la dirección. Pregunta por esta trabajadora social. Nancy Bagley. Ella te va a llevar adonde está Pollito para que empieces los trámites y lo recuperes. No va a ser fácil, pero dice que lo vas a lograr.

La Maciza había aprendido un inglés rudimentario mientras trabajó en los Estados Unidos, pero en ese momento cada palabra de esa carta le parecía un jeroglífico incomprensible. Repasó con el dedo pulgar el logotipo del Departamento de Servicios Sociales de California y soltó un llanto ahogado que venía guardando para esta ocasión.

Libertad la abrazó fuertemente, y en ese abrazo la Maciza sintió que todas las bestias con garras afiladas y risas de engendro, los espíritus creados por sus propios temores, los demonios contra los que había peleado en sus pesadillas desde que la separaron de su Pollito, de pronto se volvían criaturas inofensivas que se esfumaban en la nada con la cola entre las patas. Pollito estaba vivo. Alguien lo cuidaba, y no era su padre.

—Claro, ese colombiano pinche, güey, cabrón, nunca buscaría a mi Pollito en una familia de crianza —dijo, rechinando los dientes, aliviada. ¿Cuánto faltaba para que la liberaran? Trató de hacer un conteo mental, pero no pudo precisar su fecha de salida.

Tan concentradas en el tema estaban las dos amigas que ninguna vio a Cleta hasta que fue demasiado tarde. Libertad recibió el primer golpe.

—¡Puta mentirosa! —le gritó Cleta—. ¡Dijiste que no eras de nadie!

La Maciza saltó de un impulso y, en un movimiento ágil, jaló a Cleta de la camisa, volteándola hacia sí y golpeándola en la mandíbula con el puño cerrado.

Libertad trató de separar a Cleta, pero para entonces ambas mujeres se pegaban, se daban cachetadas, se rasguñaban, se mordían. La Maciza puso fin a los golpes de Cleta con una llave que había aprendido en la lucha libre que le gustaba ver en la televisión.

—¡No es lo que crees, pinche tortillera! —le gritó la Maciza.

Cleta trató de zafarse, pero la Maciza era demasiado fuerte.

—Te podría matar si quisiera —le susurró la Maciza al oído—. Nos vas a dejar en paz, ¿me oíste?

La soltó lentamente. Cleta se arregló la camisa, se limpió una gota de sangre de la nariz y se fue de la cafetería en silencio.

—¡No te atrevas a acercarte a nosotras jamás! —gritó la Maciza en dirección de la puerta, que ya estaba cerrada.

La respiración de las dos amigas corría a toda velocidad después del inesperado ataque. Libertad revisó a la Maciza, rasguñada y mordida, y se sintió molesta, preocupada.

—Prométeme que ya no te vas a pelear, Maciza. No debes quedarte aquí encerrada un día más de los que estás obligada.

—Te lo prometo.

La Maciza se inspeccionó la gravedad de la mordida de Cleta en el brazo, Libertad se rehizo la cola de caballo y ambas se rieron a carcajadas.

Me senté a la orilla de la carretera recargada en una de las llantas del troque. Me sentía protegida bajo las estrellas. Los coyotes aullaban a lo lejos, en la montaña. Las luces de los faros de coches y camiones iban y venían, cercenando la autopista. El área de descanso estaba en paz, excepto por una caravana de jubilados que viajaban en sus carromatos recreativos. Jugaban bingo a unos cien pies de donde yo estaba. Escribía en mi cuaderno.

> Es posible dejar que los caminos impongan su distancia entre tú y yo, y aún sentir el calor de tus palabras acariciando mi piel...

Borré y corregí.

> ...mi pecado.

Miré al cielo y seguí escribiendo.

> Esta separación, tan forzada como es, no merece otro nombre que pausa, un silencio entre dos notas en una larga canción. Hasta que vuelva a contenerme tu alma...

Borré y corregí de nuevo.

> ...tu tierra, estaré enferma de deseo por ti.

Viajábamos por una carretera desierta. Era la mañana siguiente. Me detuve en una intersección. Mi papá abrió su gastada *Guía del troquero* en el mapa de Colorado.

—Lo sabía. Esta carretera no nos lleva a la autopista I-70. ¿De dónde sacaste esa idea? Nos lleva directo a la carretera 50.

Frustrada, viré a la derecha, hacia la otra carretera.

—Espero que no estés tratando de pasarte de lista, niña, que ya no me chupo el dedo.

Durante meses traté de regresar a Las Ánimas con la urgencia de oler el pelo de Martín. Inventé todo tipo de desviaciones que me llevaran al camino a su casa. Pero mi papá siempre adivinaba mis intenciones y evitaba pasar por el área. Para entonces había asumido que Martín vivía en o cerca de Las Ánimas, así que hasta rechazaba oportunidades de negocios si había que ir a esa zona.

Libertad tuvo que suspender momentáneamente su lectura. Nida había nacido susceptible a los cólicos, y en esos instantes le vino un episodio en los brazos de la directora, justo en la primera fila.

—Póngale una bolsa de plástico con agua caliente sobre su pancita —dijo la Maciza.

—Déle palmaditas en la espalda, tiene gases —dijo la Venadita.

—Ha de ser el pañal. Está muy apretado —dijo la Pinche Bruja.

—Nomás está cansada. Póngala en su cuna para que no se embracile —dijo la Rata.

—Puros consejos de abuelas —dijo la directora.

Se levantó seguida de Tran.

—Ya me contarás qué pasó con esa niña —le dijo a Libertad desde la puerta.

—Usted también.

Como les sucede a la mayoría de las personas obsesionadas, hice estupideces. Soñaba despierta frente al volante, corrí riesgos innecesarios en las carreteras. Un minuto estaba bajo anestesia y al siguiente era una explosión. Por todos lados veía los ojos azules de Martín. Todo lo que oía me sonaba a su voz, aun el silbido del viento que se colaba por la ranura de mi ventana, en especial cuando yo rebasaba el límite de sesenta millas por hora.

Tenía que buscarlo y explicarle por qué no le había escrito, por qué no había regresado. Ésa era mi única misión. Lo más cerca que estuvimos de Las Ánimas en un año fue Ratón, Nuevo México. Habíamos recogido una aplanadora y cargábamos combustible en un agradable truck stop sobre la autopista interestatal I–25 administrado por Betty Ann, una dulce viuda que rayaba en los setenta y que siempre estaba al tanto de los últimos chismes de las prostitutas, los que repetía a voz en cuello en cualquier oportunidad. Revisé los niveles de líquidos y la presión de las llantas. Mi papá entró a los baños. Se llevó una revista, así que supe que se iba a tardar. Esperé a que cerrara la puerta antes de abrir el cofre del troque. Rápidamente jalé unos cables y arranqué una manguera, que lancé como Frisbee al lote baldío de junto. Cerré el cofre y seguí cargando dísel hasta que regresó mi papá. No dije nada. Nos subimos y traté de encender el motor, pero no sucedió nada.

—¿Ahora qué? —pregunté. Podía ser buena actriz.

—Ay, Dios.

Mi papá se bajó a inspeccionar el motor. Yo me le uní.

—¿Qué será?

—No sé. Parece que todo está en orden. ¡Mira! —exclamó de pronto—. Se nos cayó una manguera.

Se limpió las manos con un trapo.

—¿Te acuerdas de esa tienda de refacciones que pasamos allá en Maxwell? Estoy seguro de que tienen esta manguera.

—¿Te tengo que esperar aquí?

—Ni de broma. Usted viene conmigo, señorita.

Entró a la cafetería a buscar a alguien que nos llevara. Mientras, abrí mi lata de cacahuates, saqué varios billetes de veinte dólares y me los guardé en el bolsillo. Mi papá regresó pronto con Óscar, otro troquero. Era un hombre viejo y panzón que vestía una gorra de John Deere, camisa de franela, jeans gastados y tenis; no para correr, pues el ejercicio era una actividad que les estaba vedada a los troqueros, sino para pisar el acelerador. Tenía ojos hundidos, resignados. Fumaba sin parar y traía un tarro de café gigante con tapa a prueba de derrames. Daba sorbos constantemente. Nos acercamos a su troque. Un modelo Mack bastante viejo. Buen trabajo de pintura. Llevaba un contenedor refrigerado. De pronto se fijó en mí.

—¿También viene ella? —le preguntó a mi papá.

—¿No le importa?

—Dios nos agarre confesados. Les tengo que advertir: a las damas no les gusta mi troque.

—No hay problema. He visto todo tipo de troques, tráilers, camiones, trocas... —dije.

—¿Oh, sí? ¿Desde cuándo andas en las carreteras?

—Desde antes de nacer.

—Pues no has visto mi troque. Prepárate para una sorpresa.

Nos subimos los tres enfrente y nos fuimos. Yo iba junto a la ventana. Mi papá, en medio. El sleeper era pequeño y estaba en desorden. Era de aquellos en los que hay que agacharse para entrar. Tenía una alfombra peluda color naranja en piso, paredes y techo, como en las vans rediseñadas de principios de los ochenta. Incluso contaba con un tocacintas de ocho tracks descompuesto. Óscar había pegado fotos de mujeres desnudas en poses provocativas en toda la cabina. Las señaló y dijo:

—Apuesto que ellas tienen fotos de troqueros pegadas en sus vestidores. ¡Si nosotros también somos sexys, pues!

Se pellizcó la barriga y eructó.

Tres aromatizantes en forma de arbolitos de Navidad y uno de fresa colgaban de los botones de su radio CB. Jaló el micrófono y se lo extendió a mi papá.

—¿Quieres llamar para ver si tienen la refacción que necesitas?

—No, gracias. Es una refacción muy común. Una manguera.

—Pinches mangueras.

—Sí, creen que son víboras y se tiran a media carretera para chupar un poco de calor del pavimento —dije.

Óscar me miró intrigado y divertido con mi comentario. Supe que podíamos ser amigos.

Un cenicero del tamaño de un platón de ensalada para una familia de seis estaba a un lado del asiento del conductor. No cabía una colilla más. Mi papá tenía que ir balanceándose para no caer en él.

—¿Te importa recordarme que tire eso cuando lleguemos? —me preguntó Óscar.

De pronto apareció una avispa en el troque. Trataba de escapar por la ventana cerrada. Óscar sacó un matamoscas y la aplastó de un golpe seco. El insecto terminó embarrado en el parabrisas. Era difícil distinguirlo. Se confundía con todos los demás que se habían estrellado por fuera. Era verano, por cierto.

—Así es la guerra. Debes tener la artillería adecuada.

Sacó entonces un frasco con atomizador, roció un líquido en los restos de la avispa y los quitó con un trapo.

—¿Ven? ¿Dónde quedó la bolita? Aquí no hay bajas. Pueden traer a activistas ecológicos a inspeccionar el lugar. No van a encontrar nada. Uno más desaparecido en la batalla.

Encendió otro cigarro con la colilla del anterior antes de hacerle sitio en el cenicero. Luego sacó de debajo de su asiento un conejito de peluche con las orejas dobladas y se lo acomodó entre las piernas.

Me imaginé de todo.

De repente nos rebasó una parvada de motociclistas, tal vez de camino a su encuentro anual en Las Cruces.

Ya en la refaccionaria, mi papá se bajó para comprar la manguera. Óscar se quedó en el troque a terminarse su cigarro. Yo fui a vaciar el cenicero al tambo de basura junto a la entrada. Vi por la ventana que mi papá escogía la manguera y hablaba con el encargado.

Regresé al troque con el cenicero, me subí y cerré velozmente la puerta. Mi papá ya estaba pagando. Ésta era mi única oportunidad y no podía desperdiciarla.

—¡Rápido, Óscar! ¡Arráncate! ¡Vamos al norte! ¡Yo te explico en el camino! —le grité.

Óscar reaccionó instintivamente y nos fuimos a toda velocidad. Por el espejo retrovisor vi a mi papá corriendo detrás de nosotros con la manguera en la mano. Intentaba alcanzarnos, pero lo perdimos en la distancia.

—¡Madre Santa! ¿Qué chingados estoy haciendo? —preguntó Óscar.

—¡Por favor, acelera! —le rogué.

Manejó su Mack como si fuera un coche de carreras, rebasando cuatritos, camionetas, vans, SUVs, devolviendo ademanes obscenos que incluían puños y dedos y rompiendo todas las reglas de etiqueta de las carreteras. Tenía hambre de emociones fuertes.

—Sabía que ibas a hacer una locura de éstas. Lo vi en tus ojos. ¿Es tu novio?

—Era.

—Ese tipo podría ser tu papá.

—Cree que es.

—Ya sé. No me digas. Te golpea, ¿verdad?

Asentí.

—Pinche cabrón. ¿Qué les pasa a las mujeres? Mi hija se metió con uno así, también. Un bueno pa' nada, jijo de su mal dormir. Lo bueno fue que se le reventó el hígado y cayó muerto a media cocina antes de que la matara.

—¿Y ella, está bien?

—Sí, claro. Ahora se juntó con un policía. Al menos ese arremete contra otros.

Miré por el espejo retrovisor, todavía nerviosa, aunque habíamos viajado largo rato.

—¿Adónde?

—Al norte de Trinidad, allá por los pastizales Comanche. Me puedes dejar en la 109. Yo te digo dónde.

Libertad dejó el libro para sonarse la nariz. Tenía gripa. Casi todo el mundo en el penal se había enfermado. Les era fácil compartir los microbios, pero nunca los Kleenex, artículo codiciado en el penal. El público la miró con atención, como presionándola para que continuara, así que ella se tomó su tiempo limpiándose la nariz, doblando su Kleenex en un cuadrito pequeño y metiéndoselo en el brasier antes de volver a abrir el libro. Cuando se imponía tal silencio, era posible oír la máquina tortilladora quejarse lastimeramente en la cocina, como si sufriera los dolores del síndrome premenstrual.

Reconocí el camino de terracería que llevaba a la casa de Martín y le pedí a Óscar que me dejara ahí.

—Gracias.

—¿Estás segura de que te quieres quedar aquí?

—Sí. La casa de mi amiga está cerca, detrás de ese cañón.

—Cuidado con esas mangueras en el pavimento —Óscar se sonrió. Pero luego se puso muy serio y me dio un último consejo con tono paternal—: Búscate un muchacho de tu edad. Y no dejes que nadie abuse de ti.

Por qué no era mi papá ese hombre, pensé. Le tendí un billete de veinte dólares.

—¿Y esto?

—Por el raite. Te desvié de tu ruta. Siquiera para el dísel.

—Olvídate.

—Gracias, Óscar.

Le di un beso agradecido en la mejilla sudorosa. Él se sacó el conejito de peluche de entre las piernas y me lo acercó.

—A ella también le toca beso. En los bigotes.

Le di un beso al conejito y me bajé. Su troque desapareció, dejando atrás un torbellino mal portado, y empecé a caminar.

"Me acabo de escapar", me dije en voz alta, esperando que al hacerlo empezaría a creerlo. Para entonces ya era prófuga no sólo de la justicia mexicana, sino también de mi propio padre. La diferencia era que, al contrario de los militares o quienquiera que nos había perseguido desde siempre, mi captor sabía exactamente dónde encontrarme. No tenía sentido huir. No podría esconderme. Ni quería. Ya no. Concluí que mi mejor opción era esperar a que llegara y darle la cara. Martín me protegería. Sólo teníamos que aguardar a que mi papá se apareciera por su casa. Tenía que apresurarme y prevenirlo.

Cuando por fin llegué a la casa circular con pasto en el techo, sudaba, mi cara pegajosa por la tierra. Me imaginé dándome un baño con Martín en su refugio, sus manos enjabonando mi cuerpo cansado. Usé mi última reserva de energía y corrí a la casa. La troca de Martín no estaba estacionada en el patio de enfrente. La puerta estaba cerrada con llave. Me asomé por la ventana de la cocina y vi el fregadero perfectamente limpio y los platos lavados en un altero sobre la mesa. Di vuelta a la casa y me asomé por varias ventanas. Los cojines del sofá estaban acomodados, el único libro de Martín en la mesa de la sala, y no se veía ropa tirada por ninguna parte. Luego hice el peor descubrimiento de todos: un par de zapatos de mujer, de tacón alto, en el piso, junto a la puerta.

Me dejé caer sin aliento.

Libertad puso a un lado la *Historia del tiempo* y se secó una lágrima que le rodaba por la mejilla. Las internas se miraban atónitas unas a otras, y algunas sentían lástima por ella.

—Perdón —dijo Libertad, con la nariz congestionada y roja. No era sólo la gripa. Era toda esa tristeza acumulada que trataba de darse a la fuga.

La Maciza partió en dos su Kleenex, le dio la mitad a Libertad y se guardó la otra para ella. También estaba al borde del lloriqueo.

—Qué bueno que nada de esto te pasó de verdad, que es sólo un libro —dijo la Rata—. Pinche Martín, ¿no que para toda la vida?

—Te lo dije. Yo reconozco a un mal hombre cuando veo uno bueno —intervino la Maciza—. ¿Y sabes qué es lo peor de todo?

—No —dijo Libertad.

—Siempre, y cuando digo siempre es siempre, la otra es más delgada.

—Y más bonita —añadió Rarotonga.

—Y mejor en la cama —contribuyó la Venadita.

—No creo que sea necesario que exprimamos jugo de limón en nuestras cortadas —les dijo Libertad a todas, entre sollozos.

Un par de minutos después, recuperó la compostura y siguió con el episodio.

Pedí otro aventón luego de pasar dos días escondida en la cueva de los pictogramas prehistóricos, llorando y preguntándome qué habría querido decir Martín con "Podría vivir contigo toda la vida". El primer aventón, en un troque Swift, me llevó desde Timpas hasta Trinidad sin contratiempos. Un buen hombre. Oía *El valle de las muñecas* en el tocacintas, versión completa. No dijo palabra. Me dejó cerca de la salida del Lago de Trinidad. Pasaron unos coches a toda velocidad. Los conductores habían dejado de ofrecer aventones a viajeros de a pie mucho antes de mis tiempos.

Me preguntaba si debía ser menos confiada, como ellos, cuando un Freightliner clásico se detuvo. Llevaba un remolque con componentes de laminados de metal. Corrí hacia él y me trepé. Era una pareja mayor. Simpáticos desde el saludo. Un Yorkie miniatura me dio la bienvenida en el sleeper. Se llamaba Bandit y me lamió el brazo. Fotos de niños decoraban el tapiz acolchonado color vino de las paredes. Los nietos, supuse. Tal vez los verían esa Navidad, si había suerte y no tenían que andar viajando. Una colección de videocasetes estaba acomodada en una repisa. Películas pornográficas. Una bolsita de chocolates Kisses que se derretían rodaba de un lado a otro del tablero en cada curva.

—¿Va hasta la I-25, señor?

—Así es, hasta El Paso.

—Déjeme por favor en Las Cruces.

Era un tiro sin escalas por la I-25 desde Trinidad. Iba directamente al Jolly Trucker, y lo que me llevaba ahí era Sonia. Desde que dejé la casa de Martín arrastrando el alma por el camino de terracería, sus buñuelos me invadieron la mente. Me vi sosteniendo uno con la mano, crujiente y calientito, espolvoreado de azúcar y bañado en miel, su olor a canela llenándome la nariz. Al principio sentí como un intruso el recuerdo del pan frito de Sonia. Pero era lo que era: un espejismo del corazón.

Entré al Jolly Trucker sintiendo culpa y emoción, juntas. ¿Cuánto tiempo había pasado desde la última vez que había visto a Sonia? Cuatro años. Tenía yo trece cuando mi papá hizo el ridículo y nos fuimos de su truck stop.

Pasé por la tienda de regalos y entré a la cafetería. Un par de troqueros tomaban café cargado con ron barato y jugaban dominó. Casi todos estaban de prisa. A cuarenta centavos la milla—o, si eran dueños de su troque, a noventa y seis la milla—tenían que volar. Sonia estaba al fondo limpiando la rocola.

—¡Jesús de Veracruz!

Pensé que no me reconocería. Me eché a sus brazos como si la hubiera visto el día anterior y solté el llanto que traía atorado.

—Dejé a mi papá, Sonia.

—Ya lo sé. Te ha estado buscando por todos lados. Hasta debajo del piso de linóleo de cuanto truck stop hay, por Dios.

—¿Te llamó? —ésa sí que no me la esperaba.

—Le ha hablado a todo el mundo. Tu foto no está en los carteles de niños desaparecidos porque sabes lo paranoico que es con esas cosas, el miedo que tiene de hacerse notar y todas esas mañas.

—Por favor, no le avises que estoy aquí. Todavía no.

Entramos al Museo de Cuatritos Chocados y nos sentamos en una banca junto a un montón de metal arrugado y quemado que antes había sido un Pinto. Me abrazó, meciéndome despacio, como un océano cansado, y me dejó llorar hasta que no pude más. Le conté cómo había empeorado el mal de mi papá, las peleas con los hombres que se atrevían a mirarme. Le conté de Martín. Y luego, cómo me había escapado.

—Ya me sospechaba que algo así iba a pasar entre ustedes dos.

—Necesito tiempo antes de que le avises que estoy aquí.

Me llevó a su casa a un lado del museo; me instaló en el cuarto de visitas, que alguna vez me había asignado, con el oso de peluche aún recargado en la almohada; me dijo que regresaría pronto, y se fue al Jolly Trucker. Yo me acurruqué debajo de las cobijas y apagué la luz. Oía el ronroneo eterno de la carretera, troques llevando verduras, abarrotes, muebles, ganado, autos, materiales de construcción. Todo lo que cualquiera pudiera necesitar. Cerré los ojos y traté de ver mi futuro, pero no había nada. Sentí como si hubiera terminado de leer una novela a la que le falta el último capítulo.

Perdí a Martín —le dije a Sonia, quien a las dos de la mañana entró con un vaso de leche y un buñuelo gigante.

—Si tiene otra mujer, no hay mucho que puedas hacer.

—Pero sé que es la mujer equivocada.

—La verdad es que no lo sabes.

—Vi lo que hizo con su casa. Está impecable. Él no es así. Deberías ver cómo tiene normalmente su cocina. Ahora está tan limpia que ha de haber más bacterias en un quirófano.

—Tal vez esté con alguien ahora, pero eso no quiere decir que vaya a estar ocupado siempre. Cuelga y vuelve a llamar más tarde.

Sonia hizo como que colgaba un teléfono imaginario.

—¿Qué piensas hacer con tu papá? No te puedes esconder toda la vida.

—¿Le llamas?

—Sí.

No te vayas todavía, Meteor. ¿Has oído de la Mujer de la Lodera?

Se extravió, ¿qué no?

De veras que la voz se corre bien rápido.

Lo oí en las regaderas de Love's allá por Oklahoma City. ¿Tú cómo te enteraste, Spitfire?

González anda como loco. ¿No lo has oído? Se la ha pasado preguntando a todo mundo en el radio CB, día y noche. Cuando no está acaparando el canal 19, está en el 5. Ahora parece que todos andan buscando a la chamaca.

Apuesto que se peló con el novio. Eso hizo Myrta, mi sobrina. Cuando los pájaros aprenden a volar, se van del nido.

Eso, pues.

Yo no culpo a la niña. ¿Quién quiere andar todo el día con Atticus?

¿Quién es Atticus?

Es el nuevo apodo de González.

Pensé que era Holden.

No, ése es uno viejo.

Oh, pues, qué rollo. Ese cuate está chiflado. Espero que la encuentre.

Yo digo que mejor no. Que la deje ir, chihuahua.

Lo dices como si fuera fácil. ¿Qué va a hacer Atticus sin ella? Es como su pulmón.

Y hablando de eso, ¿cómo sigues de tu enfisema?

Extraño mis tabacos.

Sí, pues. Así es la cosa. Todos echamos de menos a alguien o algo que nomás nos hace daño. Oye, ya me retiro, necesito dormir un par de horas antes de seguirle. Sale pues. Que Dios te acompañe.

Tenemos que seguir en contacto, Maciza.

Libertad sacaba espuma de una barra de jabón para ropa y se la aplicaba en el pelo. El agua café que salía de la regadera era una bendición, pero ni tal lujo la consolaba. La Maciza acababa de ser informada de su liberación.

—A güevo.

La Maciza se bañaba en la regadera de al lado. Tenían que apurarse. La fila de internas que esperaban era todavía larga y el Departamento de Aguas cortaría el suministro en veinte minutos.

—¿Y ahora qué?

—Mi hermana quiere que le vaya a ayudar con sus escuincles. Tiene más de los que puede controlar y ninguno de sus tres exmaridos hace nada por esos niños. Pero yo me voy directo a buscar un coyote que me cruce para el otro lado. Ya me dieron unos nombres. Todos muy recomendados.

—Avísame cuando encuentres a Pollito.

—Oh, sí.

—¿Y qué del favorcito? ¿Vas a ir a ver a la Chapopota?

—Of curs que yes. ¿Tú qué crees? Lo prometido es deuda. Es mi primera misión saliendito de aquí.

Libertad se acercó a la Maciza y bajó el volumen de su voz.

—¿De veras lo van a hacer? ¿Se van a encargar de ese cuate?

La Maciza no sabía bien a bien quién era "ese cuate", y Libertad soltaba la información a cuentagotas. No podía permitir que se supiera el plan secreto. Se propagaría como virus del Nilo.

La Maciza tenía que reconocer que el hecho de que la misión fuera secreta, como de la CIA, le emocionaba, y más aún la parte de no conocer todavía el plan completo.

—Claro que nos vamos a encargar de ese cuate. Sea quien sea, se lo merece. Además, te debemos una.

Libertad tragó agua y miró a la Maciza fijamente a los ojos, como en actitud de advertencia.

—Nomás no lo maten.

—Ya te dije que va a sobrevivir, si eso es lo que quieres. Confía en la Chapopota. Ella sabe hasta dónde llegar.

Libertad se frotó la cara con jabón. Por un instante pensó en suspender el plan que había concebido con tanto detenimiento, pero era imposible. La directora Guzmán ya se había involucrado. Libertad le pidió ayuda y ella se apuntó entusiasmada a aportar no sólo ideas, sino también parte del equipo que la Maciza necesitaría para ejecutar la misión. No había manera de cancelarla.

A Libertad se le acabó el tiempo de regadera y tuvo que secarse todavía con jabón detrás de las orejas antes de que las demás reclusas se amotinaran. Ni siquiera le dio tiempo de, como acostumbraba, pasar la toalla por la pared de azulejo como muestra de cortesía para la siguiente usuaria.

Eran más de las tres de la mañana. Afuera, en el pueblo, sonaba un radio a todo volumen. Libertad lo oía desde su celda. Se preguntó si los vecinos se quejarían, pero ahí no era Estados Unidos. En México nadie se quejaba de esas cosas, porque todo el mundo transgredía en algún momento. Desde su llegada, Libertad había visto que mucha gente cometía excesos sin que, para su sorpresa, los afectados protestaran. Rápidamente se dio cuenta de que en México eran inútiles las demandas y otras maneras de hacer entender a la gente que su libertad terminaba donde empezaba la de los demás.

La música pasó a segundo plano y la idea de la liberación de la Maciza tomó posesión de sus pensamientos. Levantó la cabeza y la miró. La Maciza dormía profundamente. Podía ver su silueta en la oscuridad. Oír sus ronquidos. ¿Quién ocuparía su cama? Tenía el mejor colchón, mejor aun que el de la Rata. Ya empezaba la especulación sobre ese tema. Si la dirección no lo rifaba pronto, habría una pelea muy desagradable. Todas lo querían. A Libertad eso no le importaba. Su amiga se iba y dejaba vacío un lugar muy grande en el Club de Lectura, donde había defendido su asiento ladrándole a cuanta intentaba ganárselo. ¿A quién invitaría ahora Libertad a la playa? ¿Quién la protegería de alguna agresora? Sabía que nadie se metía con ella porque era amiga de la Maciza. Se sintió vulnerable y perdida.

—¿Libertad?

—¿Tú también estás despierta, Maciza?

—Mira, ya sé que lo que cuentas en el Club de Lectura es verdad.

—¿Será? ¿Estás segura?

—Bueno, casi. Me las olí desde el principio, pero no quería balconearte. Y no le he dicho a nadie, así que por mí no te preocupes, que de aquí no sale.

Libertad se fijó en una telaraña que colgaba del techo junto a la mancha de una vieja gotera.

—Sí. Yo soy la Mujer de la Lodera.

Su confesión sonó como cuando los superhéroes, en el clímax del cómic, revelan su identidad secreta a sus enamoradas.

—Te dije que ibas a escupir la tripa de una manera u otra.

—Lo tenía que sacar como fuera.

—¿Te sientes mejor?

Libertad miró en dirección de la cama de la Maciza y sonrió en la oscuridad.

—Gracias, amiga.

El labio de mi papá sangraba. Se lo había mordido durante toda la discusión con Sonia. "Te lo mereces. ¿Qué te hace pensar que puedes prohibirle crecer a una niña? ¡Ya tiene diecisiete años!"

Su tono parecía de enfado, pero yo sabía que estaba preocupada.

Me senté en una mesa contigua a la de ellos en la cafetería del Jolly Trucker, asustada, quieta. Era media noche. La gente de las mesas de al lado escuchaba la discusión.

Mi papá les lanzó una mirada desafiante. "¿Qué se traen?"

Los troqueros siguieron comiendo, pero con los oídos muy atentos. No era fácil conseguir entretenimiento gratis, y esto era mejor que cualquier programa matutino. Mi papá se levantó, me tomó del brazo y me condujo a la puerta. Yo arrastraba los pies, no por rebeldía, sino porque del miedo no me respondieron. Le pedí ayuda a Sonia con la mirada. "Nos vamos", dijo mi papá.

Cuando llegamos a la puerta nos detuvimos y volteamos a ver a Sonia sin decir nada. Una mosca voló por el mostrador durante un minuto entero y después se posó en un pay de manzana. Todos la oyeron. La mosca.

Durante dos semanas mi papá no me dijo nada. Recorrimos el país entero, yo sombría, a la expectativa. Varias veces traté de empezar una conversación con él, pero me ignoraba. Desenterró todos los ahorros de nuestra vida, pasando por cada sitio donde los habíamos ocultado. San Bernardino, Escondido, Fresno, Santa Bárbara, Amarillo, El Paso, Fargo, Aurora. No parecía haber una ruta, un plan. Le faltaron un par de escondites en Nevada, uno por el Santa Rosa Range y el otro cerca de las Lava Beds, unos 180,000 dólares, calculé. Tal vez se había olvidado de ellos. No se los recordé. Le ayudé a esconder el dinero en el troque. Todos los compartimientos estaban atiborrados de billetes.

Le habló a Cholito desde un cuarto de motel y le pidió que le hiciera los documentos necesarios para pasar el troque al otro lado de la frontera, a México, y que se los enviara de inmediato por FedEx. Permisos. Placas. Registros. Actas de nacimiento. Pasaportes. Visas.

—¿Ahora cómo quieres que se llame la niña?

—Ponle Filomena Hernández —respondió mi papá.

Siempre, desde muy pequeña, odié los nombres que mi papá me escogía. Fermina Martínez. Plutarca Gómez. Gervasia Pérez. Yo sólo quería ser la Mujer de la Lodera.

—¿Y qué edad le ponemos?

—Veintiuno me suena bien. Para evitar problemas.

Mi papá se rasuró la cabeza antes de salir del motel y enfilarnos hacia la frontera. No me atrevía a preguntarle qué planeaba. Me preocupaba su comportamiento, tenía miedo de lo que aún me esperaba por haber escapado y estaba emocionada de ir por fin a México. Pensé que así eran los sentimientos: vienen en paquetes de media docena, como los calcetines.

La frontera estaba aún a cientos de millas. Todo podía ocurrir. Un retén policiaco podía enloquecer a mi papá y hacernos dar vuelta en *u* hasta Canadá. O, tal vez sólo para fastidiarme, podía decidir que nos quedáramos en Estados Unidos. Yo quería seguir al sur, cruzar a México, lejos de Martín. Quería ver el país que mi padre amaba tanto pero al que no había tenido el valor de volver. Y porque sólo tenía ideas románticas de lo que era México, recurrí a la parte de mi cerebro con la que escribiría folletos turísticos cursis y llenos de frases hechas si acaso llegara a dedicarme a la publicidad. Imaginé ciudades coloniales respetadas por el tiempo, legados de dos culturas viviendo en amasiato, anidadas entre montañas y cascadas. Vi cúpulas de templos forradas de azulejos alcanzando los cielos en divino fervor, callejuelas empedradas serpenteando entre patios iluminados por la luna donde tríos soñolientos cantan boleros, balcones abrazándose unos a otros, pórticos saludando a la lluvia y jardines ocultos a la espera de parejas que se enamoraran. También imaginé la ciudad donde mi padre creció. Una población de millones, y más y más. Decía que había nacido en la Ciudad de México, y en broma prometía que nunca lo volvería a hacer. No allí, ese sitio donde vive tanta gente pero del que pocos pueden declararse originarios. Los taxistas tienen tendencias suicidas, los policías son los ladrones, dos millones de personas viven en chozas de cartón en azoteas y más de cuarenta peatones son atropellados a diario. Yo tenía que ir. Tenía que probar y oler todo lo que tantos mexicanos en Estados Unidos extrañaban tanto que hasta dolía.

¿Pero ahora por qué quería cruzar a México mi papá? ¿Por qué había cambiado de opinión y corría ese riesgo?

Los Algodones era un puente fronterizo pequeño, desolado, desierto. No podía saberse en territorio de cuál de ambos países se levantaba la oficina de inmigración, un edificio diminuto, prefabricado. Desprendidos de su raíz, los arbustos giraban por los aires y acababan enredados en el alambrado. La línea divisoria entre México y Estados Unidos no era más que un borrón.

El empleado mexicano de migración, un tipo al borde de la vejez, tomó la carpeta que mi papá le entregó con la documentación y la abrió. El primer papel, encima de todos los demás, era un billete de cien dólares. El empleado lo tomó y se lo guardó en el bolsillo. Después dio una vuelta por el troque para inspeccionar la carga, una grúa vieja, y selló un papel que guardó en la carpeta, dándonos el pase.

En cuanto cruzamos y tocamos suelo mexicano, mi papá dijo sus primeras palabras en dos semanas: "Por algo fui a la universidad".

Después de viajar un largo rato por una carretera angosta entre dunas y malpaises tan desolados como la cabeza de un pelón, mi papá me dijo:

—Vamos a dejar esta grúa en Ensenada y luego nos seguimos al sur, a la isla Ángel de la Guarda.

—¿Dónde queda esa isla?

—En el Mar de Cortés —contestó, con una nueva calma en su voz —. Dicen que es espectacular y que nadie va para allá.

—¿Vamos de vacaciones?

—Nos vamos a mudar ahí.

No dije nada. ¿Tenía caso? Él estaba a cargo de mí y, como siempre, tomaba todas las decisiones. Yo manejaba el troque en ese momento porque así lo había querido él. Estaba en una carretera mexicana porque ése era su deseo. Me iba a mudar a una isla desierta que nunca había oído mencionar ni en mis clases de geografía y yo no lo había elegido. Aun así, estar en México me cargaba de energía. Ésta era la tierra encantada donde todo era posible. Un México que sólo conocía con el filtro de los recuerdos de mi padre ahora retumbaba bajo las ruedas de mi troque, y cada bache y tope que pasaba me provocaban en el asiento un delicioso salto que me subía por la columna.

—¿Por qué ahí? ¿Por qué la isla Ángel de la Guarda?

—Cualquier lugar con ese nombre tiene que ser seguro.

Algo era cierto: estaría lejos de Martín. De pronto entendí lo que mi papá me quiso explicar cuando dijo que los hombres sólo me harían daño.

Manejé por una carretera llamada México 2 hacia Ensenada, y al acercarme a Mexicali me di cuenta de que el mismo número de ruta había sido asignado a seis diferentes carreteras. Mi papá notó mi embrollo. “No hagas caso de las señales. En México nomás sirven para confundir”, me dijo, sin desviar la vista del camino.

Ésa era mi primera probadita de qué era manejar en autopistas mexicanas. Mi papá las conocía bien. Se acordaba. Mientras yo manejaba, me daba instrucciones, como “Aguas con la curva” o “Aquí es zona escolar, baja la velocidad”. Pero más allá de eso, no hablaba. Yo esperaba que dijera algo acerca de mi fuga, de todo lo que había pasado; que hiciera un intento por ventilarlo y enterrarlo. Pero llegamos a Mexicali en silencio.

Una tortura que deseé no tener que repetir jamás fue atravesar el laberinto de calles de esa ciudad por zonas residenciales, industriales, comerciales y lotes baldíos. ¿Qué en México no había reglamentos de tránsito? ¿Imperaba sólo la ley del más fuerte? De ser así, nosotros tendríamos que haber sido los reyes. Pero no éramos más que un monstruo tarado de sesenta toneladas tratando de maniobrar entre coches impredecibles. Mi papá me miraba en silencio, casi disfrutando de mi sufrimiento; me vio defenderme de coches que nos cortaban el camino, de seguro molestándonos a propósito, hasta que salimos de la ciudad.

El silencio que se acumulaba entre nosotros se hacía cada vez más pesado y doloroso. Subimos por la Rumorosa sorteando las muchas curvas suicidas de esa carretera, cuidándonos de las piedras sueltas que a veces caían sin avisar de los peñascos, pasando por vastas extensiones de malpaises y precipicios donde nada crecería jamás. De cuando en cuando yo veía el esqueleto de algún coche oxidado y saqueado, abandonado junto a la carretera o al fondo de una barranca. ¿Quién habría ido manejando esos coches cuando se accidentaron? ¿En qué vendrían pensando los pasajeros? ¿Habrá sido una pareja mayor en ese Oldsmobile destrozado mudándose al sur para abrir un bed-and-breakfast? ¿O un joven americano de los setenta en esa combi hecha trizas, huyendo de la guerra de Vietnam? ¿Por qué nadie había recogido esos coches destartalados? Tal vez no había una ley que obligara a las compañías de seguros a recoger vehículos considerados como pérdida total.

Contratar una grúa quizá costaba más de lo que ganarían vendiendo la chatarra en un deshuesadero. Pensé en Sonia. Seguramente podría darles algún uso a esos coches en su museo.

Cuando llegamos a la cima, el paisaje cambió; se hizo más amable, con parches de pastos aquí y allá. Volvían el color y la vida. Al final de una curva frené para dejar pasar a una manada de borregos que cruzaban sin prisa la carretera justo a un lado de una señal que indicaba Tecate 20 KM. Esperé a que pasaran y aceleré de nuevo, imaginando que irían de camino a un encuentro anual.

—Perdón por todo lo que hice, papá —dije por fin, después de soportar su silencio por tanto tiempo y confiando en iniciar una charla civilizada que nos llevara a la reconciliación. Pero mi disculpa sólo sirvió para que él dejara salir toda la ira que había estado guardando durante dos semanas. Y estalló.

—¡Perdón, mis güevos! Fuiste a buscar al imbécil ése. ¿Qué eres? ¿Una perra en celo?

—No me llames así.

—¿Qué eres entonces?

—Soy tu hija, y no he hecho más que aprender de ti. ¿No huíste tú también?

Entonces hizo algo que yo, dado que iba manejando, consideré un acto estúpido. Me dio una cachetada. ¿Se había vuelto loco? ¿Quería que nos matáramos? Sin duda sabía que era muy peligroso pegarle al chofer de un troque mientras va a toda velocidad por una carretera llena de curvas y transportando una grúa.

Sentí un escozor en la mejilla. Del golpe me había partido el labio y empecé a sangrar, y eso, creo, fue lo que hizo que mi papá perdiera el poco control que le quedaba. Traté de defenderme de sus golpes, pero no me alcanzaban los brazos. Con el rabillo del ojo vi la barranca del lado izquierdo. Intenté sostener el volante. Como seguía pegándome, tuve que frenar. Las llantas se derraparon en el pavimento que hervía. Salté del troque, corrí hacia la barranca y empecé a bajar. Me prendí de frágiles hierbas y arbustos para no caer al vacío. Oía a mi papá maldiciendo detrás de mí. Cuando acortó la distancia entre nosotros, me pregunté cómo iría a terminar esta pelea. ¿Me mataría? Estaba segura de que se había vuelto loco.

Entonces rodó. Se resbaló y pasó frente a mí hacia el fondo de la barranca, hasta que logró agarrarse de una raíz justo a la orilla de una inclinación más pronunciada.

Volví al troque y me retiré a toda velocidad, dejándolo solo. Me gritó que lo ayudara, pero no lo hice. Sabía que se salvaría. Ya no corría peligro. Subiría la barranca, se revisaría los rasguños y moretones y pediría un aventón. Me encontraría de nuevo. Tenía práctica.

Minutos después, mientras yo seguía una curva tranquila, un autobús de pasajeros se acercó por el carril contrario. Le hice un ademán de saludo al chofer, como se acostumbraba, y él me saludó a mí. Y en el momento en que nos cruzamos, sentí un jalón fuerte y oí lo que pareció un trueno.

"¿Qué fue eso?", dije en voz alta, sin entender.

El troque se derrapó, pero lo maniobré hasta que pude frenar.

Por uno de mis espejos retrovisores vi que el autobús había perdido el techo. Se le había levantado, como cuando se abre una lata de anchoas. Rodaba lentamente, perdiendo velocidad, hasta que fue a detenerse en medio de la carretera. Cuando vi que la vieja grúa que yo traía tenía la pluma retorcida y colgaba del lado izquierdo del remolque, supe lo que había hecho. Salté del troque, ilesa, temblando.

Eso es imposible —dijo la Maciza.

—Por supuesto que es posible —explicó Libertad—. Lo que pasó fue que la pluma de la grúa se desprendió de su amarre y se fue de lado, invadiendo el carril contrario justo cuando pasaba el autobús. Veintiséis personas perdieron la cabeza en el impacto, incluyendo el chofer.

La Diva gritó horrorizada. La Pinche Bruja abrió la boca, pero de ella no salió sonido alguno. La Vedette le apretó la mano a la Venadita. La Maciza sólo dijo: "En la madre".

Libertad cerró el libro, lo acomodó en el estante detrás de ella y continuó con su historia mirando directamente a los ojos a cada reclusa.

Caminé al autobús. Alguien empujó la puerta torcida desde adentro y salieron nueve niños de diferentes edades, todavía mareados, pero ilesos. Detrás de ellos salieron un joven subiéndose la bragueta del pantalón y una muchacha abotonándose la blusa. Y al final salió un enano que gritaba y giraba sin tino ni destino como un trompo. Por su altura o la posición horizontal en la que se encontraban al momento del impacto, ellos fueron los únicos pasajeros que sobrevivieron.

Entre los muchos viajeros que se asomaron a ver el accidente al pasar, vi a mi papá en una troca. Al verme, le pidió al conductor que se detuviera, se bajó y corrió hasta donde estaba yo.

—Vámonos de aquí. Ya tengo quién nos dé un aventón, rápido.

Yo no podía hablar. Sólo miraba el troque y temblaba.

—¡Ándale! Este señor de la troca nos va a llevar a Tijuana.

Trató de empujarme dentro de la troca, pero me zafé y me abracé del enano como quien abraza una palmera en un huracán. Mi papá intentó desprenderme, pero yo no lo solté.

—¡No lo dejes que nos lleve! —me gritaba el enano en la oreja, todavía choqueado por el accidente.

Mientras mi papá trataba de arrastrarnos a la troca, oí sirenas a lo lejos. Una ambulancia, tal vez. Una patrulla, o varias. Mi papá las oyó también y me miró con ojos de terror antes de soltarme y subirse a la troca.

Fue la última vez que lo vi.

No pudo probarse que el candado de seguridad de la pluma de la grúa hubiera estado defectuoso. Quizá sólo estaba abierto. Las autoridades mexicanas tardaron mucho en hacer las averiguaciones y determinar si el choque había sido un accidente infortunado o yo tenía intenciones criminales. Al final fui condenada por homicidio imprudencial múltiple y varios delitos más, de los que me acusaron por las circunstancias sospechosas en las que me encontraba al momento del accidente. Los detectives se llevaron meses en aclarar toda la documentación falsa que hallaron en el troque. De los cientos de miles de dólares atiborrados en los compartimientos, concluyeron al fin que eran míos legítimamente, pero para entonces casi todo el efectivo había desaparecido. Las autoridades lo habían confiscado antes de contarlo. El resto del dinero, lo poco que sobró, sirvió para pagar los daños materiales. El troque también fue confiscado y no lo volví a ver jamás. Y como ustedes bien saben que en México se es culpable hasta que uno demuestre su inocencia, me encarcelaron de inmediato en el Centro Penal Femenil de Rehabilitación Social de Mexicali. Y fue aquí, en esta prisión, donde por fin aprendí a vivir en una casa sin llantas.

Durante un par de minutos el Club de Lectura permaneció en silencio. Nadie comentó nada, nadie se levantó de su asiento. Las internas se miraban unas a otras preguntándose qué estaba pasando, nerviosas y asustadas, como los animales de granja cuando está a punto de ocurrir un terremoto.

"Éste es el final. El último libro. Ya no me quedan historias para contarles", dijo Libertad.

¿Y ahora qué?

Se acabó, Rata. La directora dijo que ahora tendremos que envolver y empaquetar paletas de dulce para la maquiladora de Tecate. Pura mercancía de exportación. Eso es lo que vamos a hacer en vez del Club de Lectura.

¿Y Libertad? ¿Qué va a hacer ella?

Envolver y empaquetar paletas de dulce, ¿qué más?

Oye, Diva, no he hablado de esto con nadie, pero he estado pensando, ¿tú te acuerdas cómo acabó la historia de Libertad?

Sí, ¿qué con eso?

Pa' saber. ¿No será que todo lo que nos leyó fueron cosas que le sucedieron a ella? Es que todo parecía como que de a de veras.

Chance.

¿Entonces tú también crees que mató a toda esa gente?

Por como lo contó, se me figura que sí.

¡Híjole! Imagínate andar cargando toda esa culpa.

Contimás si no lo hiciste a propósito.

A lo mejor no pasó de verdad. O sí, pero fueron menos los difuntitos, cuatro tal vez.

¿Crees que haya exagerado?

Puede ser, para hacer la historia más dramática. Ya ves lo que se oye por aquí. Está difícil competir.

Nunca vamos a saber la verdad.

No nos la va a decir.

Ni yo se la voy a preguntar. Es mejor no saber.

Sí, cierto.

Nunca parecen las mismas. Las nubes. Quisiera que trajeran la brisa dulce de los caminos del norte con sus aromas de hule quemado, monóxido de carbono, dísel. Pero son blancas, predecibles y no traen nada más que sombras.

Estoy viva y ése es mi castigo. He sido librada de la muerte para sentir el arrepentimiento. Sucede a diario. Me despierto, me acuerdo, siento el peso de su ausencia. Me cambiaría por cualquiera de ellos, pero no es posible. Devolverle la vida a toda la gente que maté es el deseo número uno de mi lista.

La fiesta de despedida de la Maciza incluyó una piñata rellena de cigarros, Tampax y dulces cubiertos de chile en polvo. Libertad le entregó un regalo que le hicieron las asiduas al Club de Lectura. Eran dos pares de jeans y unos zapatos deportivos como para un adolescente, y una tarjeta telefónica prepagada en dólares para que llamara al Departamento de Servicios Infantiles en cuanto cruzara al otro lado, a Estados Unidos.

Libertad no podía soportar ver a su amiga irse, pero presenciar su liberación le causaba una alegría desconocida. La Maciza caminó hacia la reja oeste acompañada de una custodia como si fuera la chica del bastón encabezando el desfile. Cuando llegó adonde Libertad estaba parada entre el grupo que se había reunido para los adioses, se detuvo y le dio un último abrazo largo antes de continuar.

Libertad hizo un rápido recuento de cuánto tiempo habían compartido su celda diminuta. ¿Cuántas conversaciones habían tenido hasta la madrugada? ¿Cuántas horas al día se habían visto las caras? ¿Quedaría entre ellas algo sin decir?

"Espera, se me olvidó decirte algo", dijo la Maciza, corriendo de regreso hasta donde estaba Libertad. Y en el oído, le murmuró: "Cuando salgas, búscame en el directorio telefónico de Caléxico. Me voy a llamar Marcela Martínez".

La Maciza llegó a la reja, estrechó la mano de la custodia y salió de la cárcel hacia la calle. Iría directamente a encontrarse con un coyote que la cruzaría a Estados Unidos para llevar a cabo el plan secreto de Libertad, ahora que sabía quién era "ese cuate" y tenía toda la información necesaria y las instrucciones precisas. Después, buscaría a su Pollito.

La Chapopota supo por qué la Maciza estaba parada frente a su puerta esa mañana. Habían estado en contacto. Mientras empacaban, la Maciza le contaba con detalle los mejores chismes de la prisión, todo lo que sabía que lamentaría haberse perdido. Y al saborear todas las noticias, la Chapopota deseó que se hiciera una reunión anual en la que las muchachas liberadas pudieran juntarse y ponerse al día. Tal vez le llamaría luego a la directora Guzmán para proponerle la idea.

Después de su liberación, la Chapopota había conseguido empleo en San Ysidro, California, en una casa de cambio de moneda, de dólares a pesos y viceversa, y no se había robado un solo centavo. Incluso en cierta ocasión le habló a la directora Guzmán para contarle sus méritos. En menos de un mes recibió una carta de la directora, en papelería oficial del penal, para felicitarla. Después de que una compañera de trabajo se la leyó, la Chapopota le planchó los dobleces y arrugas y la clavó en la pared de su departamento como si hubiera sido un diploma.

Había comprado una combi Volkswagen vieja con sus primeros sueldos. A pesar de sus veintidós años de servicio, se hallaba en buen estado y tenía un motor casi nuevo, así que se fue en ella con la Maciza al Jolly Trucker, comiendo papitas, chicharrones y refrescos y durmiendo en áreas de descanso, tal como su amiga la Mujer de la Lodera había hecho durante años. De acuerdo con las instrucciones de Libertad, Sonia, la dueña, sabría dónde encontrar a Joaquín.

Estacionaron la combi entre dos troques, esperaron a que oscureciera y se acercaron a la ventana de la cafetería para estudiar la situación. Esa noche era de las lentas. Una mujer delgada vestida de negro y con bastón cojeaba entre las mesas y hablaba con los pocos clientes que todavía quedaban.

—Ésa debe ser Sonia —dijo la Maciza.

De pronto vieron que un hombre se le acercó y la abrazó por la cintura.

—¿Será ése el papá de Libertad? —preguntó la Chapopota.

—Ha de ser. Se parece un poco, ¿no crees?

—¿Cómo podremos estar seguras? No tiene ojos verdes como Libertad.

—Arreglémonos y luego entramos.

Con la sospecha de haber encontrado a su objetivo, se vistieron con auténticos uniformes militares mexicanos, provistos para la misión por la directora Guzmán. También se cubrieron la cara con pasamontañas para ocultar su identidad. Según la directora, era imperativo que nadie supiera que eran mujeres.

Entraron al Jolly Trucker sin ser vistas y se escondieron un rato en el almacén, desde donde podían observar todo lo que ocurría. Finalmente, los clientes, meseras y cocineros se fueron. Sólo quedaba un troquero borracho que oía en la rocola el mismo corrido norteño una y otra vez. Sonia le quitó las llaves del troque sin que opusiera la menor resistencia. La Maciza pensó que seguro era un tiro para esas cosas. Pero cuando el hombre que podía ser Joaquín trató de llevarse al troquero a dormir a la sala de la televisión, éste le vomitó en la camisa dos six-packs de cerveza más su cena.

"¿Por qué no te das un regaderazo rápido y lo llevamos a su troque más tarde?" le propuso Sonia.

Ella misma le dio al hombre que podía ser Joaquín una toalla limpia que sacó del clóset detrás del mostrador y una camiseta del Museo de Cuatritos Chocados con la foto de un coche chocado y la leyenda: Más vale tarde que nunca.

"Voy a cerrar el museo y regreso en un momentito", dijo Sonia, y se fue con un manojo de llaves que quitó de un gancho en la pared.

La Maciza y la Chapopota esperaron a que Sonia se alejara y

de inmediato se metieron a las regaderas en la parte trasera de la cafetería. Oyeron que corría agua en una de ellas y abrieron la puerta. Ahí estaba el hombre, desabrochándose la camisa, y, para su buena suerte, al instante reconocieron el inconfundible tatuaje en su pecho: Birginia. Sin necesidad de más pruebas, procedieron a golpearlo con todas sus fuerzas, usando los garrotes que la misma directora les había facilitado para dicho efecto.

—¡Ésta va por el capitán que mataste, pinche cabrón! —gritó la Maciza, fingiendo voz de hombre.

—¡Y esta otra va por el capitán que mataste, pinche cabrón! —repitió la Chapopota sin saber qué más decir.

—¡Ya párenle, por favor! —rogaba Joaquín.

—Y ésta va por darles malos consejos a tus alumnos —dijo la Maciza.

—Sí, puros malos consejos —repitió la Chapopota.

Luego sacó su puñal de combate, rebanó de una sola tajada el cinturón de Joaquín y le bajó los pantalones.

—¿Le cortamos los güevos?

—No. Acabo de cenar y estoy bien lleno. Me caería bien un Alka-Seltzer, eso sí.

La Maciza eructó para mayor efecto y empujó a Joaquín de vuelta al piso, donde éste se hizo rosca para protegerse de los golpes.

Después de verlo retorcerse de dolor, gimiendo como perro atropellado, la Maciza se le acercó a la cara, lo jaló del cuello de la camisa a medio desabrochar y le susurró:

—Estamos a mano.

Joaquín escupió un diente mientras balbuceaba, todavía azorado:

—¿Ya? ¿Eso es todo?

—Sí, ya no tiramos cabrones al Golfo. Está muy contaminado de por sí.

La Maciza se compuso el uniforme y la Chapopota se guardó el puñal.

—Vámonos de regreso a México. Tenemos que reportar al Campo Militar Número Uno el éxito de este operativo y dar por cerrado el caso Joaquín González.

La Maciza cerró la llave de la regadera para no desperdiciar el agua y se fue del Jolly Trucker seguida de la Chapopota, dejando a Joaquín desmayado en el piso que, por contraste con las manchas y embarrones de sangre, se veía aún más blanco.

Camino a La Mirada ahora en una misión pacífica para recuperar a Pollito, la Maciza y la Chapopota no paraban de gritar de emoción, su civilizado comportamiento habitual afectado por la adrenalina. Se abrazaban y chocaban las manos en alto como dos adolescentes que acabaran de conseguir un tanto en la cancha de basquetbol.

—Eres una chingona, me cae —le dijo la Maciza.

—No, tú eres la chingona.

De pronto, la Chapopota bajó la velocidad de la combi y miró a la Maciza como si se le hubiera ocurrido la mejor idea del milenio.

—Pongamos un negocio.

La Maciza rumió la propuesta unos segundos.

—¡Oh, yes, simón que yes!

—"Las Madreahombres". ¿Te gusta ese nombre para la compañía?

La Chapopota imaginó el letrero biselado en la puerta de vidrio de su elegante oficina.

—Nos madreamos al hombre que usted elija —añadió la Maciza, a manera de lema.

Y dejaron salir la risa entre los dientes.

El pabellón de visitas del CEPEFERESOMEX no tenía cubículos con vidrios antibalas. Tampoco cámaras de seguridad que monitorearan la actividad de las internas. Ni micrófonos ocultos, ni mirillas u otros artefactos de alta o baja tecnología para observar la interacción con los visitantes, quienes, una vez cateados y auscultados en la entrada, podían convivir tranquilamente con las presas. Las custodias se quedaban cerca de la puerta y se asomaban a ver los grupos de gente de vez en cuando. Hasta ahí llegaban las labores de vigilancia. Unos cuantos sofás y sillones forrados de vinil decoraban el salón. Era un espacio sencillo, pero su calidez promovía conversaciones cariñosas y un buen ambiente para la unión familiar, cortesía de la directora Guzmán.

Libertad nunca había estado en esa área. Aquel día entró acompañada de una custodia y vio a Joaquín sentado en un sofá color vino. Tenía un par de costras en la barbilla y la mejilla. La nariz, hinchada. Le faltaba un diente. Había envejecido.

Se abrazaron. Joaquín lloraba. Libertad le ofreció la manga de su camisa para secarse las lágrimas. Después de unos minutos de estorboso silencio, interrumpido sólo por los lloriqueos de Joaquín, se sentaron uno al lado del otro.

—Cómo lo siento, Libertad. Lo siento tanto. Estoy tan avergonzado por haberte pegado, por haberte dejado sola en el accidente. Me regresé de inmediato a Estados Unidos. Fue culpa mía. Creo que se me olvidó amarrar la pluma de la grúa.

Libertad deseó haber tenido aunque fuera algunas lágrimas para ese momento. La confesión de su padre las merecía.

—Nunca sabremos qué pasó exactamente, papá, pero ya no importa.

Joaquín miró a su alrededor. Dos custodias paradas en la puerta compartían un chicle. Una tiró la envoltura al piso. Joaquín tomó la mano de Libertad y se la apretó contra el pecho.

—Y te espanté a Martín, sabiendo cuánto lo querías. ¿En qué estaba pensando?

—Ya no importa eso. Está con otra.

—Quiero reparar todos los desastres que hice, Libertad.

—No hay manera. Olvídalo. Es mejor así.

Se sonó la nariz, y con el Kleenex se arrancó un pedacito de costra, lo que provocó que una gotita de sangre le rodara hasta el labio. Libertad la secó con la manga de su camisa.

—¿Por qué tardaste tanto en venir a visitarme? Soy bien fácil de encontrar.

—Tenía demasiado miedo. No tenía valor para cruzar la frontera a México. Estaba paralizado.

—Sí, eso es lo que hace el miedo con la gente.

—Me he pasado todo este tiempo escondido en el Jolly Trucker. Sonia y yo estamos juntos otra vez. Ni siquiera tengo troque.

—Entonces, ¿ella te mandó a verme? No sé de ti en años y de pronto te apareces como si nos hubiéramos visto ayer, como haces con todas tus mujeres.

—Eso de las mujeres ya se acabó. Y no me mandó Sonia. Vine por mi cuenta. Ya no tengo que andar escondiéndome.

—No me digas. ¿Y eso?

—Me encontraron. Los soldados. Ya no me van a matar. Sólo me dieron una paliza espantosa y se fueron. Estas heridas me las hicieron ellos. ¿Las ves?

Libertad las examinó de cerca, impresionada por el profesionalismo de la Maciza y la Chapopota. Pensó en los asteroides en el cielo, cómo van rotando alrededor del sol hasta que otro cuerpo celeste choca con ellos y cambian su trayectoria.

—¿Así que no te van a cortar los testículos?

—No.

—¿No te van a tirar al Golfo de México para que te coman los tiburones?

—No. Estamos a mano.

Libertad respiró profundamente y sonrió la sonrisa de la victoria, y un repentino olorcillo a buñuelo de Sonia le invadió la mente.

—Pues qué buenas noticias, papá. ¿Y ahora qué vas a hacer?

—Te voy a sacar de aquí. Quiero empezar otro negocio contigo.

—No estoy muy segura de eso. Te costó tanto protegerme de problemas, y meterme en ellos resultó ser positivo. Ahora sé que existen otras cosas aparte del transporte.

—Por favor, piénsalo. Lo haremos bajo tus condiciones. Lo juro. Haremos lo que quieras. Sólo te ruego que me perdones.

—Ya he tenido bastante tiempo para hacer eso, créelo.

—¿Hay algo que pueda hacer por ti? Sólo pídemelo, Libertad.

—Ya se me ocurrirá algo.

—A mí también.

Joaquín le dio un beso y se dirigió a la puerta acompañado por una custodia. Antes de irse, volteó a ver a su hija una vez más.

—Se me están acabando los libros —le dijo ella desde el otro lado del pabellón de visitas.

La caja de libros usados llegó un mes después de la visita de Joaquín. Libertad los desempacó lentamente, acariciando cada portada. Algunos eran ejemplares de bolsillo de sus novelas favoritas, las que había leído en las carreteras. Otros eran nuevos. Ahora que ya había terminado el Club de Lectura, podría leer según se le antojara. A medida que desempacaba los libros, los acomodaba en montones para subirlos después a los estantes. Al fondo de la caja encontró un último libro, que reconoció de inmediato. Era *Cómo construir su casa de barro.*

Le rascó con la uña un pedacito de lodo seco pegado en la portada y lo abrió. Era el ejemplar de Martín. En la primera página, escrita con letra casi incomprensible, había una nota para ella: "Mi adorada Mujer de la Lodera: Estudia bien este libro, porque en cuanto salgas vamos a añadirle un cuarto nuevo a nuestra casa. Te he estado amando todo este tiempo. Martín".

"Tengo que ver a la licenciada ahora mismo", dijo de pronto. Nora, que revisaba el nuevo envío de libros, se ofreció a escoltarla a la oficina.

Libertad caminó tan rápido que Nora apenas si podía seguirle el paso. Cruzaron la prisión a toda velocidad hasta que llegaron a la oficina de la directora Guzmán. Se preparaba para irse. Era viernes en la tarde y su vida social la esperaba.

—Quiere verla —le dijo Nora, bufando de tanto correr.

—¿Por qué no esperar hasta el lunes?

—¿Podríamos encontrar mi expediente?

La directora le lanzó a Libertad una mirada severa, como si con su petición cuestionara la manera en que ella manejaba la cárcel.

—Quisiera confirmar mi fecha de liberación. Usted sabe que he estado muy contenta aquí, pero creo que ya llegó el momento de irme.

—Hablemos el lunes. Voy a llevar a Nida a Sea World este fin de semana y tengo que cruzar a San Diego antes de que la línea de carros en el puente se ponga imposible.

Sin la Maciza los días eran opacos, sobre todo los domingos. Una podría estar muerta y no darse cuenta. Libertad le temía a ese fin de semana en particular. De pronto sintió que la fuerza entera de la expectación, que tan diestramente había logrado reprimir durante todo su encarcelamiento, le oprimía el pecho hasta impedirle respirar.

Convenció a Nora de que le permitiera llevar sus nuevos libros a su celda para que pudiera leerlos entre el viernes por la noche y el domingo en la tarde. Esperaba así mantener ocupada su mente. Pero le fue imposible. Durante el fin de semana imaginó diferentes encuentros con Martín. Tan pronto como saliera, iría directamente a Las Ánimas. Se presentaría como si hubiera estado ahí el día anterior. No había rencor. ¿Cómo podría haberlo? En estricto sentido, ella fue la que nunca escribió ni regresó, la que desapareció sin dar explicaciones.

El domingo por la noche, en su cama, apretó el libro de Martín contra su pecho. ¿Estaría su casa hecha un desorden otra vez? ¿De verdad la habría extrañado? ¿Se habría ido la otra mujer? Pensó en los zapatos de tacón alto que había descubierto en casa de Martín la última vez que estuvo ahí. Se imaginó a la mujer, hermosa y perfecta hasta el hueso más pequeño calzándolos y haciendo intentos inútiles por alcanzar a Martín durante el ascenso a la cueva de los pictogramas. Sonrió en la oscuridad. Por supuesto, la dueña de esos zapatos no habría podido quedarse mucho tiempo con Martín.

Llegó el lunes.

—Dice aquí en tus documentos que tu fecha de liberación fue el año pasado, por estos días justamente. Eres libre —le dijo la directora Guzmán con una voz rasposa que Libertad sólo le había oído cuando decía cosas que no quería decir.

—Por favor no lo tome a mal, licenciada. He sido muy feliz aquí.

—Lo entiendo, Libertad. Sé que no es por mí.

—Usted ha sido la mejor directora de penal con la que me he topado.

—Te voy a extrañar.

—La voy a venir a visitar.

—Lo sé.

La directora Guzmán le dio un abrazo y luego la empujó suavemente.

Días más tarde, la fiesta de despedida de Libertad se llevó a cabo en la biblioteca. Se sirvieron tamales y chocolate caliente. Asistieron casi ochenta de las internas que habían ido fielmente al Club de Lectura. Muchas le escribieron poemas para desearle una vida feliz, hasta la misma Nora, quien se había descubierto un talento oculto, una habilidad para las palabras, y ya había echado a andar su propio negocio de poesía. Rarotonga le regaló un paquete de chicles bomba. La Diva, un brazalete de plástico. La Matriarca, un billete de veinte dólares, cantidad exorbitante para un obsequio de despedida.

Después del evento, Libertad se paseó sola por toda la prisión. Memorizaba los detalles, recordaba confesiones compartidas, acusaciones, secretos, lamentos, pleitos, consejos y palabras de esperanza. En la playa sintió un hueco en el estómago. Ningún crucero paradisiaco le daría tantos recuerdos como esa franja de arena.

Regresó a su celda. No había mucho que empacar. Guardó en una caja de cartón sus rollos de papel de baño llenos de palabras, sus tres cuadernos, la pluma vieja y ya sin tinta que la Maciza le había dado al llegar al penal, un par de camisas, tres pantalones, sus chanclitas, los regalos que acababa de recibir y los pocos artículos de tocador que tenía. Los libros, excepto *Cómo construir su casa de barro,* los donaría a la prisión.

Antes de ser liberada, la directora la llamó a su oficina y le entregó dos cosas: el número telefónico de donde la Maciza vivía con su Pollito y un sobre con suficiente dinero para sobrevivir al menos un mes, si lo administraba bien.

—Es un honorario por tus servicios.

Dios provee, pensó Libertad. Siempre.

—Gracias.

Justo al mediodía Libertad salió del penal a la calle desierta cargando la caja con sus pertenencias. Sus amigas la veían desde la reja. La Diva y la Rata, paradas en primera fila, fueron las que presenciaron la escena completa. Estacionado al otro lado de la calle estaba un troque Kenworth T800 rojo, nuevecito, con un sleeper/estudio. En la puerta, un letrero cubierto de diamantina y envuelto en un borde morado reverberaba bajo el sol mexicalense. Decía: TRANSPORTES GONZÁLEZ Y PADRE.

Basura revoloteaba alrededor del troque, atrapada en un torbellino de polvo, cuando Joaquín salió de la cabina.

—Supongo que te habrás acordado del dinero que dejamos enterrado en Nevada —dijo Libertad. Le echó un rápido ojo al troque y le dio a su papá la caja de cartón.

—Siempre debes tener un guardadito para emergencias —dijo Joaquín.

Entonces, tal como la Diva y la Rata les describieron el momento a las internas que no habían estado presentes, otro hombre, éste más joven, bajó del troque cargando una estatuilla de San Antonio parada de cabeza.

—Ése no puede ser Martín —dijo la Rata.

Libertad se acercó a él. Le quitó la estatuilla, la volteó al derecho (dando fin así a la tortura del santo) y besó al hombre en medio del torbellino de polvo con una pasión que la Diva y la Rata sólo habían visto en las telenovelas venezolanas.

—¡Mi Mujer de la Lodera! —exclamó él.

—Ahora soy Libertad.

Se besaron de nuevo.

—¡Sí es Martín! —dijo la Diva detrás de la reja.

—No puede ser. Este tipo está feo como foto de expediente. Se supone que Martín es guapo y fortachón.

—Sí es cierto. Éste está muy chirgo y gacho.

—¿Y dónde están los rizos dorados ondeando en el sol de la tarde?

—¿Y los ojazos azules?

—A mí que no me cuente.

—La verdad es que ella dijo que todo había sido inventado.

—Pinche mentirosa.

Antes de cruzar la frontera camino a Las Ánimas, Libertad, Martín y Joaquín fueron al lugar del accidente, como ella había pedido al dejar la prisión. Joaquín manejaba.

—Ahí es.

¿Cómo se le podía olvidar?

Joaquín se estacionó. Él y Martín esperaron en el troque. Libertad se bajó con su caja de cartón y se acercó, caminando por el pasto largo a la orilla de la carretera hasta llegar adonde veintiséis cruces de madera pintadas de blanco marcaban la tragedia. Algunas tenían floreros con cempasúchiles resecos. Otras, viejas coronas funerarias recargadas a un lado, o listones de colores que se deslavaban con el sol cruel del desierto. Una de las cruces ostentaba una foto tamaño pasaporte clavada al centro: una joven sonriente. Parte del parabrisas del autobús todavía estaba por ahí entre la hierba, después de tantos años. Libertad leyó en voz alta los nombres escritos en las cruces, con la familiaridad de quien nombra a parientes en una lista de regalos de Navidad. Se hincó frente a cada cruz, la besó y le enredó un rollo de papel de baño donde había escrito una larga carta pidiendo perdón. Así hizo con las veintiséis cruces.

Los coches pasaban a alta velocidad sin darse cuenta del ritual de redención de Libertad. Algunas personas volteaban a ver. Otras sólo seguían su camino. Libertad se subió a su troque nuevo donde la esperaban Joaquín y Martín, se sentó en el asiento del conductor, encendió el motor y se dirigió al norte, a la frontera, dejando atrás las cruces envueltas en largas tiras de papel blanco que ondeaban en el viento como si dijeran adiós.

Glosario

53: Jerga transportista que se refiere a un remolque de 53 pies de largo, el más común en la industria.

Acuaplanear: Derraparse en una carretera inundada de agua.

Área de descanso: Estación a un costado de la carretera donde los viajeros pueden reposar, hacer uso de servicios, baños y abastecerse de golosinas.

Aseguranza: Anglicismo. Seguro contra accidentes.

Bulldozer: Máquina de construcción.

Bulevar: Jerga transportista que se refiere a una autopista interestatal.

Cabina: Compartimiento de un vehículo de carga donde se encuentra el volante, el tablero y el asiento del conductor.

Cajuela: Espacio para almacenamiento (de equipaje u otro tipo de carga) de un vehículo, generalmente en la parte posterior.

Calavera: Faros traseros de un vehículo, de freno o de emergencia.

Carcacha: Vehículo viejo, desvencijado.

Claxon: Bocina.

Cofre: Capó, área de un vehículo donde se ubica el motor.

Combi: Camioneta de pasajeros marca Volkswagen.

Contenedor: También conocido como container, es la caja cerrada desde el embarque donde se encuentra la mercancía por transportar. Se afianza sobre un remolque con ruedas o un vagón de tren, o se estiba en un barco carguero.

Cuatritos: Jerga transportista que se refiere a coches, automóviles, carros o cualquier otro vehículo de cuatro ruedas.

Cuneta: Franja lateral de las autopistas destinada a emergencias.

Deshuesadero: Cementerio de vehículos inservibles.

Dieciocho morenas: Jerga transportista que se refiere a un vehículo de transporte con 18 ruedas.

Diez cuatro: Jerga de radio CB (Banda Civil) que significa "afirmativo".

Dispatcher: Anglicismo que se refiere al encargado de coordinar viajes de entrega de carga en las empresas transportistas.

DOT: Vehículo de inspección del Departamento de Transporte (por sus siglas en inglés Department of Transportation) de Estados Unidos. ("Ahí viene un DOT".)

Draigualero: Neologismo anglohispano para referirse al obrero de la construcción que instala tablarroca; derivado de drywall.

Espejos con calentón: Espejos climatizados para evitar que se empañen.

Estribo: Escalón para subir a la cabina de un vehículo de transporte de carga.

Familia de crianza: Familia contratada por el gobierno de un estado para cuidar y educar al niño de crianza o menor de dieciocho años que no cuenta con un padre, madre o tutor capaz de hacerse cargo de él.

Fixer-upper: Anglicismo. Una casa en mal estado que puede remodelarse.

Flotilla: El total de vehículos en una compañía de transportes.

Fólder: Carpeta.

Gis: Tiza.

Green card: Credencial, carnet, matrícula que autoriza al portador a obtener empleo en Estados Unidos, ya sea residente o ciudadano.

Gringa: Mujer estadounidense rubia, de origen caucásico.

Güera: Mujer estadounidense rubia, de origen caucásico.

Güeritos: Individuos estadounidenses rubios, de origen caucásico.

Highway patrol: Anglicismo. Policía de caminos.

Horchata: Bebida dulce hecha de arroz.

Jeans: Pantalones de mezclilla, vaqueros.

Liqueando: Liquear. Anglicismo. Remplaza al verbo gotear; derivado de leak.

Llanta: Neumático, goma, caucho, rueda.

Llanta ponchada: Llanta reventada, con un agujero.

Loderas: Piezas de hule grueso que cuelgan detrás de las llantas de los vehículos de transporte de carga para protegerlas de lodo, barro, grava u otros elementos de la carretera.

Los Angelitos: Jerga transportista que se refiere a la ciudad de Los Ángeles, California.

¿Me copias?: Jerga de radio CB que significa "¿Me escuchas?"

Mentiroso: Jerga transportista que se refiere a la bitácora de viaje de un transportista.

Meterle pata: Jerga transportista que se refiere a acelerar, pisar el acelerador.

Niño de crianza: Menor de dieciocho años puesto a cargo del gobierno de un estado por no contar con un padre, una madre o un tutor capaz de su cuidado y educación.

Palomo: Jerga transportista que se refiere a la policía de caminos.

Parqueadero: Anglicismo. Estacionamiento.

Parquear: Anglicismo. Estacionarse, detener el vehículo.

Pegar las pestañas: Jerga transportista que se refiere a dormir.

Planchar oreja: Jerga transportista que se refiere a dormir.

Quinta rueda: Parte del vehículo de carga donde se afianza el remolque o tráiler, ubicada detrás de la cabina.

Radio CB: Radio de onda corta que utilizan los transportistas para comunicarse entre sí en las carreteras.

Raite: Anglicismo. Sinónimos en argot: ride, (pedir) aventón. Viajar como pasajero sin pagar.

Refrigerado: También llamado contenedor refrigerado o reefer, un remolque con sistema de refrigeración para transportar mercancía perecedera, como carne y productos lácteos.

Regaderas: Duchas.

Remolque: Parte trasera del vehículo donde va la carga. Según su función, se le conoce de diferentes maneras, como tráiler, contenedor, container, lowbow, flatbed, goose-neck, etc.

Rin: Borde circular externo del eje de un vehículo que sujeta la llanta de goma.

Romántica: Jerga transportista que se refiere a estación de básculas en la carretera en la que los transportistas están obligados a pesar su carga.

Sleeper: Anglicismo. Compartimiento ubicado en la parte trasera de la cabina, generalmente equipado con cama y otros utensilios necesarios para que el transportista pueda vivir temporalmente mientras viaja.

Sleeper Extender: Sleeper de lujo, con más comodidades que un sleeper clásico.

SUVs: Vehículos deportivos de recreo.

Tear-down: Anglicismo. Una casa en tan mal estado que debe ser demolida.

Tickets: Anglicismo. Multas, infracciones.

Trailera: Camionera, transportista, chofer mujer de vehículos de carga.

Trailero: Camionero, troquero en México.

Troca: En jerga del norte de México y entre la comunidad hispana de Estados Unidos, pick-up, o camioneta pequeña para cargas de una tonelada o menos.

Troque: Jerga transportista que se refiere a vehículo de carga con un total de 18 ruedas.

Troque transfer: Jerga transportista que se refiere a vehículo de carga que se utiliza en la frontera de México y Estados Unidos para transferir carga entre los dos países.

Troquero: Jerga transportista que se refiere a transportista, trailero (en México), chofer de camión en español (en Estados Unidos), y en inglés, trucker.

Troquero de carga pesada: Jerga transportista que se refiere a transportista especializado en carga pesada, como maquinaria de construcción.

Troquero de cuarenta y ocho estados: Jerga transportista que se refiere a transportista especializado en llevar cargamentos a cualquier entidad de Estados Unidos, menos Alaska y Hawai.

Truck stop: Anglicismo. Un paradero de vehículos de carga, generalmente con cafetería, tienda, baños, y regaderas públicas y gasolinera.

Van: Camioneta cerrada para cinco o más pasajeros.

Yarda: Anglicismo. Patio de encierro de alguna flotilla de transportes de carga; en inglés, yard.

Zorrillo: Jerga de radio CB que se refiere a policía de caminos.

Acerca de la autora

María Amparo Escandón nació y creció en México. Hizo su debut literario en los Estados Unidos en 1999 con su primera novela y bestseller *Esperanza's Box of Saints* y la versión en español *Santitos*. Ahora, su segunda novela, *Transportes González e Hija*, la ha colocado en un lugar muy especial dentro de la narrativa. Es una escritora ingeniosamente humorística, extravagante y compasiva con especial ojo para descubrir la realidad mágica en el diario vivir. Las obras de Escandón han sido traducidas a 17 idiomas y actualmente se leen en más de 85 países. Ella imparte clases de creación literaria en UCLA Extension y es asesora en el Laboratorio de Guionistas del Instituto Sundance en México y Brasil y en los Talleres de Narrativa de la Fundación Contenidos de Creación en Barcelona. Vive en Los Ángeles con su familia.

Para más información, visite www.mariaescandon.com.